D1856275

TUCHOLSKY
Lesebuch

Wir Negativen

Herausgegeben von
Hans Prescher

Rowohlt

1. Auflage September 1988
Copyright © 1988 by Rowohlt Verlag GmbH,
Reinbek bei Hamburg

Weitere Copyright-Angaben und Quellennachweise s. S. 248 f.
Umschlaggestaltung Klaus Detjen
Satz Garamond (Linotron 202)
Gesamtherstellung Clausen & Bosse, Leck
Printed in Germany
ISBN 3 498 06490 8

Inhalt

Vorwort

... daß der Nazi dir einen Totenkranz flicht –:
Deutschland, siehst du das nicht –?
... daß der Nazi dein Todesurteil spricht –:
Deutschland, fühlst du das nicht –?
(Aus ‹*Deutschland Erwache!*›, 1930)

«*Wir sind fünf Finger an einer Hand*», schrieb Kurt Tucholsky zu dem von ihm geübten Verfahren, seine journalistischen Arbeiten unter vier Pseudonymen außer unter seinem eigenen Namen zu publizieren. Als Grund dafür gab er an, eine kleine Wochenschrift wie die «Weltbühne», für die er schrieb, habe «*nicht viermal denselben Mann in einer Nummer haben*» wollen. Außerdem sei es «*auch nützlich, fünfmal vorhanden zu sein – denn wer glaubt in Deutschland einem politischen Schriftsteller Humor? dem Satiriker Ernst? dem Verspielten Kenntnis des Strafgesetzbuches, dem Städteschilderer lustige Verse? Humor diskreditiert.*» Gewiß bedeutet diese Fünfteilung nicht nur «*Spielerei*» und «*heitere Schizophrenie*», wie er sie nannte; sie war auch ein notwendiger Akt der schriftstellerischen Ökonomie, um in diese ungewöhnlich produktive und vielseitige Begabung ein System zu bringen, sie gewissermaßen zu kanalisieren, damit sie sich nicht im Uferlosen verliere. So setzte Tucholsky, gleichsam als Ableger seiner selbst, vier weitere Autoren in die Welt, die mehr und mehr Eigenleben entwickelten, am stärksten Peter Panter und Ignaz Wrobel.

Peter Panter, ein «*beweglicher, kugelrunder, kleiner Mann*», der sanfteste und witzigste der Fünf, hatte doppelte Arbeit zu leisten, er diente sowohl als Pseudonym für Feuilletons wie für Buchbesprechungen – Beiträge, die die ersten beiden Kapitel dieses Lesebuchs bringen. «*Wrobel – so hieß unser Rechenbuch, und weil mir der Name Ignaz besonders häßlich erschien, kratzbürstig und ganz und gar abscheulich, beging ich diesen kleinen Akt der Selbstzerstörung und taufte so einen Bezirk meines We-*

sens.» Ignaz Wrobel steht für die politischen Schriften, Zentrum und gewichtigster Aspekt von Tucholskys Schaffen. Er beging nicht nur einen kleinen, sondern den entscheidenden *«Akt der Selbstzerstörung»*, als er deutsche Politik und deutsches Wesen zum Mittelpunkt seines Denkens und Schreibens erhob. Das umfangreichste Kapitel dieses Lesebuchs verfaßte daher Ignaz Wrobel. Mit dem Pseudonym Theobald Tiger zeichnete Tucholsky ausschließlich seine Verse, eine Auswahl davon bringt das vierte Kapitel. Kaspar Hauser, sein letztes Pseudonym, benutzte Tucholsky unter anderem für melancholisch-hintergründige Feuilletons, für Monologe und für die Gespräche im Jenseits mit dem Titel *Nachher*, von denen eine Auswahl diesen Band abschließt. Seinen eigenen Namen verwendete Tucholsky für prinzipielle Aufsätze und für Texte, die ihm besonders am Herzen lagen, so für den programmatischen Beitrag *Wir Negativen* von 1919, der diesem Band den Titel gab.

Seine Gegner kritisierten immer wieder die Verwendung dieser Pseudonyme, auch als längst bekannt war, wer sich dahinter verbarg. Tucholsky antwortete 1927: *«Aber wir stammen alle Fünf von einem Vater ab, und in dem, was wir schreiben, verleugnet sich der Familienzug nicht. Wir lieben vereint, wir hassen vereint – wir marschieren getrennt, aber wir schlagen alle auf denselben Sturmhelm.»* Das Wort Sturmhelm – eine Kombination aus der mittelalterlichen Sturmhaube des «Fußvolks» und dem im Ersten Weltkrieg eingeführten Stahlhelm – symbolisiert exakt das Hauptthema seiner Schriften: die mittelalterlich anmutende Ablehnung der Demokratie durch die Mehrheit der Deutschen und den atavistischen Marsch zurück in den Untertanenstaat und hinein in den Krieg. Kein anderer deutscher Journalist, Schriftsteller oder Politiker hat so früh, so eindringlich und so ausdauernd gewarnt, daß die erste deutsche Republik bei der vorherrschenden antidemokratischen Gesinnung einerseits und der politischen Gleichgültigkeit vieler Bürger andererseits, bei der Unentschiedenheit und Uneinigkeit der Mitte- und Linksparteien früher oder später untergehen müsse, daß Diktatur und Krieg die unausweichlichen Folgen sein werden. Tucholskys politische Schriften ergeben ein Psychogramm der ersten deutschen Republik, das heutigen Lesern veranschaulicht: diese Republik mußte Hitler wie eine reife Frucht in den Schoß fallen, und die große Mehrheit ihrer Bürger mußte sich in dem neuen totalitären Staat durchaus heimisch fühlen. Freilich, in der Figur Hitler irrte Tucholsky sich. Er – wie viele andere – unterschätzte Energie, Geschick und Brutalität dieses Mannes. Das ganze Ausmaß des kommenden Terrors und das staatliche Massenmorden sah Tucholsky nicht voraus – ebensowenig wie die anderen Gegner und sicherlich auch manche Anhänger Hitlers. Was da heraufbrach, verschloß sich dem Vorstellungsvermögen der Zeitgenossen.

Die Nazis beschimpften Tucholsky als «jüdischen Paralytiker», «unappetitlichsten Zotendichter», «vorlautesten Besudler des deutschen Namens», «jüdische Literatur-Sau». Joseph Goebbels erklärte, nachdem ihn 1931 Tucholskys Gedicht *Joebbels* (Seite 221) erzürnt hatte, dessen Schriften zu «Spülicht» eines «verdorbenen und kranken Gehirns» und «Zivilisationsunrat», dem die «besten Deutschen fanatischer denn je ein Ende bereiten» werden. Und dabei werde «der Judenhaß ... gewaltsam zu Entladungen drängen». Tucholsky also, so meint Goebbels, sei mitverantwortlich dafür, daß die Nazis gewaltsam gegen Juden vorgingen, um sie schließlich wie Unrat zu beseitigen. Vorwürfe, Tucholsky habe durch seine scharfen Angriffe die Feinde der Republik in Haß und Ablehnung bestärkt, wurden in modifizierter Form auch später erhoben. Zum Beispiel hat Golo Mann, der Tucholsky «hohe Begabung» attestierte, beanstandet, es habe diesem Autor «an Takt, an Bescheidenheit» gefehlt, was doch wohl heißen soll, Tucholsky hätte sich still und bescheiden, die Nazis ignorierend, verhalten sollen statt lautstark und nicht immer taktvoll vor den Mordbanditen zu warnen, die im Begriff waren, Macht über Deutschland zu gewinnen.

Die geifernde Wut zeigt, daß die Nazis in Tucholsky einen ihrer gefährlichsten Gegner unter den deutschen Schriftstellern sahen. Dazu Tucholsky: *«Ich werde nun langsam größenwahnsinnig – wenn ich zu lesen bekomme, wie ich Deutschland ruiniert habe. Seit zwanzig Jahren aber hat mich immer dasselbe geschmerzt: daß ich auch nicht einen Schutzmann von seinem Posten habe wegbekommen können.»* (Brief vom 15. Mai 1933) Er hatte schon früher, als er die Wirkungslosigkeit seiner publizistischen

Arbeit einsehen mußte, nach den Ursachen gesucht, warum Menschen so blind der Gewalt, der Unterdrückung, dem Krieg verfallen. Sigmund Freud lieferte Erklärungen, ihn nannte Tucholsky *«den Erneuerer alter verschütteter Wahrheiten – der Wahrheit: der Wille des Menschen ist nicht frei»*. In Anlehnung an Freud sprach er von einem *«tiefen Grausamkeitsdrang»* und von einem *«Machttrieb»* im Menschen, die in den repressiven Einrichtungen des Staates und im Krieg eine vermeintlich legitime Befriedigung finden. Neben der *«Fortpflanzung»* verschaffe offenbar die Möglichkeit, Leiden zuzufügen und Leiden zu ertragen, den Menschen Lust und Befriedigung, konstatierte er. Näheres dazu führte er im November 1929 in dem Aufsatz *Henri Barbusse und die Platte ‹Lord help me –!›* (Seite 104f) aus. Kurz danach publizierte er eine Analyse mit dem Titel *Die Anstalt*, darin teilte er die Menschen, die in *«Strafanstalten, Fürsorgeanstalten, Arbeitshäusern»* leben und arbeiten, in *«zwei Gruppen»* ein: *«in die Leidenden und die Leitenden»*. Weiter heißt es: *«Die Leidenden stehen niemals gegen die Leiter zusammen. Täten sie es wirklich, so wären jene ziemlich machtlos. Ein solcher Universalwille kann aber deshalb nicht zustande kommen, weil in jedem Leidenden der Machttrieb schlummert. Er leidet wohl – aber zutiefst bejaht er dieses Leiden; er verneint nur die Rollenverteilung: er ist es, der gern leiden machen möchte. Oft setzt er sich im Tagtraum an die Stelle des Leiters.»*

Der Schriftsteller, von dem sich Tucholsky am tiefsten betroffen zeigte, war Franz Kafka. *«Unerreichbar»* und *«niemals auszulesen»* nannte er dessen Bücher. Hier fand er seine Erfahrungen in dichterischer Gestaltung wieder. Über den Roman «Amerika» äußerte er 1929: *«Schicksalhaft, wie im Traum, fallen die Bestimmungen, die Gesetze, die Gebräuche auf den Leidenden herunter, der auch nicht fragt; das machen die andern ebenso – er also auch. Nie läßt sich der ganze Apparat völlig übersehen; in allen Büchern Kafkas gibt es solch einen ungeheuren, umständlichen, endlosen Apparat, der keine Allegorie ist, sondern Niederschlag des Lebens in einem sieghaft Wehrlosen.»* Diese Sätze beschreiben auch Tucholskys Sicht Ende der zwanziger Jahre: Leidende, an denen sich nicht erkennbare Gesetze vollziehen, sind die Menschen. Die Begriffe Leiden und Schuld werden zentral. *«Die Urmelodie wird hörbar: das Leid.»* Und er fragt in dem Gedicht *Geduld*: *«Läutert Leiden? Welchen Sinn hat es? / Was haben sie getan, mein Gott: das Pferd, der Hund, / der Angestellte, der Proletarier, das Fürsorgekind –? / Sind sie schuld? / Woran sind sie schuld?»* Inbegriff des Leidens wird für ihn der Gefangene, vor allem der politische Gefangene. *«Gott, du siehst es –! / Erbarme, erbarme dich der Gefangenen!»*, schreibt er 1931. Was er nicht hatte bewirken können, das gab er an einen Gott weiter, an den er nicht glaubte. *«Gott ist groß, mir zu groß»*, formulierte er 1932 in einem Brief.

Tucholsky wußte keine Rettung mehr, für die Deutschen nicht und nicht für sich. Er wurde krank. Entzündungen des Siebbeins und andere Beschwerden quälten ihn. Operationen und Kuren brachten nur zeitweise Linderungen. Kaum ein Brief, in dem nicht von Krankheit die Rede ist. Von Ende 1932 bis zu seinem Tod publizierte er keine Zeile mehr. *«Man muß die Lage sehen, wie sie ist: Unsere Sache hat verloren. Dann hat man als anständiger Mensch abzutreten»*, stellte er 1933 fest. Sein ungebrochener Schreib- und Mitteilungsdrang manifestierte sich jetzt ausschließlich in Briefen. Er urteilte und verurteilte unkontrolliert, er ließ *«alles aus sich herauskullern»* und bestimmte diese Briefe nicht zur Veröffentlichung. Als *«aufgehörten Schriftsteller»* bezeichnete er sich und gestand: *«Mein Talent wird mit den einfachen Sachen gut fertig und kann sie wirkungsvoll und einfach sagen, im Deutschen eine seltene Gabe. Aber nun, wo ich weiß, daß es eben alles nicht so einfach ist: da kommt nichts mehr.»* Die Briefe enthalten auch brillante, pointierte, witzige Passagen besten Tucholskys, insgesamt aber dokumentieren sie, ebenso ergreifend wie quälend, den unaufhaltsamen Untergang eines Menschen. Tucholsky las viel und berichtete darüber. Die ernsthafte Hinwendung zum Katholizismus, dem er vorher respektvoll kritisch begegnet war, scheint eine neue Dimension zu öffnen. *«Die Weiten, die etwa der lateinische Katholizismus eröffnet»*, seien *«wirklich ein Trost»*, heißt es am 26. April 1934. Doch auch hier fand er keine Rettung: *«Bei Kierkegaard… steht eine unsterbliche Seite über den Dichter, der über sich hinaus möchte und der es nur zur religiösen Sehnsucht, nicht zur Frömmigkeit selber bringt …Ich fühle das genau so: noch nicht und nicht mehr.»* (29. November 1935) Am 5. Dezember 1935 schrieb er seinem in die USA emigrierten Bruder Fritz: *«Ich habe mir für meine Prophezeiungen 15 Jahre lang auf die Schulter klopfen lassen ‹Lieber Freund...› ... Für Deutschland kämpfen, das ist nicht Deine Aufgabe. Du würdest Dein Leben vertun, wie ich es getan habe (Wofür war das alles?).»* Deutschland, die Wunde, die nicht heilen wollte, die Wunde, die ihn tötete: *«Mein Leben ist mir zu kostbar, mich unter einen Apfelbaum zu stellen und ihn zu bitten, Birnen zu produzieren.»* (15. Dezember 1935) Eine Woche später, am 21. Dezember 1935, schied Kurt Tucholsky in Schweden, wo er seit 1929 wohnte, durch Gift aus dem Leben.

Kurt Tucholskys etwa 3000 Presse-Publikationen sind inzwischen zum größten Teil als *Gesammelte Werke* in Buchform erschienen und damit, für journalistische Texte unüblich, zu einem Bestandteil der deutschen Literatur avanciert. Für Wissenschaftler und Biographen erweist sich Tucholsky immer stärker als einer der vielschichtigsten neueren deutschen Autoren; er hat sich in seinen Briefen ausführlich selber kommentiert, sein kompliziertes Verhältnis zu Frauen bietet Deutungen Raum – kurzum, er gilt heute den Germanisten als ein «ergiebig erscheinendes Forschungsobjekt» (Dieter Heß). Dabei sollte nicht aus dem Auge verloren werden, daß der Dr. jur. Kurt Tucholsky von Beruf Journalist war, er schrieb bis auf wenige Ausnahmen – vor allem die Romane *Rheinsberg* und *Schloß Gripsholm* sowie das *Pyrenäenbuch* – für Zeitungen und Zeitschriften und verdiente damit sein Geld, wobei er natürlich Kompromisse schließen mußte. Man könne nicht den Kapitalismus *«so scharf und bedingungslos»* angreifen und dann von ihm Geld nehmen, wurde ihm vorgehalten, worauf er zugab: *«Daran ist natürlich etwas Wahres.»* Ein von ihm erwartetes Angebot zur Mitarbeit an der «Frankfurter Zeitung» traf nicht ein, und der Ullstein-Verlag kündigte ihm 1931 den Vertrag für die «Vossische Zeitung». Er habe *«zu den bestbezahlten deutschen Journalisten»* gehört, bekannte Tucholsky 1934, aber einige seiner Auftraggeber nahmen ihm seine Annäherung an die Kommunisten übel, insbesondere seine Propagandaverse in der «Arbeiter Illustrierten Zeitung» in den Jahren 1928 bis 1930.

Tucholskys Selbstaufspaltung in den amüsanten, weitgehend

unpolitischen Feuilletonisten Peter Panter und den grimmig-ernsten politischen Publizisten Ignaz Wrobel erklärt sich nicht zuletzt auch aus seinem Beruf als Journalist: Panter arbeitete häufig für die auflagenstarke «Vossische Zeitung» und andere finanzkräftige bürgerliche Blätter, Wrobel für die linke intellektuelle «Weltbühne», deren Auflage auf höchstens 15000 Exemplare pro Woche geschätzt wird. Peter Panter verdiente das Geld, damit Ignaz Wrobel schreiben konnte. Spaßmacher und Prophet, auf diese Formel brachte Marcel Reich-Ranicki Tucholsky daher: «Er war Deutschlands düsterster und zugleich lustigster, ja albernster Prophet: Der sich als die konsequenteste Kassandra der Republik erwiesen hat, war auch ihr geistreichster Spaßmacher und der erfolgreichste Unterhaltungskünstler in der Geschichte des deutschen Journalismus.»

So unstreitig Tucholsky ein Platz in der deutschen Literatur gebührt, gewinnt er dennoch seine eigentliche Bedeutung dadurch, daß er als Journalist, als Publizist die Grundtendenzen und das Scheitern der ersten deutschen Republik ebenso wie das Lebensgefühl jener Epoche so prägnant und lebendig eingefangen hat, wie dies keinem anderen Autor gelungen ist. Tucholsky erscheint heute mit seinem Gesamtwerk als der repräsentative deutsche Publizist jener Zeit und «Die Weltbühne», die er – bis 1926 zusammen mit Siegfried Jacobsohn, danach mit Carl von Ossietzky – prägte, als das aufschlußreichste Presseorgan jener Jahre – so wie Maximilian Harden und «Die Zukunft» für das Kaiserreich, Joseph Goebbels (mit seinen Beiträgen in «Der Angriff», «Völkischer Beobachter» und «Das Reich») für die Nazi-Herrschaft und Rudolf Augstein mit seinem «Spiegel» für den bisherigen Verlauf der zweiten deutschen Republik als repräsentativ gelten können. Über diese historische Einordnung hinaus behält Tucholskys Werk fortdauernde Geltung als Lehrbuch über deutsche Art und Unart, über die Schwächen und Gefährdungen der Deutschen. In der Bundesrepublik Deutschland und in der DDR hat Tucholsky anscheinend – vor allem bei jungen Leuten – einiges von der positiven Wirkung nachgeholt, die die Deutschen diesem Autor zu Lebzeiten gänzlich versagt hatten. Kurt Tucholsky bleibt aktuell.

Hans Prescher

Allegro, Scherzo und ein bezauberndes Andante

Feuilletons

Der Feuilletonist sei «ein Dichter, dem die Natur die Gabe verliehen hat, für die Zeitung zu schreiben», definierte Wilmont Haacke in seinem dreibändigen «Handbuch des Feuilletons». Weiter meinte Haacke, ein Feuilleton sei «eine Miniaturkopie der Welt» und ein «kleines Kunstwerk in Prosa»; nach Ludwig Speidel fängt es die «Unsterblichkeit eines Tages» ein. Wenn Feuilletons aus Zeitungen die Zeit überstehen und nach Jahrzehnten noch faszinieren, «dann», schrieb Hans Bender, «verdanken sie es vornehmlich ihrer poetischen Figur und stilistischen Signatur». Alle diese Äußerungen charakterisieren auch Kurt Tucholskys Arbeiten dieser Gattung. Hans Bender nahm ihn – mit dreißig anderen Autoren – in seinen Band «Klassiker des Feuilletons» auf. Dazu zählen in Deutschland Heine und Börne ebenso wie Fontane, der das «Eintagsfeuilleton» verteidigte, denn es habe «den ganzen Gesellschaftszustand, und wäre es auch um den millionsten Teil einer Haaresbreite, gefördert und verfeinert und ist nach hundert Jahren noch immer ein wundervolles Material...».

Tucholsky spiegelte sich gern in den Arbeiten anderer Autoren, verglich, reagierte auf Verwandtes und ließ sich anregen. So zeigte er sich von Fontanes kurzer Prosa stark beeindruckt, er rühmte die «Feinfingrigkeit», *die* «Grazie» *und die* «schmerzlich-freundliche Ironie» *darin, er lobte die Theaterkritiken und Briefe dieses Autors, während er zu dessen Romanen keinen Zugang fand. Auch auf die Aphorismen und Satiren Georg Christoph Lichtenbergs (1742–99) bezog Tucholsky sich gern, diesen Autor bewunderte er und bezeichnete seine Kladden für Auf-*

zeichnungen ebenso wie Lichtenberg die seinigen als Sudelbücher. *Die Publikationen der zeitgenössischen Autoren der «kleinen Form» besprach er mit kollegialer Sympathie, er befaßte sich mit Viktor Aubertin ebenso wie mit Roda Roda, mit Egon Erwin Kisch wie mit Peter Altenberg. Am höchsten schätzte er Alfred Polgar, der für die «Weltbühne» vor allem Theaterkritiken lieferte. Was Tucholsky über ihn geschrieben hat, charakterisiert seine eigenen Feuilletons zu einem guten Teil ebenso wie die des besprochenen Autors:* «Auch hat Polgar den innern Rhythmus der deutschen Prosa begriffen: es gibt stakkatone Stücke; Allegro und Scherzo wechseln miteinander ab, aber meist ist es ein bezauberndes Andante, darin die Spitzen der Ironie einer längst ins Heitere gewandelten Qual und einer nicht immer süßen Erkenntnis auffunkeln. Manchmal rührt sich die Trommel des Scherzes ...»

Tucholsky zeichnete seine Feuilletons zum größten Teil mit Peter Panter, zum kleineren Teil mit Kaspar Hauser. Panter steht für die eher leichten, die amüsanten, die witzigen Texte, Kaspar Hauser («... sah in die Welt und verstand sie nicht»*) für die ernstere, die nachdenkliche und die poetische Kurzprosa. Auch die Monologe, eine von Tucholsky mit dem Redefluß des Herrn Wendriner zur Meisterschaft entwickelte Form des Feuilletons, signierte Kaspar Hauser. Tucholsky benutzte und variierte die meisten Ausprägungen des Feuilletons, wie sie Wilmont Haacke zusammengetragen und zu analysieren versucht hat, von der Anekdote und dem Aphorismus über Brief, Bericht, Essay, Fabel, Interview, Glosse, Groteske, Märchen, Parodie und Reisebericht bis zu Dialogen, Szenen und Montagen. Oft wurden aus seinen Feuilletons wie aus seinen Buch- und Theaterbesprechungen nicht nur journalistische, sondern auch literarische Glanzstücke. Selbstverständlich wirkte sich Tucholskys politisches und gesellschaftskritisches Engagement auch hier aus (*«Wir stammen alle Fünf von einem Vater ab»*), es entstanden satirische und politische Feuilletons wie* Ich bin ein Mörder *und* Dänische Felder, *die mit Ignaz Wrobel gezeichnet sind.*

Tucholsky erwies sich in seinen Feuilletons ebenso wie in seinen politischen Aufsätzen als ein sprachmächtiger und -schöpferischer

Autor, der dem Deutsch der Journalisten zu einer neuen Frische und Genauigkeit, zu Witz und Pointierung verhalf und der Einfluß bis heute ausübt. Nicht zuletzt die sprachlichen und stilistischen Qualitäten seiner Arbeiten wirkten mit, Tucholsky zu dem auflagenstärksten deutschen Schriftsteller der «kleinen Form» und dem meistgedruckten deutschen politischen Publizisten zu machen: seine Bücher waren bis Ende April 1988 in 7697950 Exemplaren verbreitet.

Dämmerung

> Es konnte die Augen aufschlagen: wie ein richtiger Mensch. Es konnte lange Sätze sprechen und die Arme hin- und herschlenkern: wie ein richtiger Mensch. Es konnte sich an- und ausziehen, laufen, springen, tanzen und Krikket spielen, Whisky trinken und Zeitungen lesen: alles wie ein richtiger Mensch.

Diese Zeit hat etwas durchaus Gespensterhaftes. Die Leute gehen täglich ihren Geschäften nach, machen Verordnungen und durchbrechen sie, halten Feste ab und tanzen, heiraten und lesen Bücher –: aber es ist alles nicht wahr.

Was man so gemeinhin Kunst und Kultur nennt: sie sind nicht möglich ohne gemeinsame Voraussetzungen. Die sind nicht mehr da. Die Grundfesten wanken. Es ist durchaus nicht allen gemeinsam und selbstverständlich, daß das Vaterland das Höchste ist, woran sich anzuschließen Pflicht und Gewinn sei – sondern das ist sehr bestritten. Es ist durchaus nicht allen gemeinsam, daß die Familie der Endpunkt der Entwicklung und etwas Selbstverständliches sei – das ist sehr bestritten. Es ist durchaus nicht selbstverständlich, daß der Kapitalismus notwendig oder gar nutzbringend sei – das ist sehr bestritten. Sie reden verschiedene Sprachen, die babylonischen Menschen, und sie verstehen einander nicht. Sie sprechen aneinander vorbei, und sie haben weniger gemeinsam denn je.

Seltsam, dieses Bürgertum. (Und in Deutschland sind alle Bürger.) Seltsam dieses starre Festhalten an Formen, die leer sind, an Dingen, die es eigentlich nicht mehr gibt. Vorbei, vorbei – fühlt ihr das nicht?

Berühmtheiten, die kaum welche sind – denn es dämmert eine Zeit herauf, die das nicht mehr anerkennt; Feste, die keine sind – denn es rumort in der Tiefe, und der Boden schwankt leise; Geschäfte, die zwar immer noch nach einem alten ‹Recht› abgeschlossen werden – aber die Vorstellungen von diesem Recht lösen sich auf, lösen sich langsam auf wie Kristalle im Wasser und zergehen zu nichts. Wohin führt das alles –?

Wir versuchen, dem gänzlich Neuen mit den alten Mitteln, den alten Witzchen beizukommen. Und werden seiner nicht Herr. Es verfängt alles nicht: Humor nicht, Satire nicht; offener Kampf, Gewalt, Propaganda – die Pfeile fallen matt zu Boden. Wohin führt das alles –?

Wir wissen es nicht. Töricht, sich dagegen zu sträuben. Töricht, die Zerfallssymptome zu leugnen. Eine Welt wankt, und ihr haltet an den alten Vorstellungen fest und wollt euch einreden, sie seien so nötig und natürlich wie die Sonne. Empfinden nur wir in den großen Städten das stärker als andre? Haben wir zu wenig Distanz? Leuchtet hier, in den Brennpunkten des Hohlspiegels, alles stärker auf? Richtig mag sein, daß die Provinz das alles noch nicht fühlt – daß dort noch die Leute über uns und unsern scheinbaren Übereifer lächeln und vermeinen, das gute Alte sei noch nicht tot und werde eines Tages wiederkommen. Es kommt nie wieder, und der erste August 1914 hat nur beschleunigt, was sowieso schon im Rollen war. In leisem Rollen – und nun stürzt es.

Spaßmacher besingen die neue und die alte Zeit; in bürgerlichen Zeitschriften untersucht einer ganz ernsthaft, ob die Exposition in dem neuen Roman des Schriftstellers W. ganz geglückt sei; Theater spielen in viele Akte zerdehnte Aphorismen, die wir ohnehin gewußt haben; Schemen wanken auf der Erde einher – und es ist alles nicht wahr. Der Sinn des Lebens ist in Frage gestellt, und ich glaube fest daran, daß diese grauenvolle Krankheit auch kräftigere Länder als dieses arme Deutschland anfressen wird.

Was es ist, weiß ich nicht. Ich glaube auch nicht, daß die russischen Theoretiker es ganz genau wissen – sie sind sicherlich mehr Werkzeug als Inspiratoren, Werkzeug, wie Luther ein Werkzeug war. Ist es die geknebelte Menschenseele, die nicht mehr Maschine einer Maschine sein will – ist es das Aufbegehren, der Aufschrei der Mutter selbst? Ich weiß es nicht. Ich fühle nur dumpf, daß da etwas herankriecht, das uns alle zu vernichten droht. Uns: das ist unser altes Leben, das sind die grünen Inseln, die wir uns im Strom des lächerlich lauten Getriebes noch zu bauen verstanden haben – uns: das ist unsre alte Welt, an der wir – trotz allem – so gehangen haben. Wohin treiben wir?

Horcht hin, und ihr hört einen neuen Herzschlag der Zeit. Ich wundre mich jeden Tag, daß noch die Zeitungen erscheinen, daß die Leute ernsthaft über Bilder disputieren, über Musik sich ereifern. Ist das noch wahr? Gibts das noch?

Ein tiefes Erschrecken ist jäh durch alle gegangen, und sie hangen an viel mehr als nur am Geld, wenn sie in blinder Wut die Bolschewisten bekämpfen und bespeien. Es geht um viel mehr als um den Bolschewismus, der ein dummes Schlagwort geworden ist, dazu da, daß sich jeder nationalistische dumme Junge den Mund dran verbrenne. Fest steht und treu... Aber ihr wankt, leugnet nicht. Ihr wankt.

Kultur und Kunst sind ihre verschlungenen Pfade so oft gegangen, daß die Bahnen ausgeschliffen sind – wir legen sie mit einem Ruck zurück. Die Alten haben, nach dem schönen Satz: «Der Weg ist das Ziel», freiwillig der Form geopfert, und sie haben weise daran getan. Wir tun es nicht mehr. Wir brauchen die fünf Akte eines Dramas nicht mehr, nicht mehr die feierlichen Formen des Rechts und der verschleierten Egoismen. Wir wissen zu viel, haben zu tief in den Menschen hineingesehen und entblößen ihn fast ganz. Der Materialismus ist eine platte und öde Sache – in der Hand eines Geistigen ist er eine gefährliche Waffe. Lange Reden und dicke Bücher schaffen es nicht mehr; ungeduldig steht etwas an dem großen Tor und klopft und klopft. Und es wird ihm wohl eines Tages aufgetan werden müssen...

Manche verkriechen sich. Nicht nur die Feigen – auch die Feinen und die Stillen. Sie wollen nicht mehr mittun. Aber es wird mit ihnen etwas getan; es reißt sie immer wieder hinein; es hilft gar nichts, Scheuklappen anzutun. Armselig versagt selbst die aus dem Alten herübergenommene Sprache mit den alten Floskeln, mit den schwerfälligen Bildern, mit den Ornamenten einer alten Zeit. Nichts stimmt mehr, kraftlos fallen die alten Worte herunter, weil sie am Neuen keinen Halt mehr haben. Mit keinem Scherz, keinem Witzwort, keiner Weisheit triffst du in diese Höhen.

Das bürgerliche Zeitalter ist dahin. Was jetzt kommt, weiß niemand. Manche ahnen es dumpf und werden verlacht. Die

Massen ahnen es dumpf, können sich nicht ausdrücken und werden – noch – unterjocht. Was sich da träge gegeneinanderschiebt, gereizt sich anknurrt und tobend aufeinander losschlägt –: im tiefsten ist es der unüberbrückbare Gegensatz zwischen Alt und Neu, zwischen dem, was war, und dem, was sein wird. Das sind Worte: Bolschewismus und Preußentum, Revolution und Konsistenz – gemeint ist die Angst vor dem Neuen, das keiner kennt.

Was wissen wir von der Zeit? Wir stehen davor wie der Wanderer vor der roten Felswand, viel zu nah, um ihre Struktur, geschweige denn ihre Schönheit zu sehen! Was wissen wir von unserer Zeit? Wir sind ihre Instrumente, und ich glaube, daß *der* noch ihr bestes ist, der sich ihr nicht entgegenstemmt.

Eine Welle flutet über die Erde. Sie ist nicht rein ökonomischer Natur, es geht nicht nur ums Fressen und Saufen und Verdienen. Es handelt sich nicht nur um die Frage, wie man die wirtschaftlichen Güter der Welt verteilen wird, wer arbeiten und wer ausnutzen soll. Es geht um mehr, um alles.

Es scheint wieder eine der Perioden gekommen zu sein, wo ganz von vorn angefangen werden wird, wo wieder der Mensch auf der Scholle steht und Gräser, Tiere und sich selbst mit grenzenlosem Erstaunen betrachtet. Und die Hände ausstreckt und nichts wissen will als von einem ausgestirnten Himmel und von seiner eignen Macht. Erwachen sie aus dem dumpfen Traum von Bräuchen und Kulturen?

Daß uns das die Kunst kosten wird, nebenbei. Daß wir die ‹ewigen Werte› draufgeben müssen, sei erwähnt. Urtriebe bestehen – aber die Modalitäten ihrer Auswirkung sind keinen immer gültigen Gesetzen unterworfen. Wohin treiben wir?

Die Form ist angefressen, an vielen Stellen gesprengt, hinfällig und unnütz. Der Inhalt fiktiv wie des Königs Kleider. Man muß an ihn glauben, wenn man ihn sehen will.

Wohin treiben wir? Wir lenken schon lange nicht mehr, führen nicht, bestimmen nicht. Ein Lügner, wers glaubt. Schemen und Gespenster wanken um uns herum – taste sie nicht an: sie geben nach, zerfallen, sinken um. Es dämmert, und wir wissen nicht, was das ist: eine Abenddämmerung oder eine Morgendämmerung.

[1920]

Die Familie

> Die Griechen, die so gut wußten, was ein Freund ist, haben die Verwandten mit einem Ausdruck bezeichnet, welcher der Superlativ des Wortes ‹Freund› ist. Dies bleibt mir unerklärlich.
>
> Friedrich Nietzsche

Als Gott am sechsten Schöpfungstage alles ansah, was er gemacht hatte, war zwar alles gut, aber dafür war auch die Familie noch nicht da. Der verfrühte Optimismus rächte sich, und die Sehnsucht des Menschengeschlechtes nach dem Paradiese ist hauptsächlich als der glühende Wunsch aufzufassen, einmal, nur ein einziges Mal friedlich ohne Familie dahinleben zu dürfen. Was ist die Familie?

Die Familie (familia domestica communis, die gemeine Hausfamilie) kommt in Mitteleuropa wild vor und verharrt gewöhnlich in diesem Zustande. Sie besteht aus einer Ansammlung vieler Menschen verschiedenen Geschlechts, die ihre Hauptaufgabe darin erblicken, ihre Nasen in deine Angelegenheiten zu stecken. Wenn die Familie größeren Umfang erreicht hat, nennt man sie ‹Verwandtschaft› (siehe im Wörterbuch unter M). Die Familie erscheint meist zu scheußlichen Klumpen geballt und würde bei Aufständen dauernd Gefahr laufen, erschossen zu werden, weil sie grundsätzlich nicht auseinandergeht. Die Familie ist sich in der Regel heftig zum Ekel. Die Familienzugehörigkeit befördert einen Krankheitskeim, der weit verbreitet ist: alle Mitglieder der Innung nehmen dauernd übel. Jene Tante, die auf dem berühmten Sofa saß, ist eine Geschichtsfälschung: denn erstens sitzt eine Tante niemals allein, und zweitens nimmt sie immer übel – nicht nur auf dem Sofa: im Sitzen, im Stehen, im Liegen und auf der Untergrundbahn.

Die Familie weiß voneinander alles: wann Karlchen die Masern gehabt hat, wie Inge mit ihrem Schneider zufrieden ist, wann Erna den Elektrotechniker heiraten wird, und daß Jenny nach der letzten Auseinandersetzung nun endgültig mit ihrem Mann zusammenbleiben wird. Derartige Nachrichten pflanzen sich vormittags zwischen elf und eins durch das wehrlose Telefon fort. Die Familie weiß alles, mißbilligt es aber grundsätzlich. Andere wilde Indianerstämme leben entweder auf den Kriegsfüßen oder rauchen eine Friedenszigarre: die Familie kann gleichzeitig beides.

Die Familie ist sehr exklusiv. Was der jüngste Neffe in seinen freien Stunden treibt, ist ihr bekannt, aber wehe, wenn es dem jungen Mann einfiele, eine Fremde zu heiraten! Zwanzig Lorgnons richten sich auf das arme Opfer, vierzig Augen kneifen sich musternd zusammen, zwanzig Nasen schnuppern mißtrauisch: «Wer ist das? Ist sie der hohen Ehre teilhaftig?» Auf der anderen Seite ist das ebenso. In diesen Fällen sind gewöhnlich beide Parteien davon durchdrungen, tief unter ihr Niveau hinuntergestiegen zu sein.

Hat die Familie aber den Fremdling erst einmal in ihren Schoß aufgenommen, dann legt sich die große Hand der Sippe auch auf diesen Scheitel. Auch das neue Mitglied muß auf dem Altar der Verwandtschaft opfern; kein Feiertag, der nicht der Familie gehört! Alle fluchen, keiner tuts gern – aber Gnade Gott, wenn einer fehlte! Und seufzend beugt sich alles unter das bittere Joch...

Dabei führt das ‹gesellige Beisammensein› der Familie meistens zu einem Krach. In ihren Umgangsformen herrscht jener sauersüße Ton vor, der am besten mit einer Sommernachmittagsstimmung kurz nach einem Gewitter zu vergleichen ist. Was aber die Gemütlichkeit nicht hindert. Die seligen Herrnfelds stellten einmal in einem ihrer Stücke eine Szene dar, in der die entsetzlich zerklüftete Familie eine Hochzeitsfeierlichkeit abzog, und nachdem sich alle die Köpfe zerschlagen hatten, stand ein prominentes Mitglied der Familie auf und sagte im lieblichsten Ton der Welt: «Wir kommen jetzt zu dem Tafellied –!» Sie kommen immer zum Tafellied.

Schon in der großen Soziologie Georg Simmels ist zu lesen, daß keiner so wehtun könne, wie das engere Kastenmitglied, weil das genau um die empfindlichsten Stellen des Opfers wisse. Man kennt sich eben zu gut, um sich herzinniglich zu lieben, und nicht gut genug, um noch aneinander Gefallen zu finden.

Man ist sich sehr nah. Nie würde es ein fremder Mensch wagen, dir so nah auf den Leib zu rücken, wie die Kusine deiner

Schwägerin, a conto der Verwandtschaft. Nannten die alten Griechen ihre Verwandten die ‹Allerliebsten›? Die ganze junge Welt von heute nennt sie anders. Und leidet unter der Familie. Und gründet später selbst eine und wird dann grade so.

Es gibt kein Familienmitglied, das ein anderes Familienmitglied jemals ernst nimmt. Hätte Goethe eine alte Tante gehabt, sie wäre sicherlich nach Weimar gekommen, um zu sehen, was der Junge macht, hätte ihren Pompadour etwas Cachou entnommen und wäre schließlich durch und durch beleidigt wieder abgefahren. Goethe hat aber solche Tanten nicht gehabt, sondern seine Ruhe – und auf diese Weise ist der *‹Faust›* entstanden. Die Tante hätte ihn übertrieben gefunden.

Zu Geburtstagen empfiehlt es sich, der Familie etwas zu schenken. Viel Zweck hat das übrigens nicht; sie tauscht regelmäßig alles wieder um.

Irgendeine Möglichkeit, sich der Familie zu entziehen, gibt es nicht. Mein alter Freund Theobald Tiger singt zwar:

Fang nie was mit Verwandtschaft an–
denn das geht schief,
denn das geht schief!

aber diese Verse sind nur einer stupenden Lebensunkenntnis entsprungen. Man fängt ja gar nichts mit der Verwandtschaft an – die Verwandtschaft besorgt das ganz allein.

Und wenn die ganze Welt zugrunde geht, so steht zu befürchten, daß dir im Jenseits ein holder Engel entgegenkommt, leise seinen Palmenwedel schwingt und spricht: «Sagen Sie mal – sind wir nicht miteinander verwandt –?» Und eilends, erschreckt und im innersten Herzen gebrochen, enteilst du. Zur Hölle.

Das hilft dir aber gar nichts. Denn da sitzen alle, alle die andern.

[1923]

Bergner! Bergner!

Also das gibt es noch. Es hat also noch Sinn, ins Theater zu gehen, und es gibt also noch andre, ehrlichere Premieren als jene Filmkomödien, wo unter Blumenhainen glatzköpfige Geschäftsleute zweifelhafter Prägung auftauchen...

Das Lessing-Theater hallte wider von den Rufen: Bergner! Bergner! Mit vollem Recht.

Ensembles haben wir nicht mehr. Und von einem berliner Theater kann man wohl auch kaum noch im Ernst sprechen – denn wie soll man mit Liebe rezensieren, was ohne Liebe gemacht wird? Aber daß es noch wertvollen Nachwuchs gibt, das zeigt sich in dieser Frau.

Wie das blüht und duftet! Wie das im höchsten Sinne Kunst ist und im höchsten Natur! Wie sie sich keinen Zwang auferlegt und doch streng im Bann ihrer selbst bleibt! Wie sie sich nie wiederholt, und welche Fülle von Erfindung! Was fällt ihr alles ein! Was macht sie alles! (Und was macht sie alles nicht!)

Es hat auf einmal wieder Sinn, auf Nuancen zu hören. Die kleinsten Abweichungen übertragen sich; Achteltöne werden hörbar, Atemzüge entscheiden, und keiner ist im Theater, ders nicht versteht. Sie spricht das Wort ‹Rosalinde› nicht ganz richtig aus – manchmal schleift sie das ‹a›, sodaß es sich fast anhört wie ‹Roselinde› –, und diese winzige dialektische Färbung macht sie uns vertraut und lieb, rückt sie nahe und näher... Wenn weißes Licht aus tausend bunten Farben entsteht, so dieser Eindruck aus tausend solchen kleinen, synthetisch erfaßt von einem einzigen Menschen, von einer einzigen Frau.

Wie sie als Junge sprach und als Mädchen kopierender Knabe und wieder als Frau – und wie rein sie alle Töne brachte! Wie jubilierte ihre Stimme, als sie in jener herrlichen Liebesfuge als Schlußakkord dastand: «Sag, guter Schäfer, diesem jungen Mann, was lieben heißt.» – «Es heißt, aus Seufzern ganz bestehn und Tränen! Wie ich für Phöbe!» – «Und ich für Ganymed!» – «Und ich für Rosalinde!» – sangen die andern. Sie aber: «Und ich für keine Frau!» Welcher Jubel, welche Süßigkeit, welche Liebe!

Und es haftet. Die meisten Theatereindrücke der letzten Jahre versinken – dieser bleibt und macht noch den nächsten Tag und die nächsten Tage heiter und glücklich. Seligkeit des Erinnerns, zu wissen, daß es unter den Flußpferden des Verdienens so etwas gibt! Es hallt nach: Uns kann nichts geschehen – es gibt noch so etwas! Und noch in dem lebenden Depotbuchhalter, der von seinem Konto in einen grauen Hof blickt, zittert der Klang dieser Stimme nach. Und ein Ruf hallt: Bergner! Bergner!

Zum Schluß trat sie vor den Vorhang – als Epilog des Stücks –, Beifall umdonnerte sie, und sie hob leise die Hand. Abwehrend fast und unendlich süß. Wollte sie noch etwas sagen? Es wurde still. Und als sie begann, dachte ich: Jetzt spricht Elisabeth Bergner ganz persönlich, improvisiert und dankt für einen Beifall, auf den sie so lange Jahre gewartet hat. «Ich bin jahrelang hier herumgelaufen, bei euch, in Berlin», hätte sie sagen können, «und keiner eurer Schlauköpfe hat mich erkannt. Und keiner hat mich überhaupt spielen lassen. Jetzt ist der Erfolg da, und ich will nicht bitter sein, und ich danke euch.» Sie sprach aber mit derselben Natürlichkeit die vorgeschriebenen Worte des Stücks.

Bergner! Bergner! rief die Galerie.

Und wir, die wir dabei waren, nuckelten mit dem Kopf und segneten sie und wünschten ihr alles Gute. Betend, daß Gott sie erhalte, so jung, so schön, so hold. Und daß der Film ihr fern bleibe, und daß Berlin sie nicht auffresse mit seinem provinzhaften ‹Faaabelhaft!› und seiner, Gott soll hüten, Gesellschaft. Trotze der Panke!

In diesem Sinne:

Bergner! Bergner!

[1923]

Morgens um acht

Neulich habe ich einen Hund gesehen – der ging ins Geschäft. Es war eine Art gestopfter Sofarolle, mit langen Felltroddeln als Behang, und er wackelte die Leipziger Straße zu Berlin herunter; ganz ernsthaft ging er da und sah nicht links noch rechts und beroch nichts, und etwas anderes tat er schon gar nicht. Er ging ganz zweifellos ins Geschäft.

Und wie hätte er das auch nicht tun sollen? Alle um ihn taten es.

Da rauschte der Strom der Insgeschäftgeher durch die Stadt. Morgen für Morgen taten sie so. Sie trotteten dahin, sie gingen zum Heiligsten, wo der Deutsche hat, zur Arbeit. Der Hund hatte da eigentlich nichts zu suchen – aber wenn auch er zur Arbeit ging, so sei er willkommen.

Es saßen zwei ernste Männer in der Bahn und sahen, rauchend, satt, rasiert und durchaus zufrieden, durch die Glasscheiben. Man wünscht sich in solchen Augenblicken ein Wunder herbei, etwa, daß dem Polizeisoldaten an der Ecke Luftballons aus dem Helm steigen, nur damit jene einmal Maul und Nase aufsperrten! Da fuhr die Bahn an einem Tennisplatz vorüber. Die güldene Sonne spielte auf den hellgelben Flächen – es war strahlendes Wetter, viel zu schön für Berlin. Und einer der ernsten Männer murrte: «Haben auch nichts zu tun, sehen Sie mal! Morgens um acht Uhr Tennis spielen! Sollten auch lieber ins Geschäft gehen –!»

Ja, das sollten sie. Denn für die Arbeit ist der Mensch auf der Welt, für die ernste Arbeit, die wo den ganzen Mann ausfüllt. Ob sie einen Sinn hat, ob sie schadet oder nützt, ob sie Vergnügen macht («Arbeet soll Vajniejen machen? Ihnen piekt er woll?») –: das ist alles ganz gleich. Es muß eine Arbeit sein. Und man muß morgens hingehen können. Sonst hat das Leben keinen Zweck.

Und stockt einmal der ganze Betrieb, streiken die Eisenbahner oder ist gar Feiertag: dann sitzen sie herum und wissen nicht recht, was sie mit sich anfangen sollen. Drin ist nichts in ihnen, und draußen ist auch nichts: also was soll es? Es soll wohl gar nichts ...

Und dann laufen sie umher wie Schüler, denen versehentlich eine Stunde ausgefallen ist – nach Hause gehen kann man nicht, und zum Spaßen ist man nicht aufgelegt ... Sie dösen und warten. Auf den nächsten Arbeitstag. Daran, unter anderm, ist die deutsche Revolution gescheitert: sie hatten keine Zeit, Revolution zu machen, denn sie gingen ins Geschäft.

Wobei betont sein mag, daß man auch im Sport dösen kann, der augenblicklich wie das Kartenspiel betrieben wird: fein nach Regeln und hervorragend stumpfsinnig. Aber schließlich ist es immer noch besser, zu trainieren, als im schwarzen Talar Unfug zu treiben...

Ja, sie gehen ins Geschäft. «Was für ein Geschäft treibt ihr?» – «Wir treiben keins, Herr. Es treibt uns.»

Der Hund sprang nicht. Man hüpft nicht auf den Straßen. Die Straße dient – wir wissen schon. Und das verlockende, niedrig hängende patriotische Plakat... der Hund ließ es außer acht.

Er ging ins Geschäft.

[1923]

Vision

Heute haben wir den 28. Juli, der pariser Autobusführer sitzt vorn am Steuerrad und wendet den schweren, langen Wagen, als ob es ein kleiner Zweisitzer wäre. ‹AX› steht vorn dran. Ich weiß doch nicht genau... und frage den Schaffner. Der Schaffner sagt nett und höflich Bescheid: Nein, nach der rue de Grenelle muß ich mit dem andern Wagen abfahren. Danke.

Das wäre also heute. Und was hätte der Omnibusschaffner, auf diesem pariser Omnibus, mit mir gemacht, wenn wir uns in jenen Jahren begegnet wären?

Der Omnibusschaffner hätte, vor Angst, aus Pflichtbewußtsein, nach Kommando, auf mich geschossen. Sein Fahrer wäre, um mich zu fangen, vorsichtig den Graben entlanggekrochen, wäre alle paar Minuten regungslos auf dem Bauch liegengeblieben, hätte gewartet – und dann, an der nächsten Biegung, wäre er vorgesprungen und hätte mir sein Bajonett in den Magen gestoßen, da, wo ich jetzt meinen Spiegel trage. Der Mann auf der Métro, der mir vorhin das Billett geknipst hat, hätte befriedigt das Gewehr abgesetzt, wenn ich drüben die Arme hochgeworfen hätte und hinter dem deutschen Graben verschwunden wäre... In jenen Jahren.

Und ich: ich war verpflichtet, meinem Milchhändler, der mir morgens immer so nett auseinandersetzt, was es Neues gibt, den Kolben auf den Kopf zu schlagen, wenn ich ihn erwischt hätte; ich mußte meinem Kollegen vom ‹*Œuvre*› das Seitengewehr durchs

Gesicht ziehen, und ich hatte dafür zu sorgen, daß die schöne Frau Landrieu ihren Mann nicht mehr zu sehen bekam. In jenen Jahren.

Das war meine Pflicht, das war ihre Pflicht.

Aber jetzt sind wir alle wieder friedlich, sagen uns freundlich guten Tag, unsere Minister besuchen sich; sie zeigen mir den Weg, ich drücke ihnen die Hand, grüße und unterhalte mich, werde ins Theater begleitet und führe nette Unterhaltungen über alles mögliche. Nur über diese eine Sache nicht. Nur über diese eine einzige Lebensfrage sprechen die Menschen fast gar nicht, ungern, zögernd:

Ob sie sich morgen wieder Messer in die Köpfe jagen, morgen wieder Granaten (mit Aufschlagzünder) in die Wohnstuben schießen, Herrn Haber konsultieren, damit er ein neues Gas erfinde, eines, das die Leute, wenn irgend möglich, Professor, total erblinden läßt... Und darüber, daß sich morgen alle: Omnibusschaffner, Métrokontrolleur, Universitätslehrer und Milchhändler, in eine tobende, heulende Masse verwandeln, die nur den einen Wunsch hat, aus den Berufsgenossen der andern Seite einen stinkenden Brei zu machen, der in den Sandtrichtern verfault...

Morgen wieder? Morgen wieder –?

[1924]

Der Linksdenker

Er ist ein Gespenst und doch ein Münchner.
Alfred Polgar

Das war ein heiterer Abschied von Berlin: sechs Wochen Panke und ein Abend Karl Valentin – die Rechnung ging ohne Rest auf.

Ich kam zu spät ins Theater, der Saal war bereits warm und voller Lachen. Es mochte grade begonnen haben, aber die Leute waren animiert und vergnügt wie sonst erst nach einem guten zweiten Akt. Am Podium der Bühne auf der Bühne, mitten in der Vorstadtkapelle, saß ein Mann mit einer aufgeklebten Perücke, er sah aus, wie man sich sonst wohl einen Provinzkomiker vorstellt:

ich blickte angestrengt auf die Szene und wußte beim besten Willen nicht, was es da wohl zu lachen gäbe... Aber die Leute lachten wieder, und der Mann hatte doch gar nichts gesagt... Und plötzlich schweifte mein Auge ab, vorn in der ersten Reihe saß noch einer, den hatte ich bisher nicht bemerkt, und das war: ER.

Ein zaundürrer, langer Geselle, mit stakigen, spitzen Don-Quichote-Beinen, mit winkligen, spitzigen Knien, einem Löchlein in der Hose, mit blankem, abgeschabtem Anzug. Sein Löchlein in der Hose – er reibt eifrig daran herum. «Das wird Ihnen nichts nützen!» sagt der gestrenge Orchesterchef. Er, leise vor sich hin: «Mit Benzin wärs scho fort!» Leise sagt er das, leise, wie es seine schauspielerischen Mittel sind. Er ist sanft und zerbrechlich, schillert in allen Farben wie eine Seifenblase; wenn er plötzlich zerplatzte, hätte sich niemand zu wundern.

«Fertig!» klopft der Kapellmeister. Eins, zwei, drei – da, einen Sechzehnteltakt zuvor, setzte der dürre Bläser ab und bedeutete dem Kapellmeister mit ernstem Zeigefinger: «'s Krawattl rutscht Eahna heraus!» Ärgerlich stopft sich der das Ding hinein.

«Fertig!» Eins, zwei, drei... So viel, wie ein Auge Zeit braucht, die Wimper zu heben und zu senken, trennte die Kapelle noch von dem schmetternden Tusch – da setzte der Lange ab und sah um sich. Der Kapellmeister klopfte ab. Was es nun wieder gäbe –? «Ich muß mal husten!» sagte der Lange. Pause. Das Orchester wartet. Aber nun kann er nicht. Eins, zwei, drei – tätärätä! Es geht los.

Und es beginnt die seltsamste Komik, die wir seit langem auf der Bühne gesehen haben: ein Höllentanz der Vernunft um beide Pole des Irrsinns. Er ist eine kleine Seele, dieser Bläser, mit Verbandsorgan, Tarif, Stammtisch und Kollegenklatsch. Er ist ängstlich auf seinen vereinbarten Verdienst und ein bißchen darüber hinaus auf seinen Vorteil bedacht. «Spielen Sie genau, was da steht», sagt der Kapellmeister, «nicht zu viel und nicht zu wenig!» – «Zu viel schon gar nicht!» sagt das Verbandsmitglied.

Oben auf der Bühne will der Vorhang nicht auseinander. «Geh mal sofort einer zum Tapezierer», sagt der Kapellmeister, «aber sofort, und sag ihm, er soll gelegentlich, wenn er Zeit hat, vorbeikommen.» Geschieht. Der Tapezierer scheint sofort Zeit zu haben, denn er kommt gelegentlich in die Sängerin hineingeplatzt.

Steigt mit der Leiter auf die Bühne – «Zu jener Zeit, wie liebt ich dich, mein Leben», heult die Sängerin – und packt seine Instrumente aus, klopft, hämmert, macht... Seht doch Valentin! Er ist nicht zu halten. Was gibt es da? Was mag da sein? Er hat die Neugier der kleinen Leute. Immer geigend, denn das ist seine bezahlte Pflicht, richtet er sich hoch, steigt auf den Stuhl, reckt zwei Hälse, den seinen und den der Geige, klettert wieder herunter, schreitet durch das Orchester, nach oben auf die Bühne, steigt dort dem Tapezierer auf seiner Leiter nach, geigt und sieht, arbeitet und guckt, was es da Interessantes gibt... Ich muß lange zurückdenken, um mich zu erinnern, wann in einem Theater *so* gelacht worden ist.

Er denkt links. Vor Jahren hat er einmal in München in einem Bierkeller gepredigt: «Vorgestern bin ich mit meiner Großmutter in der Oper ‹*Lohengrin*› gewesen. Gestern nacht hat sie die ganze Oper nochmal geträumt; das wann i gwußt hätt, hätten wir gar nicht erst hingehen brauchen!»

Aber dieser Schreiber, der sich abends sein Brot durch einen kleinen Nebenverdienst aufbessert, wird plötzlich transparent, durchsichtig, über- und unterirdisch und beginnt zu leuchten. Berühren diese langen Beine noch die Erde?

Es erhebt sich das schwere Problem, eine Pauke von einem Ende der Bühne nach dem andern zu schaffen. Der Auftrag fällt auf Valentin. «I bin eigentlich a Bläser!» sagt er. Bläser schaffen keine Pauken fort. Aber, na... latscht hin. Allein geht es nicht. Sein Kollege soll helfen. Und hier wird die Sache durchaus mondsüchtig. «Schafft die Pauke her!» ruft der Kapellmeister ungeduldig. Der Kollege kneetscht in seinen Bart: «Muß das gleich sein?» Der Kapellmeister: «Bringt die Pauke her!» Valentin: «Der Anderl laßt fragen, wann.» – «Gleich!» Sie drehen sich eine Weile um die Pauke, schließlich sagt der Anderl, er müsse dort stehen, denn er sei Linkshänder. Linkshänder? Vergessen sind Pauke, Kapellmeister und Theateraufführung... Linkshänder! und nun, ganz shakespearisch: «Linkshänder bist? Alles links? Beim Schreiben auch? Beim Essen auch? Beim Schlucken auch? Beim Denken auch?» Und dann triumphierend: «Der Anderl sagt, er ist links!» Wie diesseits ist man selbst, wie jenseits der andre, wie verschieden, wie getrennt, wie weitab! Mitmensch? Nebenmensch.

Sicherlich legen wir hier das Philosophische hinein. Sicherlich hat Valentin theoretisch diese Gedankengänge nicht gehabt. Aber man zeige uns doch erst einmal einen Komiker als Gefäß, in das man so etwas hineinlegen kann. Bei Herrn Westermeier käme man nicht auf solche Gedanken. Hier aber erhebt sich zum Schluß eine Unterhaltung über den Zufall, ein Hin und Her, kleine magische Funken, die aus einem merkwürdig konstruierten Gehirn sprühen. Er sei unter den Linden spaziert, mit dem Nebenmann, da hätten sie von einem Radfahrer gesprochen – und da sei gerade einer des Wegs gekommen. Dies zum Kapitel: Zufall. Der Kapellmeister tobt. Das sei kein Zufall – das sei Unsinn. Da kämen tausend Radfahrer täglich vorbei. «Na ja», sagt Valentin, «aber es ist grad *einer* kumma!» Unvorstellbar, wie so etwas ausgedacht, geschrieben, probiert wird. Die Komik der irrealen Potentialsätze, die monströse Zerlegung des Satzes: «Ich sehe, daß er nicht da ist!» (was sich da erhebt, ist überhaupt nicht zu sagen!) – die stille Dummheit dieses Witzes, der irrational ist und die leise Komponente des korrigierenden Menschenverstandes nicht aufweist, zwischendurch trinkt er aus einem Seidel Bier, kaut etwas, das er in der Tasche aufbewahrt hatte, denkt mit dem Zeigefinger und hat seine kleine Privatfreude, wenn sich der Kapellmeister geirrt hat. Eine kleine Seele. Als Hans Reimann einmal eine Rundfrage stellte, was sich wohl jedermann wünschte, wenn ihm eine Fee drei Wünsche freistellte, hat Karl Valentin geantwortet: «1. Ewige Gesundheit. 2. Einen Leibarzt.» Eine kleine Seele.

Und ein großer Künstler. Wenn ihn nur nicht einmal die berliner Unternehmer einfangen! Das Geheimnis dieses primitiven Ensembles ist seine kräftige Naivität. Das ist nun eben so, und wems nicht paßt, der soll nicht zuschauen. Gott behüte, wenn man den zu Duetten und komischen Couplets abrichtete! Mit diesen verdrossenen, verquälten, nervösen Regisseuren und Direktoren auf der Probe, die nicht zuhören und zunächst einmal zu allem nein sagen. Mit diesem Drum und Dran von unangenehmen berliner Typen, die vorgeben zu wissen, was das Publikum will, mit dem sie ihren nicht sehr heitern Kreis identifizieren, mit diesen überarbeiteten und unfrohen Gesellen, die nicht mehr fähig sind, von Herzen über das Einfache zu lachen, «weil es schon dagewesen ist». Sie jedenfalls sind immer schon dagewesen. Karl Valentin aber nur einmal, weil er ein seltener, trauriger, unirdischer, maßlos lustiger Komiker ist, der links denkt.

[1924]

Herr Wendriner betrügt seine Frau

«Nein, Sie stören gar nicht. Kommen Se rein – das ganze Personal ist schon weggegangen. Ja, ich hab noch ze tun. Setzen Se sich solange dahin, nein, nicht auf die Kuverts! Dahin. Ja. Na, was tut sich? Gott, sosolala. Ja, meine Frau ist immer noch in Heringsdorf. Ich habe mich heute mittag verspätet. Welsch war da, wir haben zusammen gegessen, nu muß ich nachholen. Sie sehn nicht gut aus, Regierer – was haben Sie? Ich unterschreibe inzwischen die Post, Sie erlauben doch...? Danke. Nein. Vorigen Sonnabend? Ich? Mich haben Sie in der Scala gesehn? Da müssen Sie sich getäuscht haben. Das muß ein Doppelgänger gewesen sein! Ausgeschlossen. Nu, ich sag Ihnen doch... Nein! Wann soll das gewesen sein, um zehn in der Pause? Mit ner großen Blondine? Lächerlich. Gott weiß, wen Sie da erkannt haben. Sie haben meine Stimme im Gedränge gehört...? Was hab ich gesagt? ‹Ich würde gern mal die Probe machen, liebes Kind›? Das soll ich gewesen sein –? Regierer, ich wer Ihn mal was sagen. Nehm Sie ne Zigarre?

Also hören Se zu, und machen Sie mir da keine Unannehmlichkeiten. Ich hab Ihnen doch gesagt, daß meine Frau erst in acht Tagen wiederkommt. Hier haben Sie Feuer. Da ist der Aschbecher. Also neulich hatt ich bei Kraft zu tun, er zeigt mir da ein paar neue Muster, ich will meiner Frau was anschaffen, wenn se zurückkommt, fürn Winter... der Mann schwimmt im Geld, das sag ich Ihnen... da geht eine fabelhafte Blondine durch. 'n Mannekäng. Ich sage zu Kraft, wer ist das, sage ich. Also er erzählt, das ist ein Frollein... Name tut ja nichts zur Sache, eine sehr anständige Person, hat einen Freund, natürlich... aber sonst: nich rühr an. Na, dacht ich... Wissen Sie, ich bin sonst gar nicht so – aber in der letzten Zeit, ich weiß nicht, ich fühl mich noch verflucht jung. Jetzt kann ich doch den Brief von Schleusner nicht finden! Also wir reden noch so, Kraft gibt mir sonst immer fünfzehn Prozent, an dem Tag wollt er bloß zehn geben, weiß ich, warum – da wird er ans Telefon gerufen. Er geht raus, und wie ich noch so in den Sachen rumwühl, kommt die Person rein. ‹Ist Herr Kraft da?› sagt sie. Ich sage: ‹Nein, aber wenn Sie mit mir vorlieb nehmen wollen?› Na, ich streichel ihrs Händchen, sie sagt: ‹Mit so alten Seegn will ich überhaupt nichts zu tun haben›, so gibt ein Wort das andre – und schließlich hat sie mir dann versprochen, daß sie mit mir zusammen sein will. Na, haben Sie sowas gesehn, der Brief ist weg! Wo ist denn der...? Ich hab sie also für Sonnabend bestellt, ausgehen. Sie wollte durchaus in die Scala – ich hab ihr gesagt, das ist doch Wahnsinn, wo mich alle Leute kennen – sie hat gesagt, ach Unsinn, jetzt sind alle Leute weg, ich weiß doch aus dem Geschäft. Da sind wir also zusammen ausgegangen. Ja, also sie ist achtundzwanzig Jahre alt, hat ne Wohnung in der Bayreuther Straße, die bezahlt ihr Freund, der ist Prokurist bei Erdölundfette – übrigens eine sehr gute Sache... nicht Reißner, der ist doch nicht szerjeehs...! sie verdient sehr schön, vierhundert bei Kraft und manchmal Provision, der Freund gibt ihr auch noch tausend, also sie kommt aus. Die tausend versteuert sie natürlich nicht. Ihre alte Mutter wohnt in Landsberg. Der Brief ist weg – autsch! jetzt hab ich mir die Finger geklemmt... Gegessen haben wir in der Rüdesheimer Klause, kennen Se das? Ich kenn das noch von früher, 'n sehr nettes Lokal und gar nicht teuer. Sie wollt erst zu Hessler, ich hab gesagt, mein liebes Kind, das geht nicht, auch deinetwegen nicht. Das hat sie dann eingesehen. Na, und dann hat sie mir ihre Wohnung gezeigt. Reizend, sag ich Ihnen! Ein kleines Eßzimmer, sehr gemütlich, ein Gelegenheitskauf, noch aus der Inflation, dann ein Rauchzimmerchen, entzückende Kissen, behsch, hauptsächlich – und ein Parfum! Sie hat mir auch gleich ne Quelle für Parfums gesagt, ich wer hingehn und meiner Frau ein Fläschchen besorgen... Na und wies dann so weit war, wah se sehr vernünftig, hat sich gar nicht gesträubt, ach, wissen Se, das kann ich nicht leiden, diese Geschichten, man ist doch schließlich kein grüner Junge mehr, aber sie war wirklich

Klasse...! Sie ging raus, und dann kam sie zurück im Pyjama, violett mit unten rosa abgesetzt – famos, eine famose Person! Wissen Sie, mir ist ganz anders geworden, ich hab sie so genommen und hab gesagt: ... Sitzen Sie vielleicht auf dem Brief? Nein? Na, und dann hat sie mir ihr Schlafzimmer gezeigt. Ein riesiges Bett, von hier bis da, eine englische Kommode, 'n sehr schöner Teppich und Fenstervorhänge, Filets, Handarbeit, ich hab sie mir genau angesehn, nachher. Nebenan war gleich das Badezimmer. Na, die Frau – Ihnen gesagt! Grinsen Se nich so, Sie oller Heuchler! Sie hätten auch nicht nein gesagt, wenn sie ja gesagt hätte. Und, wissen Sie, Regierer, ganz unter uns: ich bin noch gar nicht so alt, wie ich immer gedacht habe... Ich habe nachher mit meinem Hausarzt gesprochen, der war sehr vernünftig, er hat mich bei der Gelegenheit untersucht, nein, das nicht, ausgeschlossen, sie ist doch ihrem Freund treu – er hat einen sehr guten Befund festgestellt. Nein, öfter. Das glauben Sie nicht? Lieber Freund, ich habs auch nicht geglaubt. Aber es war so. Morgens hat sie mir Kaffee gemacht, haben wir Kaffee zusammen getrunken, nein, unser Mädchen ist nicht da, sonst hätt ichs ja gar nicht machen können... Wollt sie nicht nehmen. Nichts zu machen. Ich hab ihr angeboten, zweimal, dreimal – nichts zu machen. Ich wollt ihr erst was schicken, dann dacht ich: Ach... Wirklich: ne famose Frau. Der Brief ist weg. Ja, ich komm gleich mit. Und wissen Se, was Kraft gemacht hat? Er hats natürlich gleich gewußt, weiß Gott, woher – sie hat ihm nichts gesagt, ausgeschlossen –! So, hat er gesagt, aber fünfzehn Prozent kriegen Sie diesmal nicht, Wendriner. Eigentlich müßt ich Ihnen noch was abziehn, für Platzmiete. Ein Hund. Aber deuten Sie nichts zu Hause an, ich will mein Haus rein halten. Ich hab meiner Frau das Kostüm gekauft und eine Flasche Parfum, sie kriegt auch ne Bonbonniere... Was heißt das? Sie hat sich am Strand erholt. Ich hab mich hier erholt. Am meisten hab ich mich über mich selbst gefreut. Da ist der Brief. Nein! Ich will mich doch da nicht attaschieren. Vielleicht später mal. 'n Augenblick! Nur noch die Post. So.

Lieber Freund! Wenn Sie jeden Abend Fußbäder nehmen müssen, wollen Sie auch mal brausen –!»

[1925]

Traum

Die braunen kleinen Adler saßen lebendig, aber die Füße zusammengeschnürt, auf halbhohen Klötzen und blickten still, wie ausgestopft, vor sich hin. Hinter jedem saß das Ding. Es war ausgemacht, daß das Ding das Gehirn der Adler ausfraß, während sie noch lebten – das sah man aber nicht, ich wußte das nur. Auch hatte in den Büchern gestanden, daß die Augen ausgepickt würden. Der Traumverstand seinerseits hielt dafür, daß die Adler es waren, die fraßen und pickten.

Jedenfalls blieb während des Fressens dies von den Tieren übrig:

Eine schwankende und zuckende fleisch-helle Banane, eine konische Form, in die das noch bestehende Leben hineingepreßt war – es lebte noch, aber selbst, wenn man jetzt dazwischenträte und das noch retten wollte, wäre nie wieder ein Tier daraus herzustellen gewesen. Das war vorbei. Aber es lebte. Es litt, blutete unsichtbar und lebte.

Und es war so entsetzlich nah, und der wehrlose Zuschauer sah, wie es litt, und wie es zuckte – und daß das tierische Opfer noch, während es gefressen wird, eine Verbindung mit dem Fresser eingeht, es tut mit, es spielt das Spiel mit, auf dem Blutgrund ist noch so etwas wie Liebe. So schwankten die fleischhellen Stangen, so standen sie, so sahen sie dich blind an. Noch vor einer halben Stunde waren wir unversehrt, Tiere wie wir alle – jetzt sind wir das. Es ist unwiderruflich, was da mit uns geschehen ist. Zurück geht es nicht mehr.

Die nächste Ration Adler saß schon auf ihren Klötzen, sah starr gradeaus und war in fünf Minuten dran.

[1926]

Kleine Station

«– 'menau!» rufen die Schaffner. «– 'menau!» Mit dem Ton auf der letzten Silbe. Wir sehen hinaus.

Da rauschen ein paar Bäume, der Stationsvorsteher hat sich

Sonnenblumen gezogen, die aus der Zeit herrühren, wo er noch nicht Fahrdienstleiter hieß, da steht ‹Männer› dran und da ‹Frauen›, und für die Zwitter ist auch noch ein Güterschuppen da. Die Lokomotive atmet. Niemand steigt aus. Niemand steigt ein. Aber hier ist: Aufenthalt.

Von «– 'menau» ist nichts zu sehen, das liegt wohl hinter den Bäumen. Doch, hier ist ein kleines Stückchen Straße, wenn nicht alles täuscht: die Bahnhofsstraße, maßlos häßlich, hoffen wir, daß es da hinten hübscher aussieht. Sicherlich tut es das.

Da steht ein Schillerdenkmal (1887) und ein Kriegerdenkmal – nein, zwei: eins von dunnemals und eins von heute, eins mit einer Zuckerjungfrau und eins mit einem Stahlhelmmann. Eine Kaiser-Wilhelm-Straße ist da, und die lange Chaussee trägt den Namen der nächsten großen Stadt. Die Kirche ist aus romanischem Stil und das Postamt aus Backsteinen.

Einer ist der reichste Mann von «– 'menau» – einer muß doch der Reichste sein. Er ist viel in der Stadt und weilt nicht oft im Orte, wie das Blättchen schreibt. Am Stammtisch sorgen der Amtsrichter, der, ach Gottchen, Referendar, der Apotheker und der Postinspektor für die Aufrechterhaltung der Republik, wie sie sie auffassen. Manchmal darf da auch der Redakteur sein Bier trinken.

Wenn Markt ist, schwitzen dicke Bauerngesäße in der Kneipe, alles ist voll Dunst und Rauch und Geschrei. Der Lehrer hat ein bißchen die Tuberkulose, aber das macht nichts: im Sommer fällt ohnehin der Unterricht so oft aus, wie der Gutsbesitzer die Kinder zur Feldarbeit braucht. Es ist ein Arzt da, der viele Kinder hat, merkwürdig. Am Marktplatz wohnt Fräulein Grippenberg, sie spielt Klavier; wenn nachts der Mond geschienen hat, singt sie am nächsten Tage, die Hunde haben das nicht gern. Ein Polizeibüro ist da, worin es grob und säuerlich riecht; der amtierende Polizist hat hervorstehende Augenbrauen, fast kleine Buschen; er war aktiver Wachtmeister, seine Einjährigen hatten nichts zu lachen, aber er hatte was.

Wo die Liebespaare wohl hingehen? Wahrscheinlich in die Felder. Die Gemeinde zählt 1245 Seelen, da heißt es fleißig sein; der Kaiser braucht Soldaten... ach nein! Ja doch. Telefonieren kann man beim Doktor, sonst im Gasthaus, aber da ist das Telefon kaputt. Auf einem brachliegenden Felde in der Gemarkung VIII des Kätners Römmelhagen steht ein Runenstein. Schadt nichts, laß ihn stehen.

Möchte man hier leben –? Auf dich haben sie nicht gewartet; sie haben ihre Schicksale, sterben, saufen, handeln, lassen Grundstückseintragungen vornehmen, prügeln ihre Kinder, stecken der Großmama Kuchenkrümel in den Mund und verzweifeln – höchst selten – an der Welt. «– 'menau!»

Ja, und dann fahren wir wieder.

[1926]

Brot mit Tränen

Manchmal, wenn etwas Fürchterliches passiert ist, muß man nachher essen. Das ist eine seltsame Art zu essen...

Ekel vor dem Alltag, Scham, ihm unterworfen zu sein, sind überwunden – denn erst hat der Gedanke so weh getan, nun, nach solchem Geschehnis, etwas zu essen. Dann erfüllt das Gefäß des Schmerzes eine Formalität.

Es ist gar kein Essen. Ja, es wird wohl dem Körper eine Nahrungszufuhr vermittelt, das ist wahr, und es rutscht auch hinunter. Aber die Augen brennen noch verschleiert von Tränen, salzig fällt es auf die Butterbrote, vom Pathetischen zum Trivialen ist es nur eine Nasenspitze weit. Die Backen kauen, die Kehle schluckt, die Hand umklammert irgend etwas Brotiges. Aber es schmeckt nach nichts, es ist eine unnütze Geste, dieses Essen. Es widert einen an, das da.

Einmal, da starb einer Verwandten der Mann. Das war um sieben. Als er tot war, saßen nachher alle bei Tisch, gezwungenermaßen, wie nach einer geschlagenen Schlacht, nach einer Niederlage. Es war aus. Niemand sprach. Dann aber sprach jemand, und ich werde nie die Stimme der Frau vergessen, die da zu ihrer Schwester sagte, schluchzte, naß stöhnte: «Wo hast du die Eier her –?» Und die andere, tonlos, leergeweint, am Ende: «Von Prustermann. Sind sie nicht gut –?» Seht, so holt sich das Leben seine Leute wieder, die ins Land der Trauer auf Urlaub gehen.

[1926]

Zugabe. Über Toulouse muß gefahren werden – da kann der kleine Abstecher nur Freude machen. Um so mehr als Toulouse um drei Karat häßlicher ist als Lyon. Reste schöner Architektur stehen museal dazwischen. Unglücklicherweise ist es auch noch Sonntag, und auf den Straßen spazieren: achthundert Francs Monatsgehalt und neuer Sonntagsanzug; kalte Verlobung mit Wohnungseinrichtung; achtundvierzig Jahre Buchführung mit kleiner Pension und eigener Zusatzrente – die Leute wissen nicht recht, was sie mit ihrem freien Nachmittag anfangen sollen, sie gehen so umher: kurz, eine Stadt, wie Valéry Larbaud formuliert, où l'on sent tout l'après-midi une désespérante odeur d'excrément refroidi. Also: Albi.

Als ich abends ankomme, liegt der Ort grade in tiefem Dunkel, nur am Gefängnis brennt einladend eine kleine Laterne. Es muß doch nicht leicht sein, ein Elektrizitätswerk zu leiten. Im Hotel brennt eine Kerze auf einem Tisch. Ich trete in die Tür, strahlendes Licht flammt auf – kein schlechter Auftritt. Im Speisesaal tagt noch eine schöne Table-d'hôte, dieser Kotillon der Mahlzeiten. Alle Provinzherren stopfen sich die Serviette in den Hals und werden nun hoffentlich gleich rasiert.

Am nächsten Morgen gehe ich langsam durch die gewundenen Straßen, an den Häusern de Guise und Enjalbert vorüber, zwei Renaissancebauten mit herrlichen Portalen.

Da steht die Kathedrale.

Ich bin kein weitgereister Mann und kann nicht nachlässig hinwerfen: «Das Haus des Dalai-Lama in Tibet erinnert mich an der Nordseite an die Peterskirche in Rom...» Diese Kathedrale in Albi hat mich an gar nichts erinnert – doch: an eins. An Gott. Ihr Anblick schlägt jeden Unglauben für die Zeit der Betrachtung knock-out.

Wie ein tiefer Orgelton braust sie empor. Sie ist rot – die ganze Kirche ist aus rosa Ziegeln gebaut, und sie ist eine wehrhafte Kirche, mit dicken Mauern und Türmen, ein Fort der Metaphysik. Hier ist der Herrgott Seigneur in des Wortes wahrster Bedeutung. Ihr Bau wurde im dreizehnten Jahrhundert begonnen, ihr Stil ist so etwas wie eine Gotik aus Toulouse. Der riesige

Turm verjüngt sich nach oben, seine Fenster werden immer kleiner und täuschen eine Höhe vor, die in Wirklichkeit gar nicht da ist. Ach was... Wirklichkeit! Diese Kathedrale ist nicht wirklich. Sie ist, im Gegensatz zu den Ereignissen in Lourdes, ein wahres Wunder.

Und rosa schimmern die Bischofsgebäude, die danebenstehen, der Himmel nimmt eine rosa Färbung an –

Innen ist die Kathedrale nicht so schön, es gibt zwar gute Einzelheiten, aber es ist eben eine hohe Kirche, deren Raum man leider aufgeteilt hat. Ich trete wieder heraus und gehe zwergenhaft von allen Seiten an dieses Monstrum heran. Es ist zum Erstarren.

Die Gärten des erzbischöflichen Schlosses liegen im Herbstlaub, mit rosa Ziegel als Fond. Von drüben schimmert der Fluß, le Tarn, ich sauge das alles in mich auf.

Im erzbischöflichen Schloß ist ein Museum, eine Bilderausstellung; ach, wer wird denn das jetzt sehn wollen! Aber da fällt mein Blick auf ein kleines Ausstellungsplakat... Ich muß mich wohl verlesen haben. Nein. «La Galerie de Toulouse-Lautrec.»

Toulouse-Lautrec? Hier? Im Bischofsschloß? Hier im Bischofsschloß. Und da stak ich nun den ganzen Tag.

In Albi ist Toulouse-Lautrec geboren, in Albi ist er gestorben (1901). Und ihm zu Ehren haben sie diese Ausstellung in drei Sälen zusammengebracht. Da hängen:

Die großen Plakate mit Aristide Bruant, das rote Tuch verachtungsvoll-königlich um den Hals; La Goulue, die die Beine wirft, daß man ihr in eine Wäscheausstellung sehen kann; ein altes Schwein, das sich über ein junges Gemüse beugt; die harten Fressen strahlend blonder Luder; der Urgroßvater des Jazz: Cake-walk in einer Bar; ein Kostümball, auf dem Börsenmakler als Marquis Posas mit Pincenez zahlend amüsiert schwitzen; ein kalkiger Jüngling auf grauem Karton, ein schlaffer, käsiger Mensch, sein ganzes Leben ist auf den paar Quadratzentimetern aufgezeichnet – und Yvette.

‹*Yvette Guilbert, saluant le public*›. Ich bin kein Bilderdieb – außerdem ist das Bild zu groß gewesen. Sie stand da, den Oberkörper etwas vorgebeugt, und stützte sich mit einer Hand am zusammengerafften Vorhang. Die langen schwarzen Handschuhe laufen in Spinnenbeine aus. Sie lächelt. Ihr Lächeln sagt: «Schweine. Ich auch. Aber die Welt ist ganz komisch, wie?» Durchaus «halb verblühende Kokotte, halb englische Gouvernante», wie Erich Klossowski sie charakterisiert hat. Es ist da in ihr ein Stück Mann, das sich über die Frauen lustig macht, selber eine ist, durchaus – und ganz tief im Urgrund schlummert ein totes, kleines Mädchen. Dieser Mund durfte alles sagen. Und er hat alles gesagt.

Und auf jedem zweiten Blatt immer wieder das Theater – das Theater, das Toulouse-Lautrec mit Haßliebe verfolgt hat, ausgezogen, wieder angezogen, abgeschminkt, geküßt, geschminkt und verhöhnt hat. Weiche Mimen legen vor einem Spiegel Rouge auf; ist das eine lächerliche Profession, sich abends, wenn die Lampen brennen, in schmutzigen, kleinen Ställen Butter ins Gesicht zu schmieren! Da liegt eine Palette, dort ein Lithographiestein mit dem Bart Tristan Bernards. Spitze Schreie steigen von diesen Blättern auf, Brunst, Inbrunst, Ekel, Genuß am Ekel, in der vollendeten Verkommenheit liegt der Ton auf vollendet.

Ein weher Mund sieht dich an, sah ihn an – alles andere in diesem Frauengesicht ist dann dazugeworfen, wegen dieser Lippen ist er gezeichnet. Zarte Pastellkartons: ein weißes Jabot ist so auf Grau gesetzt, daß man den hauchdünnen Stoff abheben kann, und alle ernsthaften Bilder zeigen, was dieser Mann an technischem Können, an Fleiß, an Gewissenhaftigkeit des Handwerks in sich gehabt hat. Den Ungarn, die ihm heute in Paris frech nachschmieren, sollte man ihre Blätter um die Ohren wischen – es genügt eben nicht, in ein ‹Haus› zu gehen und grinsend zu kolportieren. Ah, davon ist hier nichts.

Tierstudien sind da, von einer Einfühlung in die Form, Porträts, kleine Landschaften... und immer wieder Pferde, deren Bewegung er so geliebt hat. Dazwischen alte Kanaillen, mit halbentblößter Brust; wie haargenau sind die Quantitäten von Verfall, gesundem Menschenverstand, ja selbst von so etwas wie anständigem Herzen ausbalanciert...! Eine hat etwas Mütterliches. Und ein ganzer Salon ist da, der große Empfangssalon im Parterre, da sitzen die Damen, bevor sie nach oben steigen. Ein Salon –? Es ist der Salon. Die Totenmarie und die Stupsnase und das dicke, hübsche Mädchen, und die Gleichgültige und die, die ewig nackt umherläuft... Und das Schönste von allem: ‹*Etude de Femme 1893*›. Ein junges Ding läßt frierend das Hemd gleiten, eine Brust sticht gespitzt in die Luft. Ein herbstlicher Frühling.

Drum herum Gemälde. Zweimal: seine Mutter. Porträts des Malers, Porträts anderer: ein bärtiges Gesicht mit Kneifer und aufgeworfenen Lippen. Einmal eine Verspottung seines verwachsenen Körpers.

Er ist in Albi geboren und gestorben. Wo?

Die Straße heißt heute rue de Toulouse-Lautrec, es ist das Haus Nummer 14. Außen eine glatte Front, eine hohe verschlossene Tür... Sein Vetter, der Doktor Tapie de Céleyran, empfängt mich.

Es ist ein älterer Herr mit schwarzem Käppchen auf dem Kopf: er führt mich ins Allerheiligste. Da liegt in Kästchen das Œuvre Lautrecs: die Lithographien, die Originale und viel Unveröffentlichtes. Und er zeigt mir eine Geschichte, die der Knabe illustriert hat – seltsam gemahnen die angetuschten Federzeichnungen an Kubin. Er hat so viel gearbeitet... Und ich bekomme zu hören, daß die Familie und der Hauptverwalter des Nachlasses, Herr Maurice Joyant in Paris, der an einem großen Werk über den Maler arbeitet, seine Einschätzung durch das Publikum nicht lieben. «Er ist nicht nur der Zeichner der Dirnen gewesen, des Zirkus, des Theaters –! Er hat so viel andres gekonnt!» Zugegeben, daß sich ein Teil seiner Bewunderer stofflich interessieren. Aber hier liegt das Einmalige des Mannes, der bittere Schrei in der Lust, der hohe, pfeifende Ton, der da herausspritzt... Daß dahinter eine Welt an Könnerschaft lag, wer möchte das leugnen –! Und daß Toulouse-Lautrec kein wollüstig herumtaumelnder Zwerg war, oder ob er es war... gebt volles Maß! Und wir scheiden mit einem Händedruck.

Nachmittags bekomme ich im Museum zu sehen, was nicht ausgestellt ist: Entwürfe über Entwürfe, hingehuschte Skizzen, Angefangenes, Wiederverworfenes und Schulhefte, in denen die lateinischen und griechischen Exerzitien ummalt sind von Girlanden und Figuren. Da ist die Feder träumerisch übers Papier geglitten, weit, weit weg von Cicero und hat Pferde im Sprung aufgefangen, Füchse ... die Männerchen, die der hier gemalt hat, sind schon kleine Menschen.

Und als der freundliche Konservator alles wieder zusammengepackt hat, gehe ich noch einmal in die hohen Zimmer und nehme Abschied, von Yvette Guilbert, von den zarten Farben und von dem dröhnenden Schlag eines Spazierstockgriffs auf einen Sektkühler. Es gibt das alles nicht mehr; man ist heute anders unanständig. Mit der Zeit – das geht so schnell! – sinken Gefühle zu Boden, optische Anspielungen, nur von denen einmal verstanden, die sich mitgekitzelt fühlten. Vor manchem stehe ich nun und kann es nicht mehr lesen. Aber ich verstehe es mit dem andern Nervensystem, dem Solarplexus – es springt da etwas über, von dem ich nur weiß, daß es zwinkernd, züngelnd und doch nicht verrucht ist. Es ist das Knistern, das entsteht, wenn sich Menschen berühren: Haßknistern, Spott ... und eine etwas lächerliche Formalität. Die Liebe after dinner.

Von Albi sehe ich dann gar nichts mehr. Oder wenigstens: ich habe alles vergessen. Ich weiß nur noch, daß ich in eine Flaschenfabrik hineingehen wollte, wie mögen wohl Flaschen gemacht werden, dachte ich – und da standen zwei ältere Arbeiter vor dem Portal. Sie sagten: «Heute nicht.» – «Warum nicht?» fragte ich. «Es wird gestreikt», sagten sie, «Marokko.» Nun, es war das ein Teilstreik, und sie wußten das auch sehr genau. Sie sagten, es nütze ja doch nichts. Ich schwieg – denn ich bin in Frankreich. Aber ich wußte: es nützt immer. Nichts ist verloren. Es ist ein Steinchen, wenn ein paar Fabriken gegen den Staatsmord protestieren, wenn sie nicht mehr wollen, wenn die Arbeiter ihre Söhne nicht mehr hergeben wollen ...

Und dann fuhr ich nach Toulouse zurück. Da wohnte noch jemand, den ich zu besuchen hatte.

Eine alte Dame empfing mich in ihrer Wohnung, die in einer stillen Straße liegt. Die Comtesse de Toulouse-Lautrec ist heute vierundachtzig Jahre alt. Sie geht langsam, sie ist frisch, freundlich, gut. Da kam sie auf mich zu, sah mich durch ihre Stahlbrille an ... und dann begann sie von ihrem Sohn zu sprechen.

Sie spricht von seiner Jugendzeit, als er so fleißig in Paris gelernt hat; von seinem festen Willen, und –: «Er war ein so guter Schwimmer, wissen Sie!» sagt sie. Nur eine Mutter kann das sagen. Und nun wird sie lebhafter und macht mich auf die Kohlezeichnungen aufmerksam, die da hängen: die Köpfe zweier alter Damen, es sind die Großmütter Lautrecs. Wieder sehe ich:

In der Kunst gibt es kein Mogeln. Der Mann war in seiner Ausbildung ein Handwerker, ein Akademiezeichner wie Anton von Werner, und auf diesem Grunde hat er gebaut. Wissen die Leute, daß George Grosz zeichnen kann wie ein Fotograf? Man kann nur weglassen, wenn man etwas wegzulassen hat. Mogeln gilt nicht.

Und die Mutter zeigt kleine Bildchen, Illustrationen zu einem Werk Victor Hugos, niemals vollendet; der Verleger machte Geschichten, und Lautrec zerriß langsam das Bild, das er grade unter den Händen hatte. Und ein Album mit den ungelenken Zeichnungen des Knaben, schon sieht hier und da etwas andres heraus als nur die Kinderhand, die das Zeichnen freut.

Und sie spricht von seinem Leben und erzählt seine kleinen Schulgeschichten. Wie er stets gearbeitet hat... «Ich bin immer nur ein Bleistift gewesen, alle meine Tage», hat er einmal von sich gesagt – und wie er niemals ohne sein Notizbuch ausging, in das er eine Unsumme von Details aufzeichnete; wie er lebte, und wie sie ihn doch nicht lange gehabt hat. Er starb mit siebenunddreißig Jahren. Zum Schluß, als er so krank gewesen war, hat sie eine Reise nach Japan mit ihm machen wollen; er liebte Japan, da hängt noch ein japanischer Druck, den er sich gekauft hat. Aus der Reise ist nichts mehr geworden. Und die alte Dame sagt: «Il est si triste d'être seule.»

Und dann gehe ich von der, die diesen Meister geboren hat.

Wenn Er bläst: wird das Jüngste Gericht gerechter sein als die Verwaltungsbehörden auf Erden, die sich für Gerichte ausgeben? Wenn Er bläst, wird auch dieser kleine, etwas vornehme Mann erscheinen. «Henri de Toulouse!» ruft der Ausrufer. «Huse –» macht es. «Lautrec!» ruft der Ausrufer. «Meck-meck!» – lachen die kleinen Teufel. Da steht er.

«Warum hast du solch einen Unflat gemalt, du?» fragt die große Stimme. Schweigen.

«Warum hast du dich in den Höllen gewälzt... deine Gaben verschwendet... das Häßliche ausgespreizt – sage!»

Henri de Toulouse-Lautrec steht da und notiert im Kopf rasch den Ärmelaufschlag eines Engels.

«Ich habe dich gefragt. Warum?»

Da sieht der verwachsene, kleine Mann den himmlischen Meister an und spricht:

«Weil ich die Schönheit liebte –» sagt er.

[Aus ‹*Ein Pyrenäenbuch*›, 1927]

Man sollte mal …

Man sollte mal heimlich mitstenographieren, was die Leute so reden. Kein Naturalismus reicht da heran. Gewiß: in manchen Theaterstücken bemühen sich die Herren Dichter, dem richtigen Leben nachzuahmen – doch immer mit der nötigen epischen Verkürzung, wie das Fontane genannt hat, der sie bei Raabe vermißte, immer leicht stilisiert, für die Zwecke des Stücks oder des Buchs zurechtgemacht. Das ist nichts.

Nein, man sollte wortwörtlich mitstenographieren – einhundertundachtzig Silben in der Minute – was Menschen so schwabbeln. Ich denke, daß sich dabei folgendes ergäbe:

Die Alltagssprache ist ein Urwald – überwuchert vom Schlinggewächs der Füllsel und Füllwörter. Von dem ausklingenden «nicht wahr?» (sprich: «nicha?») wollen wir gar nicht reden. Auch nicht davon, daß: «Bitte die Streichhölzer!» eine bare Unmöglichkeit ist, ein Chimborasso an Unhöflichkeit. Es heißt natürlich: «Ach bitte, sein Sie doch mal so gut, mir eben mal die Streichhölzer, wenn Sie so freundlich sein wollen? Danke sehr. Bitte sehr. Danke sehr!» – so heißt das.

Aber auch, wenn die Leute sich was erzählen – da gehts munter zu. Über Stock und Steine stolpert die Sprache, stößt sich die grammatikalischen Bindeglieder wund, o tempora! o modi!

Das oberste Gesetz ist: Der Gesprächspartner ist schwerhörig und etwas schwachsinnig – daher ist es gut, alles sechsmal zu sagen. «Darauf sagt er, er kann mir die Rechnung nicht geben! Er kann mir die Rechnung nicht geben! Sagt er ganz einfach. Na höre mal – wenn ich ihm sage, wenn ich ganz ruhig sage, Herr

Wittkopp, gehm Sie mir mal bitte die Rechnung, dann kann er doch nicht einfach sagen, ich kann Ihnen die Rechnung nicht geben! Das hat er aber gesagt. Finnste das? Sagt ganz einfach...» in infinitum.

Dahin gehört auch das zärtliche Nachstreicheln, das manche Leute Pointen angedeihen lassen. «Und da sieht er sie ganz traurig an und sagt: Wissen Sie was – ich bin ein alter Mann: geben Sie mir lieber ein Glas Bier und eine gute Zigarre!» Pause. «Geben Sie mir lieber ein Glas Bier und eine gute Zigarre. Hähä.» Das ist wie Selterwasser, wenn es durch die Nase wiederkommt...

Zweites Gesetz: Die Alltagssprache hat ihre eigene Grammatik. Der Berliner zum Beispiel kennt ein erzählendes Futurum. «Ick komm die Straße langjejangn – da wird mir doch der Kuhkopp nachbrilln: Un vajiß nich, det Meechen den Ring zu jehm! Na, da wer ick natierlich meinen linken Jummischuh ausziehen un ihn an Kopp schmeißn...»

Drittes Gesetz: Ein guter Alltagsdialog wickelt sich nie, niemals so ab wie auf dem Theater: mit Rede und Gegenrede. Das ist eine Erfindung der Literatur. Ein Dialog des Alltags kennt nur Sprechende – keinen Zuhörenden. Die beiden Reden laufen also aneinander vorbei, berühren sich manchmal mit den Ellenbogen, das ist wahr – aber im großen ganzen redet doch jeder seins. Dahin gehört der herrliche Übergang: «Nein.» Zum Beispiel:

«Ich weiß nicht (sehr wichtige Einleitungsredensart) – ich weiß nicht: wenn ich nicht nach Tisch meine Zigarre rauche, dann kann ich den ganzen Tag nicht arbeiten.» (Logische Lässigkeit: es handelt sich um den Nachmittag.) Darauf der andere: «Nein.» (Völlig idiotisch. Er meint auch gar nicht: Nein. Er meint: mit mir ist das anders. Und überhaupt...) «Nein. Also wenn ich nach Tisch rauche, dann...» folgt eine genaue Lebensbeschreibung, die keinen Menschen interessiert.

Viertes Gesetz: Was gesagt werden muß, muß gesagt werden, auch wenn keiner zuhört, auch, wenn es um die entscheidende Sekunde zu spät kommt, auch wenns gar nicht mehr paßt. Was so in einer ‹angeregt plaudernden Gruppe› alles durcheinandergeschrien wird – das hat noch keiner mitstenographiert. Sollte aber mal einer. Wie da in der Luft nur für die lieben Engelein faule Pointen zerknallen und gute auch, wie kein Kettenglied des allgemeinen Unterhaltungsgeschreis in das andere einhakt, sondern alle mit weitgeöffneten Zangen etwas suchen, was gar nicht da ist: lauter Hüte ohne Kopf, Schnürsenkel ohne Stiefel, Solo-Zwillinge ... das ist recht merkwürdig.

Ungeschriebene Sprache des Alltags! Schriebe sie doch einmal einer! Genau so, wie sie gesprochen wird: ohne Verkürzung, ohne Beschönigung, ohne Schminke und Puder, nicht zurechtgemacht! Man sollte mitstenographieren.

Und das so Erraffte dann am besten in ein Grammophon sprechen, es aufziehen und denen, die gesprochen haben, vorlaufen lassen. Sie wendeten sich mit Grausen und entliefen zu einem schönen Theaterstück, wissen Sie, so eines, Fritz, nimm die Beine da runter, wo man so schön natürlich spricht, reine wie im Leben, haben Sie eigentlich die Bergner, find ich gar nicht, na also, mir ist sie zu ...

Man sollte mitstenographieren.

[1927]

Ich bin ein Mörder

«Ich, Ignaz Wrobel, liebe es, den Schaffner auf dem Omnibus zu betrügen, dann fahre ich umsonst. Ich bin jähzornig: ich habe schon zweimal meinen Bademantel zerrissen, um ihn zu strafen; Krawatten zerschnitten; ein Glas auf den Boden hingefeuert. Ich kann kein Blut sehen. Doch: ich kann Blut sehen, von Tieren. Ein merkwürdiges Gefühl – nicht angenehm; eigentlich doch angenehm, ich traue mich nicht, das zu sagen: doch angenehm. Ich habe häufig zwei Frauen geliebt, sie wußten nichts voneinander, aber ich wußte. Einmal habe ich nachts um ein Uhr eine merkwürdige Anwandlung gehabt: ich lag neben Conrad auf dem Sofa, wir sprachen von Frauen, da begann ich zu zittern, ich wollte ihn anrühren. Ich habe es nicht getan – ich hatte Angst vor der Lächerlichkeit, vor nichts anderm. Ich träume mitunter blutige Begebenheiten. Ich esse unregelmäßig – manchmal tagelang nichts – dann unmäßig. Ich bin unsolide – ich habe nur Angst vor Krankheiten, sonst spräche ich mindestens alle paar Tage ein Mädchen auf der Straße an. Ich bin feige und tückisch: ich habe meinem Vetter Tinte in seinen neuen Hut gegossen, der Mutter ein Spitzentaschentuch zerrissen – nachher, mit dem harmlosesten Gesicht: ‹Keine Ahnung. Donnerwetter... ganz zerrissen! Das ist hin!› – Ich höre gern zu, wenn sich Menschen lieben. Auch, wenn sie sich schlagen. Ich lüge um der Lüge willen, mit Herzklopfen, ob es herauskommt. Meist kommt es nicht heraus. Ich kann ganz gut lügen. Ich hasse meinen Vater. Ich habe als Junge mit meinem Bruder zu tun gehabt und ihn hinterher furchtbar prügeln wollen, aber er war stärker. Ich lebe unregel... das sagte ich schon. Was ist das alles?»

«Nichts Besonderes. Sehen Sie sich um –: solche kleinen oder großen Packen trägt jeder, jede, jeder mit sich herum... alle tragen ihn. Sie haben einen seelischen Buckel, dessen sie sich schämen. So nackt sich auch einer auszieht –: den zeigt er Ihnen nicht. Meist nicht einmal sich. Es ist nichts Besonderes.»

«Es ist nichts Besonderes –? Ich habe nichts zu fürchten –?»

«Es ist nichts Besonderes. Sie haben nichts zu fürchten. Wenn Sie nicht –»

«–?»

«Wenn Sie nicht vor Gericht stehen. Wenn nicht irgendein schwerer Verdacht auf Sie fällt wegen einer Tat, die Sie bestreiten. Dann...»

«–?»

«Nun... dann wandeln sich diese Tatsachen, die Sie mir eben erzählt haben, in etwas andres. Dann sind es nicht mehr die Anomalien, die jeder Richter, jeder Staatsanwalt, jeder Geschworene, jeder Schöffe im Keim bei sich fühlen könnte, wenn er nur ehrlich sein wollte. Dann, Bauer, ist auf einmal alles ganz anders.»

«Was... was ist dann –? Wenn es aber alle haben?»

«Im Salon des Gerichts gibt es dergleichen nicht. Da spielen sich alle ein Leben vor, das sie nicht haben; eine Moral, die sie nicht besitzen; eine Reinheit, deren kein Mensch fähig ist. Kinder in Sonntagsanzügen begreifen auf einmal nicht, wie es Schmutzflecke auf der Welt geben kann. Da sind diese kleinen Züge plötzlich etwas Neues –»

«Und was –?»

«Indizien, Herr Wrobel.»

[1928]

Wenn der Henker Wohnung sucht

Herr Deibler, der «Monsieur de Paris», seines Zeichens Scharfrichter, hat eine Wohnungsklage auf dem Hals, und dabei erfuhr man dann, daß er eine Wohnung suche. Er hat zwar eine, aber die ist zu hoch gelegen; die alten Knochen wollen nicht mehr so... Und er hat auch ein Häuschen, und in das wolle er ziehen, könne aber nicht, müsse jedoch... eine so lange Geschichte! Die ist nicht wichtig.

Nur der Mann ist kurios. Der sehr anständig und adrett aussehende ältere Herr mit dem Vollbart ist eine durchaus offizielle, ja historische Persönlichkeit – und die ganze Sinnlosigkeit dieser Einrichtung, von der er lebt und andere sterben, wird offenbar, wenn man sich die kleinen Privatfreuden und -leiden des Mannes vorstellt. Dann ist auf einmal alles grauslich lächerlich.

Der darf. Andere dürfen nicht. Tun sie es, darf er. Dann drückt er auf einen Knopf, das Messer fällt, der Kopf auch, aus.

Die Franzosen, die in ihrem übergroßen Rationalismus ein ganz merkwürdiges, uns unbegreifliches Verhältnis zum Tode haben, haben schon ihre frechen Witze über den wohnungslosen Henker gerissen. Man sah auf einer Zeichnung einen Mann im Block liegen, darüber das Messer in der Luft, davor Deibler. «Und was ich Sie noch fragen wollte...» sagt Deibler. «Wo wohnen Sie –?»

Übrigens können sich Kriminalisten in Frankreich davon überzeugen, daß es mit der «abschreckenden Wirkung der Todesstrafe» nichts ist – sie bleibt ein tolpatschiger Behelf, wo das Denken versagt. Ich wünsche dem Henker von Paris drei Wohnungen mit einem Mal und möglichst wenig Spaziergänge am frühen Morgen.

[1929]

Frommer Wunsch

Ich möchte einmal wohin kommen, wo nicht geklopft wird. Wenn ich später gefragt werde: «Wie war es auf Erden?» – ich müßte sagen: «Schön. Aber es wurde immerzu gehämmert; geklopft; gebosselt; gesägt; genagelt; ge- was weiß ich...» Die Erde ist ein Planet, der kaputt ist; das Ding ist in ewiger Reparatur.

Zunächst wird überall gebaut. Wohnungen haben sie nirgends so viel, wie sie brauchen – aber es wird furchtbar gebaut. Es muß wohl so etwas wie eine Aktivität aus Schwäche geben, von der bei Nietzsche einiges zu lesen steht – jene neurasthenische Unfähigkeit, nicht nichthandeln zu können, reagieren zu müssen – auf diese Weise entstehen Warenhäuser, Heiraten und Kriege. Es wird mächtig gebaut auf dieser Erde, geändert, umgestaltet, ganz neu organisiert – es ist eigentlich der Normalzustand, daß um alles, was uns lieb und teuer ist, ein Bauzaun steht.

Als Paul Graetz einmal in Halle ein Gastspiel gab, da fuhr er mit einem Kollegen durch die Stadt, und an einer Stelle, wo viel Kinder und sich als Erwachsene ausgebende Kinder herumstanden, ließen sie ihren Wagen halten und stiegen aus. Graetz kann recht auffallend aussehen, wenn er will, und gleich sammelten sich viele Leute um die beiden Fremden. «Das hier», sagte Paule recht laut und zeigte mit seinem Spazierstock durch die Gegend, ein ganzes Stadtviertel vage bezeichnend, «das hier kommt alles weg –!» Achtzig aufgerissene Augen richteten sich auf den Städtebaudiktator, und die ganze Straße stand auf dem Kopf, ein aufgerührter Ameisenhaufen. Und was das Schönste war: niemand zweifelte einen Augenblick daran, daß nun wirklich alles wegkäme – die Frage war nur noch, wann und warum und weswegen – aber das Schicksal selbst war nicht diskutierbar. Uns haben sie den Horizont mit einem Bauzaun vernagelt.

«Das ist eben das Leben, Herr Panter; das zeugende, sich ewig gebärende – –» Mensch, sahre selbst: ist es nicht sehr oft nur Nervosität? Wenn zum Beispiel die Berliner einen neuen Laden aufmachen, dann reißen sie erst einmal das ganze Lokal von oben bis unten ein und bauen eine neue Tür und streichen neu an und kleistern sich eine kleine Privatfassade zusammen – «sie ziehen den Häusern neue Hosen an», hat mir einmal ein Franzose gesagt; und der Kurfürstendamm ohne Bauzäune ... das wäre beinah so wie mittlere deutsche Stadt ohne Intendantenkrise. Es muß «gänzlich neu renoviert» werden.

Wenn aber nicht gebaut wird, dann wird ausgebessert. Oh, wie unvollkommen ist doch des Menschen Werk! –

Der Himmel zum Beispiel ist zur Zeit überfüllt –: da sitzen die Bauhandwerker. Die Hölle zum Beispiel ist zur Zeit überfüllt –: da sitzen die Bauhandwerker. Der Himmel, weil sie uns die Badewanne wieder in Ordnung gebracht haben, die Klingelleitung repariert, das Ding mit der Sicherung befummelt ... in der Hölle, weil sie ihr Werk taten wie Karl Valentin, wenn der den Handwerker macht: unendlich langsam, erst gar nicht kommend, dann – nach einem unfehlbaren Grundgesetz – sofort nach Beginn der Arbeit wieder weglaufend, um einen Hammer zu holen, sich so in ätherische Bestandteile auflösend ... im Fegefeuer sitzt der Konsument.

Der sich über vielerlei wundert:

Warum die Bauhandwerker so mäßig ausgebildet sind; warum sie, in viele kleine Unternehmungen zersplittert, arbeiten, was auf eben die Ausbildung, das Handwerkszeug, die Zeitersparnis böse zurückwirkt – und wenn der Kunde klug ist, dann sieht er noch etwas.

Es gibt überall viel Komfort fürs Auge. Es ist viel Schein – nur sehr große Unternehmungen können sich erlauben, auch wirklich alles funktionieren zu lassen, was da an den Wänden angebracht ist, denn sie haben einen ganzen Installateurtrupp zu ihrer Verfügung, aber schon in den Hotels, von den Wohnhäusern ganz zu schweigen, ist das nicht so. Ich will dem Rundfunk Lessings gesammelte Werke schenken, wenn ich jemals in ein Hotel komme, wo alles funktioniert; die Frage ist immer nur, *was* entzwei ist: die Badewanne oder die Klingel oder eine Lampe oder der Ausguß oder die Tuhlette; Verfasser von Reisebüchern und Verfertiger von Koffern und die Bauhandwerker möchte man manchmal gern bei sich haben, um ihnen zu zeigen, was sie da gekocht ... Für kranke Gegenstände sind wenig Ärzte da und viel Pfuscher.

Kennst du keinen Fleck Erde, wo nicht geklopft wird? Es gibt ihn nicht. Die Nachbarschaft hallt wider von den Schlägen eines

hämmernden Mannes – ich frage ... «Da kommt was hin!» sagen die Leute; Staub steigt auf und Balken prasseln, ich frage ... «Da kommt was weg!» sagen die Leute; Niethämmer rattern, Schweißmaschinen zischen, Schienen werden verschleppt und Dämme werden aufgerissen; die Hamburger tun so und die Berliner und die Kölner und die Mannheimer; die Kisuaheli-Indianer reißen das Strohdach der Häuptlingshütte ein und decken es mit Pappe und neuerer deutscher Literatur wieder zu – sie haben alle so viel zu tun ... Im Jahre 1983 liege ich in der Urne und träume. Da reißt jemand den Deckel herunter, ein hartes Gesicht beugt sich über die Öffnung, und eine scharfe Stimme sagt: «Jehn Se mah hier raus! Das kommt hier alles weg!»
[1929]

Mir fehlt ein Wort

Ich werde ins Grab sinken, ohne zu wissen, was die Birkenblätter tun. Ich weiß es, aber ich kann es nicht sagen. Der Wind weht durch die jungen Birken; ihre Blätter zittern so schnell, hin und her, daß sie ... was? Flirren? Nein, auf ihnen flirrt das Licht; man kann vielleicht allenfalls sagen: die Blätter flimmern ... aber es ist nicht das. Es ist eine nervöse Bewegung, aber was ist es? Wie sagt man das? Was man nicht sagen kann, bleibt unerlöst – ‹besprechen› hat eine tiefe Bedeutung. Steht bei Goethe ‹Blattgeriesel›? Ich mag nicht aufstehen, es ist so weit bis zu diesen Bänden, vier Meter und hundert Jahre. Was tun die Birkenblätter –?

(Chor): «Ihre Sorgen möchten wir ... Hat man je so etwas ... Die Arbeiterbewegung ... macht sich da niedlich mit der deutschen Sprache, die er nicht halb so gut schreibt wie unser Hans Grimm ...» Antenne geerdet, aus.

Ich weiß: darauf kommt es nicht an; die Gesinnung ist die Hauptsache; nur dem sozialen Roman gehört die Zukunft; und das Zeitdokument – oh, ich habe meine Vokabeln gut gelernt. Aber ich will euch mal was sagen:

Wenn Upton Sinclair nun auch noch ein guter Schriftsteller wäre, dann wäre unsrer Sache sehr gedient. Wenn die pazifistischen Theaterstücke nun auch noch prägnant geschrieben wären, daß sich die Sätze einhämmern, dann hätte unsre Sache den Vorteil davon. Sprache ist eine Waffe. Haltet sie scharf. Wer schludert, der sei verlacht, für und für. Wer aus Zeitungswörtern und Versammlungssätzen seines dahinlabert, der sei ausgewischt, immerdar. Lest dazu das Kapitel über die deutsche Sprache in Alfons Goldschmidts ‹*Deutschland heute*›. Wie so vieles, ist da auch dieses zu Ende gesagt.

Was tun die Birkenblätter –? Nur die Blätter der Birke tun dies; bei den andern Bäumen bewegen sie sich im Winde, zittern, rascheln, die Äste schwanken, mir fehlt kein Synonym, ich habe sie alle. Aber bei den Birken, da ist es etwas andres, das sind weibliche Bäume – merkwürdig, wie wir dann, wenn wir nicht mehr weiterkönnen, immer versuchen, der Sache mit einem Vergleich beizukommen; es hat ja eine ganze österreichische Dichterschule gegeben, die nur damit arbeitete, daß sie Eindrücke des Ohres in die Gesichtsphäre versetzte und Geruchsimpressionen ins Musikalische – es ist ein amüsantes Gesellschaftsspiel gewesen, und manche haben es Lyrik genannt. Was tun die Birkenblätter? Während ich dies schreibe, stehe ich alle vier Zeilen auf und sehe nach, was sie tun. Sie tun es. Ich werde dahingehen und es nicht gesagt haben.

[1929]

Erfüllung

Wie Wagenpferde, die schwer gezogen haben, getränkt werden –: das sehe ich so gern. Da stehen sie, mit nassem Fell, die Schweife wedeln ganz matt, sie lassen den Kopf hängen, und das eine stößt das andre, das grade trinkt, beiseite. Man sieht das Wasser in seine Kehle hinuntergleiten, es schlürft; alles an ihm ist Gier, gesättigte Gier, frische Gier und Befriedigung. Dann trinkt das zweite, und das erste sieht zufrieden vor sich hin, aus dem Maul rinnt ihm Wasser in langen Fäden... Das ist schön. Ich möchte den Kutscher streicheln, der ihnen da seinen Eimer hinhält. Warum ist das schön –?

Weil es erfüllte Befriedigung ist, die ist so selten. Es ist legitimer Wunsch, erarbeiteter Lohn, Notwendigkeit, und eine erquickende Spur Wollust ist auch darin. Auch tut es niemand wehe; keine Spinne tötet hier die mit großem Fleiß eingefangene Fliege, ihren ebenso naturhaften Hunger zu stillen, und die Mikroben im Wasser werden wohl keine Schmerzen erleiden, wir wollen uns da nicht lächerlich machen – es ist schön, wenn Pferde getränkt werden.

Es ist auch etwas Freude an der menschlichen Überlegenheit dabei: daß es ein Mensch ist, der ihnen zu trinken gibt. Trinken sie zum Beispiel aus einem fließenden Bach, so gönnt man es ihnen, aber das Bild verliert etwas von dem Behagen, mit dem uns das erste erfüllt. Wir sind wohl sehr eitel, als Gattung.

Und dann ist es auch schön, weil Pferde nicht sprechen können. Kommt ein durstiger, durchschwitzter Wandersmann an die Theke des kleinen Gasthauses und sagt: «Ein großes Helles! Donnerwetter, ist das heute eine Hitze...», dann trinkt er, und es ist kaum ein ästhetischer Genuß, ihm zuzusehn. Wenn nachher seine Augen glänzen und er «Ah –» macht, dann wirkt er auf uns, die wir keinen Durst haben, eine ganze Kleinigkeit albern.

Warum es grade bei den Pferden so ist, das weiß ich nicht. Man fühlt sich gut, wenn man sich vor ihnen gut fühlt. Eine milde Woge von Tierliebe quillt in einem auf. Aber die täuscht.

Denn läuft das Pferdepaar nachher nicht schnell genug, dann sind wir auf den Kutscher böse, weil er ihnen nicht ordentlich einen überzieht. «La race maudite, à laquelle nous appartenons...» sagte jener Fridericus in seiner Muttersprache. Wenn wir einmal nicht grausam sind, dann glauben wir gleich, wir seien gut.

[1929]

Die fünfte Jahreszeit

Die schönste Zeit im Jahr, im Leben, im Jahr? Lassen Sie mich nachfühlen.

Frühling? Dieser lange, etwas bleichsüchtige Lümmel, mit

einem Papierblütenkranz auf dem Kopf, da stakt er über die begrünten Hügel, einen gelben Stecken hat er in der Hand, präraffaelitisch und wie aus der Fürsorge entlaufen; alles ist hellblau und laut, die Spatzen fiepen und sielen sich in blauen Lachen, die Knospen knospen mit einem kleinen Knall, grüne Blättchen stecken fürwitzig ihre Köpfchen... ä, pfui Deibel! ...die Erde sieht aus wie unrasiert, der Regen regnet jeglichen Tag und tut sich noch was darauf zugute: ich bin so nötig für das Wachstum, regnet er. Der Frühling –?

Sommer? Wie eine trächtige Kuh liegt das Land, die Felder haben zu tun, die Engerlinge auch, die Stare auch; die Vogelscheuchen scheuchen, daß die ältesten Vögel nicht aus dem Lachen herauskommen, die Ochsen schwitzen, die Dampfpflüge machen Muh, eine ungeheure Tätigkeit hat rings sich aufgetan; nachts, wenn die Nebel steigen, wirtschaftet es noch im Bauch der Erde, das ganze Land dampft vor Arbeit, es wächst, begattet sich, jungt, Säfte steigen auf und ab, die Stuten brüten, Kühe sitzen auf ihren Eiern, die Enten bringen lebendige Junge zur Welt: kleine piepsende Wolleballen, der Hahn – der Hahn, das Aas, ist so recht das Symbol des Sommers! er preist seinen Tritt an, das göttliche Elixier, er ist das Zeichen der Fruchtbarkeit, hast du das gesehn? und macht demgemäß einen mordsmäßigen Krach... der Sommer –?

Herbst? Mürrisch zieht sich die Haut der Erde zusammen, dünne Schleier legt sich die Fröstelnde über, Regenschauer fegt über die Felder und peitscht die entfleischten Baumstümpfe, die ihre hölzerne Schwurfinger zum Offenbarungseid in die Luft strecken: Hier ist nichts mehr zu holen... So sieht es auch aus... Nichts zu holen... und der Wind verklagt die Erde, und klagend heult er um die Ecken, in enge Nasengänge wühlt er sich ein, Huuh macht er in den Stirnhöhlen, denn der Wind bekommt Prozente von den Nasendoktoren... hochauf spritzt brauner Straßenmodder... die Sonne ist zur Kur in Abazzia... der Herbst –?

Und Winter? Es wird eine Art Schnee geliefert, der sich, wenn er die Erde nur von weitem sieht, sofort in Schmutz auflöst; wenn es kalt ist, ist es nicht richtig kalt sondern naßkalt, also naß... Tritt man auf Eis, macht das Eis Knack und bekommt rissige Sprünge, so eine Qualität ist das! Manchmal ist Glatteis, dann sitzt der liebe Gott, der gute, alte Mann, in den Wattewolken und freut sich, daß die Leute der Länge lang hinschlagen... also, wenn sie denn werden kindisch... kalt ist der Ostwind, kalt die Sonnenstrahlen, am kältesten die Zentralheizung – der Winter –?

«Kurz und knapp, Herr Hauser! Hier sind unsere vier Jahreszeiten. Bitte: Welche –?»

Keine. Die fünfte.

«Es gibt keine fünfte.»

Es gibt eine fünfte. – Hör zu:

Wenn der Sommer vorbei ist und die Ernte in die Scheuern gebracht ist, wenn sich die Natur niederlegt, wie ein ganz altes Pferd, das sich im Stall hinlegt, so müde ist es – wenn der späte Nachsommer im Verklingen ist und der frühe Herbst noch nicht angefangen hat –: dann ist die fünfte Jahreszeit.

Nun ruht es. Die Natur hält den Atem an; an andern Tagen atmet sie unmerklich aus leise wogender Brust. Nun ist alles vorüber: geboren ist, gereift ist, gewachsen ist, gelaicht ist, geerntet ist – nun ist es vorüber. Nun sind da noch die Blätter und die Gräser und die Sträucher, aber im Augenblick dient das zu gar nichts; wenn überhaupt in der Natur ein Zweck verborgen ist: im Augenblick steht das Räderwerk still. Es ruht.

Mücken spielen im schwarz-goldenen Licht, im Licht sind wirklich schwarze Töne, tiefes Altgold liegt unter den Buchen, Pflaumenblau auf den Höhen... kein Blatt bewegt sich, es ist ganz still. Blank sind die Farben, der See liegt wie gemalt, es ist ganz still. Boot, das flußab gleitet, Aufgespartes wird dahingegeben – es ruht.

So vier, so acht Tage –

Und dann geht etwas vor.

Eines Morgens riechst du den Herbst. Es ist noch nicht kalt; es ist nicht windig; es hat sich eigentlich gar nichts geändert – und doch alles. Es geht wie ein Knack durch die Luft – es ist etwas geschehen; so lange hat sich der Kubus noch gehalten, er hat geschwankt..., na... na..., und nun ist er auf die andere Seite gefallen. Noch ist alles wie gestern: die Blätter, die Bäume, die Sträucher... aber nun ist alles anders. Das Licht ist hell, Spinnenfäden schwimmen durch die Luft, alles hat sich einen Ruck gegeben, dahin der Zauber, der Bann ist gebrochen – nun geht es in einen klaren Herbst. Wie viele hast du? Dies ist einer davon. Das Wunder hat vielleicht vier Tage gedauert oder fünf, und du hast gewünscht, es solle nie, nie aufhören. Es ist die Zeit, in der ältere Herren sehr sentimental werden – es ist nicht der Johannistrieb, es ist etwas andres. Es ist: optimistische Todesahnung, eine fröhliche Erkenntnis des Endes. Spätsommer, Frühherbst und das, was zwischen ihnen beiden liegt. Eine ganz kurze Spanne Zeit im Jahre.

Es ist die fünfte und schönste Jahreszeit.

[1929]

Leere

Manchmal, wenn das Telefon nicht ruft, wenn keiner etwas von dir will, nicht einmal du selber, wenn die Trompeter des Lebens pausieren und ihre Instrumente umkehren, damit die Spucke herausrinnt… dann horchst du in dich. Und was… dann ist da eine Leere –

Dann ist da gar nichts. Die Geräusche schweigen; nun müßte doch das Eigentliche in dir tönen… es tönt nicht. Horche, daß sich dir die Stirn zusammenzieht – vielleicht ist es gar nicht da, das Eigentliche? Vielleicht ist es gar nicht da. Überfüttert mit Geschäften, Besorgungen, mit dem Leben, wie? Und das Fazit? Leere – Der Herr sollten sich wieder mal verlieben! Der Herr sollten nicht so viel rauchen! Schlecht geschlafen, was?… Die Witze rinnen an dir ab; das ist es alles gar nicht. Leere, leer wie ein alter Kessel – es schallt, wenn man dran bumbert…

Das wäre ja wohl der Moment, in den Schoß von Mütterchen Kirche zu krabbeln. Nein, diesem Seelenarzt trauen wir nicht mehr recht – wir wissen zu viel von ihm: wie er das macht, wie das funktioniert… ein Arzt muß ein Geheimnis haben. Das da ist wohl nichts für uns.

Aber die Indikation Gebet ist zutreffend. Was hast du? Lebensangst? Todesangst hast du. Auf einmal ist es aus, auf einmal wird es aus sein. «Ich werde mir doch sehr fehlen», hat mal einer gesagt. Ja, Todesangst und dann das Gefühl: Wozu? Warum das alles? Für wen? Gewiß, im Augenblick, wenn du nichts zu fressen hast, dann wirst du schon herumlaufen und dir was zusammenklauben, aber so ein echter, rechter Lebensinhalt dürfte das wohl nicht sein. Du hast dir zu viel kaputt gedacht, mein Lieber. Du probierst den Altarwein, du berechnest die Ellen Tuch, die an der Fahnenstange flattern, du liest die Bücher von hinten und von vorn... Gott segne deinen Verstand.

Dann wirst du langsam älter; wenn das Gehirn nicht mehr so will, setzt eine laue Stimmung ein, die sich als Gefühl gibt. Du siehst den kleinen Tierchen nach, wie sie im Sande krauchen, Gottes Wunder! du blickst auf deine eignen Finger, jeder eine kleine Welt, ein Wunder an Gestaltung auch sie, es lebt – und du weißt gar nicht, was das ist... Und dann noch einmal: Aufstand, große Aufrappelung, heraus da, vergessen!

Vergessen und zu Ingeborg kriechen wie ein Söhnlein zurück in der Mutter Leib; noch einmal: «Hallo, alter Junge! Na, auch da? – Heute abend? aber gewiß! Wohin? Zu den Mädchen – hurra!» Noch einmal: so ein dickes Buch und die halbe Bibliothek verschlungen, versaufen in Büchern... noch einmal die ganze Litanei von vorn. Nur mit diesem unterkietigen Gefühl als Grundbaß: Vergebens, vergebens, vergebens.

«Jede Zeit», lautet der flachste aller Gemeinplätze, «ist eine Übergangszeit.» Ja. Daß doch einer aufstände und an die Laterne brüllte: daß er nicht mehr mitmachen will – und daß es ein Plunder ist, ein herrlicher, und daß es anders werden soll – und daß nicht die Dinge regieren sollen, sondern der Mensch... ach, du grundgütiger Himmel. Da – hier haben Sie einen philosophischen Sechser: Jedes Leben ist ein Übergang – von der Geburt an bis zum Tode. Machen Sie sich dann einen vergnügten Lebensabend...

Wieviel tun wir, um diese Leere auszufüllen! Wer sie ausfüllt und noch ein Meterchen drüber hinausragt, der ist ein großer Mann. Wo einer seinen Kopf hat, hoch oben in den Wolken –: das besagt nicht viel. Aber wo er mit den Füßen steht, ob auf der flachen Erde oder tief unten... das zeigt ihn ganz. Und wer dann noch lachen kann, der kann lachen. «Sie werden doch nicht leug-

nen, daß die Entwicklung der modernen Industrien...» Die Trompeter blasen. Ja doch, ich komme schon.
[1930]

Das Stimmengewirr

Wir reden alle ins Unreine.
Goethe (apokryph)

Speed: 85.

Wenn ich meine Freundin Lisa – nein, die nicht, die andere – besuche, dann sind immer viele Menschen da. Und dies ist es, was ich zu hören bekomme:

«...haben wir uns himmlisch amüsürt Kinder ich will euch mal was sagen seit man im Tonfilm auch noch zuhören muß also ich bin nur eine einfache Frau wieso gnädige Frau man kann doch auch weghören wenn ich weghören will red ich mit meinem Mann guten Tag Panter Masochist nimmst du noch ein bißchen Obstsalat Masochist ist doch kein Fremdwort in dem Sinne doch das kann man erklären wie soll ich sagen also Masochist ist einer der päng kriegt guten Tag Panter Lisa ich *muß* weg ein amerikanischer Wagen frißt Benzin hör auf mich dafür bin ich Fachmann ach auf Stottern dafür bin ich auch Fachmann wie finden Sie diese Verlobung wir haben uns halb tot gelacht na ich bitte Sie mit diesem alten Ekel das wird doch nichts das ist sogar schon was geworden nehmt doch noch 'n bißchen Obstsalat sie ist ja ganz nett aber er daß sowas ohne Wärter ausgehen darf wer sagt Ihnen daß er darf guten Tag Panter ob er schief liegt schief ist gar kein Ausdruck für den kann keiner mehr grade stehen Lisa ich *muß* weg unten ganz schmal also das hier oben kommt alles weg verstehen Sie mich und dann hier ein handbreites Volant aber das sieht man nicht Brecht Brecht ist doch kein Dichter nein Sie sind 'n Dichter ich bin ein einfacher Makler mich lassen Sie in Ruhe na Brecht makelt auch schon ganz schön Sie nehmen ja gar keinen Obstsalat ich kann meinen Onkel aus Stockholm so gut verstehen der hat immer gesagt er hat bloß noch einen Wunsch er möchte ganz allein auf der Welt sein und einen gutgehenden Kolonialwarenladen haben Lisa ich *muß* weg ach lächerlich bleib doch noch erzählen Sie mir doch nichts die Frau singt ja nach dem Korken nur London nur London Paris ist ein Schmarrn dagegen der Mann ist ja anglophob phil phil wieso viel ich frage mich wann eigentlich wenn nicht jetzt lieber Herr Rechtsanwalt die Sache mit Reinhardt ist perfekt ich habe das aus authentischer Quelle acht Monate im Jahr ist er in Berlin und die übrigen neun Monate in Wien Lisa ich *muß* weg guten Tag Panter nein Sie hier ich bin ja baff nein ich bin ja außer mir wissen Sie schon daß ich geschieden bin das muß ich Ihnen erzählen sie war dreimal in seinen Aufführungen ich habe Ernst Deutsch persönlich das ist struggle for wife mein Lieber ich nehm noch 'n bißchen Obstsalat ich kenne die Frau und ich sage Ihnen das ist eine Fetischistin die kann bloß lieben wenn ein Tausendmarkschein auf dem Nachttisch liegt Lisa ich *muß* weg na da geh doch du gräßliche Person Lisa ich muß wirklich Ali erwartet mich um halb sieben an der Gedächtniskirche himmlischer Vater es ist Viertel acht da hab ich ja noch Zeit der ganze Klub weiß es nur sie nicht spielt schon sehr gut die Frau ihre Vorhandbälle ach Vorhand Bridge natürlich Lisa ich muß nun aber wirklich er hat noch keinen Obstsalat nein wirklich ich muß grüß Ali schön halt mal das hat sie dir noch nicht erzählt also wer hat recht ich habe den Nutria sei mal still seid doch mal alle still also ich hab den Nutria selber gesehen bei ihm oben in seinem Betrieb ein himmlischer Pelz für zweitausendvierhundert er wird auch nicht weinen wenn man ihm achtzehnhundert bietet ausgeschlossen seppfaständlich kommt ja gar nicht in Frage Lisa ich *muß* sei mir nicht böse grüß Ali nimm dir doch nein nicht Ali den Nutria grüß Franzi und die Kinder jetzt ist sie weg wer spielt denn die Wendla in ‹*Frühlings Erwachen*› wahrscheinlich die Sandrock wir nehmen noch 'n bißchen Obstsalat mein Guter...

Sie sagen ja gar nichts –!»

[1930]

Zur soziologischen Psychologie der Löcher

> Daß die wichtigsten Dinge durch Röhren gethan werden. Beweise: erstlich die Zeugungsglieder, die Schreibfeder und unser Schießgewehr.
>
> Lichtenberg

Ein Loch ist da, wo etwas nicht ist.

Das Loch ist ein ewiger Kompagnon des Nicht-Lochs: Loch allein kommt nicht vor, so leid es mir tut. Wäre überall etwas, dann gäbe es kein Loch, aber auch keine Philosophie und erst recht keine Religion, als welche aus dem Loch kommt. Die Maus könnte nicht leben ohne es, der Mensch auch nicht: es ist beider letzte Rettung, wenn sie von der Materie bedrängt werden. Loch ist immer gut.

Wenn der Mensch ‹Loch› hört, bekommt er Assoziationen: manche denken an Zündloch, manche an Knopfloch und manche an Goebbels.

Das Loch ist der Grundpfeiler dieser Gesellschaftsordnung, und so ist sie auch. Die Arbeiter wohnen in einem finstern, stecken immer eins zurück, und wenn sie aufmucken, zeigt man ihnen, wo der Zimmermann es gelassen hat, sie werden hineingesteckt, und zum Schluß überblicken sie die Reihe dieser Löcher und pfeifen auf dem letzten. In der Ackerstraße ist Geburt Fluch; warum sind diese Kinder auch grade aus diesem gekommen? Ein paar Löcher weiter, und das Assessorexamen wäre ihnen sicher gewesen.

Das Merkwürdigste an einem Loch ist der Rand. Er gehört noch zum Etwas, sieht aber beständig in das Nichts, eine Grenzwache der Materie. Das Nichts hat keine Grenzwache: während den Molekülen am Rande eines Lochs schwindlig wird, weil sie in das Loch sehen, wird den Molekülen des Lochs... festlig? Dafür gibt es kein Wort. Denn unsre Sprache ist von den Etwas-Leuten gemacht; die Loch-Leute sprechen ihre eigne.

Das Loch ist statisch; Löcher auf Reisen gibt es nicht. Fast nicht.

Löcher, die sich vermählen, werden ein Eines, einer der sonderbarsten Vorgänge unter denen, die sich nicht denken lassen.

Trenne die Scheidewand zwischen zwei Löchern: gehört dann der rechte Rand zum linken Loch? oder der linke zum rechten? oder jeder zu sich? oder beide zu beiden? Meine Sorgen möcht ich haben.

Wenn ein Loch zugestopft wird: wo bleibt es dann? Drückt es sich seitwärts in die Materie? oder läuft es zu einem andern Loch, um ihm sein Leid zu klagen – wo bleibt das zugestopfte Loch? Niemand weiß das: unser Wissen hat hier eines.

Wo ein Ding ist, kann kein andres sein. Wo schon ein Loch ist: kann da noch ein andres sein?

Und warum gibt es keine halben Löcher –?

Manche Gegenstände werden durch ein einziges Löchlein entwertet; weil an einer Stelle von ihnen etwas nicht ist, gilt nun das ganze übrige nichts mehr. Beispiele: ein Fahrschein, eine Jungfrau und ein Luftballon.

Das Ding an sich muß noch gesucht werden; das Loch ist schon an sich. Wer mit einem Bein im Loch stäke und mit dem andern bei uns: der allein wäre wahrhaft weise. Doch soll dies noch keinem gelungen sein. Größenwahnsinnige behaupten, das Loch sei etwas Negatives. Das ist nicht richtig: der Mensch ist ein Nicht-Loch, und das Loch ist das Primäre. Lochen Sie nicht; das Loch ist die einzige Vorahnung des Paradieses, die es hienieden gibt. Wenn Sie tot sind, werden Sie erst merken, was leben ist. Verzeihen Sie diesen Abschnitt; ich hatte nur zwischen dem vorigen Stück und dem nächsten ein Loch ausfüllen wollen. [1931]

Es gibt keinen Neuschnee

Wenn du aufwärts gehst und dich hochaufatmend umsiehst, was du doch für ein Kerl bist, der solche Höhen erklimmen kann, du, ganz allein –: dann entdeckst du immer Spuren im Schnee. Es ist schon einer vor dir dagewesen.

Glaube an Gott. Verzweifle an ihm. Verwirf alle Philosophie. Laß dir vom Arzt einen Magenkrebs ansagen und wisse: es sind nur noch vier Jahre, und dann ist es aus. Glaub an eine Frau.

Verzweifle an ihr. Führe ein Leben mit zwei Frauen. Stürze dich in die Welt. Zieh dich von ihr zurück...

Und alle diese Lebensgefühle hat schon einer vor dir gehabt; so hat schon einer geglaubt, gezweifelt, gelacht, geweint und sich nachdenklich in der Nase gebohrt, genau so. Es ist immer schon einer dagewesen.

Das ändert nichts, ich weiß. Du erlebst es ja zum ersten Mal. Für dich ist es Neuschnee, der da liegt. Es ist aber keiner, und diese Entdeckung ist zuerst sehr schmerzlich. In Polen lebte einmal ein armer Jude, der hatte kein Geld, zu studieren, aber die Mathematik brannte ihm im Gehirn. Er las, was er bekommen konnte, die paar spärlichen Bücher, und er studierte und dachte, dachte für sich weiter. Und erfand eines Tages etwas, er entdeckte es, ein ganz neues System, und er fühlte: ich habe etwas gefunden. Und als er seine kleine Stadt verließ und in die Welt hinauskam, da sah er neue Bücher, und das, was er für sich entdeckt hatte, das gab es bereits: es war die Differentialrechnung. Und da starb er. Die Leute sagen: an der Schwindsucht. Aber er ist nicht an der Schwindsucht gestorben.

Am merkwürdigsten ist das in der Einsamkeit. Daß die Leute im Getümmel ihre Standard-Erlebnisse haben, das willst du ja gern glauben. Aber wenn man so allein ist wie du, wenn man so meditiert, so den Tod einkalkuliert, sich so zurückzieht und so versucht, nach vorn zu sehen –: dann, sollte man meinen, wäre man auf Höhen, die noch keines Menschen Fuß je betreten hat. Und immer sind da Spuren, und immer ist einer dagewesen, und immer ist einer noch höher geklettert als du es je gekonnt hast, noch viel höher.

Das darf dich nicht entmutigen. Klettere, steige, steige. Aber es gibt keine Spitze. Und es gibt keinen Neuschnee.

[1931]

Ein Ehepaar erzählt einen Witz

«Herr Panter, wir haben gestern einen so reizenden Witz gehört, den *müssen* wir Ihnen... also den *muß* ich Ihnen erzählen. Mein Mann kannte ihn schon... aber er ist zu reizend. Also passen Sie auf.

Ein Mann, Walter, streu nicht den Tabak auf den Teppich, da! Streust ja den ganzen Tabak auf den Teppich, also ein Mann, nein, ein Wanderer verirrt sich im Gebirge. Also der geht im Gebirge und verirrt sich, in den Alpen. Was? In den Dolomiten, also nicht in den Alpen, ist ja ganz egal. Also er geht da durch die Nacht, und da sieht er ein Licht, und er geht grade auf das Licht zu... laß mich doch erzählen! das gehört dazu!... geht drauf zu, und da ist eine Hütte, da wohnen zwei Bauersleute drin. Ein Bauer und eine Bauersfrau. Der Bauer ist alt, und sie ist jung und hübsch, ja, sie ist jung. Die liegen schon im Bett. Nein, die liegen noch nicht im Bett...»

«Meine Frau kann keine Witze erzählen. Laß mich mal. Du kannst nachher sagen, obs richtig war. Also nun werde ich Ihnen das mal erzählen.

Also, ein Mann wandert durch die Dolomiten und verirrt sich. Da kommt er – du machst einen ganz verwirrt, so ist der Witz gar nicht! Der Witz ist ganz anders. In den Dolomiten, so ist das! In den Dolomiten wohnt ein alter Bauer mit seiner jungen Frau. Und die haben gar nichts mehr zu essen; bis zum nächsten Markttag haben sie bloß noch eine Konservenbüchse mit Rindfleisch. Und die sparen sie sich auf. Und da kommt... wieso? Das ist ganz richtig! Sei mal still..., da kommt in der Nacht ein Wandersmann, also da klopft es an die Tür, da steht ein Mann, der hat sich verirrt, und der bittet um Nachtquartier. Nun haben die aber gar kein Quartier, das heißt, sie haben nur ein Bett, da schlafen sie zu zweit drin. Wie? Trude, das ist doch Unsinn... Das kann sehr nett sein!»

«Na, ich könnte das nicht. Immer da einen, der – im Schlaf strampelt..., also ich könnte das nicht!»

«Sollst du ja auch gar nicht. Unterbrich mich nicht immer.»

«Du sagst doch, das wär nett. Ich finde das nicht nett.»

«Also...»

«Walter! Die Asche! Kannst du denn nicht den Aschbecher nehmen?»

«Also ... der Wanderer steht da nun in der Hütte, er trieft vor Regen, und er möchte doch da schlafen. Und da sagt ihm der Bauer, er kann ja in dem Bett schlafen, mit der Frau.»

«Nein, so war das nicht. Walter, du erzählst es ganz falsch! Dazwischen, zwischen ihm und der Frau – also der Wanderer in der Mitte!»

«Meinetwegen in der Mitte. Das ist doch ganz egal.»

«Das ist gar nicht egal ... der ganze Witz beruht ja darauf.»

«Der Witz beruht doch nicht darauf, wo der Mann schläft!»

«Natürlich beruht er darauf! Wie soll denn Herr Panter den Witz so verstehen ... laß mich mal – ich werd ihn mal erzählen! – Also der Mann schläft, verstehen Sie, zwischen dem alten Bauer und seiner Frau. Und draußen gewittert es. Laß mich doch mal!»

«Sie erzählt ihn ganz falsch. Es gewittert erst gar nicht, sondern die schlafen friedlich ein. Plötzlich wacht der Bauer auf und sagt zu seiner Frau – Trude, geh mal ans Telefon, es klingelt. – Nein, also das sagt er natürlich nicht ... Der Bauer sagt zu seiner Frau ... Wer ist da? Wer ist am Telefon? Sag ihm, er soll später noch mal anrufen – jetzt haben wir keine Zeit! Ja. Nein. Ja. Häng ab! Häng doch ab!»

«Hat er Ihnen den Witz schon zu Ende erzählt? Nein, noch nicht? Na, erzähl doch!»

«Da sagt der Bauer: Ich muß mal raus, nach den Ziegen sehn – mir ist so, als hätten die sich losgemacht, und dann haben wir morgen keine Milch! Ich will mal sehn, ob die Stalltür auch gut zugeschlossen ist.»

«Walter, entschuldige, wenn ich unterbreche, aber Paul sagt, nachher kann er nicht anrufen, er ruft erst abends an.»

«Gut, abends. Also der Bauer – nehmen Sie doch noch ein bißchen Kaffee! – Also der Bauer geht raus, und kaum ist er rausgegangen, da stupst die junge Frau ...»

«Ganz falsch. Total falsch. Doch nicht das erstemal! Er geht raus, aber sie stupst erst beim drittenmal – der Bauer geht nämlich dreimal raus – das fand ich so furchtbar komisch! Laß mich mal! Also der Bauer geht raus, nach der Ziege sehn, und die Ziege ist da; und er kommt wieder rein.»

«Falsch. Er bleibt ganz lange draußen. Inzwischen sagt die junge Frau zu dem Wanderer –»

«Gar nichts sagt sie. Der Bauer kommt rein...»

«Erst kommt er nicht rein!»

«Also... der Bauer kommt rein, und wie er eine Weile schläft, da fährt er plötzlich aus dem Schlaf hoch und sagt: Ich muß doch noch mal nach der Ziege sehen – und geht wieder raus.»

«Du hast ja ganz vergessen, zu erzählen, daß der Wanderer furchtbaren Hunger hat!»

«Ja. Der Wanderer hat vorher beim Abendbrot gesagt, er hat so furchtbaren Hunger, und da haben die gesagt, ein bißchen Käse wäre noch da...»

«Und Milch!»

«Und Milch, und es wär auch noch etwas Fleischkonserve da, aber die könnten sie ihm nicht geben, weil die eben bis zum nächsten Markttag reichen muß. Und dann sind sie zu Bett gegangen.»

«Und wie nun der Bauer draußen ist, da stupst sie den, also da stupst die Frau den Wanderer in die Seite und sagt: Na...»

«Keine Spur! Aber keine Spur! Walter, das ist doch falsch! Sie sagt doch nicht: Na...!»

«Natürlich sagt sie: Na...! Was soll sie denn sagen?»

«Sie sagt: Jetzt wäre so eine Gelegenheit...»

«Sie sagt im Gegenteil: Na... und stupst den Wandersmann in die Seite...»

«Du verdirbst aber wirklich jeden Witz, Walter!»

«Das ist großartig! Ich verderbe jeden Witz? *Du* verdirbst jeden Witz – ich verderbe doch nicht jeden Witz! Da sagt die Frau...»

«Jetzt laß *mich* mal den Witz erzählen! Du verkorkst ja die Pointe...!»

«Also jetzt mach mich nicht böse, Trude! Wenn ich einen Witz anfange, will ich ihn auch zu Ende erzählen...»

«Du hast ihn ja gar nicht angefangen... *ich* habe ihn angefangen!» – «Das ist ganz egal – jedenfalls will ich die Geschichte zu Ende erzählen; denn du kannst keine Geschichten erzählen, wenigstens nicht richtig!» – «Und ich erzähle eben meine Geschichten nach meiner Art und nicht nach deiner, und wenn es dir nicht paßt, dann mußt du eben nicht zuhören…!» – «Ich will auch gar nicht zuhören… ich will sie zu Ende erzählen – und zwar so, daß Herr Panter einen Genuß von der Geschichte hat!» – «Wenn du vielleicht glaubst, daß es ein Genuß ist, dir zuzuhören…» – «Trude!» – «Nun sagen Sie, Herr Panter – ist das auszuhalten! Und so nervös ist er schon die ganze Woche… ich habe…» – «Du bist…» – «Deine Unbeherrschtheit…» – «Gleich wird sie sagen: Komplexe! Deine Mutter nennt das einfach schlechte Erziehung…» – «Meine Kinderstube…!» – «Wer hat denn die Sache beim Anwalt rückgängig gemacht? Wer denn? Ich vielleicht? Du! Du hast gebeten, daß die Scheidung nicht…» – «Lüge!» – Bumm: Türgeknall rechts. Bumm: Türgeknall links.

Jetzt sitze ich da mit dem halben Witz.

Was hat der Mann zu der jungen Bauersfrau gesagt?

[1931]

Lesen, staunen, danken

Über Bücher und Autoren

> Seit ich mich bemühe, eine bunte und möglichst lehrreiche Buchkritik zu machen, ist mein erstes Bestreben dies gewesen: nicht das Literaturpäpstlein zu spielen. [1931]

Kurt Tucholsky hat über 500 Bücher besprochen. Ihm wichtige Bücher rezensierte er einzeln und ausführlich, andere behandelte er in der «Weltbühne» zusammengefaßt jeweils unter der Überschrift Auf dem Nachttisch, *wobei er diesen Sammelkritiken gern eine Art Rahmenhandlung gab. Peter Panter zeichnete die Besprechungen literarischer Werke und unpolitischer Bücher, Ignaz Wrobel schrieb über politische und zeitgeschichtliche Neuerscheinungen. Buchbesprechung war für Tucholsky auch Mittel in der politischen Auseinandersetzung. Typisch für das kämpferische Temperament, mit dem er an Bücher dieser Art heranging, ist der Anfang seiner vernichtenden Rezension von Arnolt Bronnens Freicorps-Roman «O. S.»:* «Da laßt mich mal ran. Dieses Buch will besprochen sein.»

Anders verhielt Tucholsky sich bei belletristischer Literatur; an sie legte er künstlerische Maßstäbe an, hier fand er leise Töne, konnte aus voller Überzeugung loben, konnte ins Schwärmen geraten – nur selten schaute Ignaz Wrobel dabei dem Kollegen Peter Panter über die Schulter oder mischte sich gar ein. Tucholsky wählte Prosa und Lyrik für Besprechungen aus, die Saiten in ihm zum Klingen brachten, wie er es ausdrückte. Er analysierte und erklärte weniger, als daß er vielmehr das Echo wiedergab, das Bücher in ihm ausgelöst hatten. Fritz J. Raddatz, der Tucholsky zu den «wichtigsten, intelligentesten Literaturkritikern» jener Zeit zählt, meint: «Lesen – das heißt bei Kurt Tucholsky immer: Versuch, sich selber zu finden. ... Tucholsky ‹schmeckt ab›, wenn er Worte, Sätze, Bücher liest, er tastet und horcht... Er horcht nicht nur auf die fremden Töne – er horcht in sich hinein. Er ‹antwortet› auf bestimmte Herztöne, auf Frequenzen, die Sender und Empfänger gemeinsam sind.»

Tucholsky bekannte: «Ließe man mich auf André Gide, auf Paul Claudel, auf Robert Musil los: das gäbe ein rechtschaffenes Unglück. Ich verstehe sie nicht; sie sagen mir nichts. [...] Ich spüre die geistige Potenz – das genügt aber nicht. Also habe ich zu schweigen, wenn von ihnen die Rede ist.» *(1931) Dafür erkannte er sehr früh den besonderen Rang Franz Kafkas, er setzte sich mit dem «Ulysses» von James Joyce auseinander, er hielt Brecht und Benn für die damals stärksten lyrischen Begabungen, er stellte Romane der in den zwanziger Jahren für Deutschland neuen amerikanischen Schriftsteller John Dos Passos, Theodore Dreiser, Sinclair Lewis und Upton Sinclair vor. An französischen Autoren besprach er Jean Giraudoux, François Mauriac, Jules Romain. Heinrich Mann faszinierte ihn als politischer Schriftsteller. Thoman Manns «Buddenbrooks» schätzte er hoch, sonst stand er diesem Autor eher reserviert gegenüber. Bei Hermann Hesse gefiel ihm die erzählende Prosa weniger als die Essays und die Buchkritiken, die* «zur Zeit in Deutschland kein Gegenstück haben». *Knut Hamsun verehrte er, bis dieser mit den Nazis zu sympathisieren begann. Eine frühe Empfehlung galt dem lange unterschätzten Georg Büchner, und den verfemten Schriftsteller Oskar Panizza hob Tucholsky überhaupt erst in das Bewußtsein der Öffentlichkeit. Am sogenannten «literarischen Leben», den Diskussionen und Querelen der Autoren untereinander, beteiligte er sich indessen kaum:* «Nichts verächtlicher, als wenn Literaten Literaten Literaten nennen.» *Tucholsky blieb auch in seinen Buchbesprechungen Einzelgänger und Einzelkämpfer.*

Büchner

Der Tonfall von ‹*Wozzek*›, die Melodie von ‹*Leonce und Lena*› ist mir im Fleisch und Blut. Diese starke Wirkung beruht, glaube ich, nicht so sehr auf einer Technik, die zum Teil die Shakespearesche ist, wie auf einer Betrachtungsweise. Der Welt und des Theaters. Das Theater ist bei Büchner, der ein Dramatiker war von Geburt, ein buntes erleuchtetes Loch, vor dem die Zuschauer mit weit aufgerissenen Augen sitzen, die lieben Leute, denen man es doch ein bißchen deutlich machen muß, wie es so im Leben zugeht. Im Leben? Nun, jedenfalls in dem, das Büchner sich zurechtgelegt hatte. Der Rahmen war immer der gleiche: mochten das zarte Pastellprinzessinnen sein oder besoffene Hofmeister, arme Soldaten oder gelehrte Ärzte mit Knopfstock und lateinischen Floskeln – immer wurde das Typische gegeben. Und mehr als das: ein bißchen Ironie. Ein bißchen – eben ein bißchen Theater. Die Rede allein macht es nicht, wenn nicht die Gegenrede dazu kommt. Der erste weiß schon immer, was der andere sagen wird: sie reichen sich gegenseitig das Stichwort zu, werfen es hin und her und spielen mehr mit der Sprache, als daß sie sie sprechen. Von den Wortspielen wissen alle Beteiligten, daß sie eigentlich nur zum Spaß angebracht sind – so, damit sich die Spieler und das Publikum unterhalten.

Aber manchmal, da geht dann doch das Blut und das Tempo mit ihm durch. Im ‹*Wozzek*› sind so ein paar Stellen, etwa: wie sie dem Kind mitteilen, daß sein Vater ermordet worden, und ‹*Leonce und Lena*› besteht zur Hälfte aus diesen Passagen, die singen und tönen und nie mehr loslassen. Und so ist auch der Anfang der einzigen Novelle, die wir von ihm besitzen: ‹*Lenz*›. «Den zwanzigsten ging Lenz durchs Gebirg.» Maestoso. Wie Paukenschläge am Anfang einer großen Symphonie.

Ist dies das Forte, so gibt es zwei Pianostellen: die zwei Gedichte. Die – denn außer unerheblichen Jugendgedichten sind sie die einzigen. Eins im ‹*Wozzek*›, eins in ‹*Leonce und Lena*›. Das zweite pianissimo, das erste von einer so zerrissenen, fürchterlichen Verzweiflung, daß es sich lohnt, nur dieses schrecklichen Wiegenliedes wegen das Stück zu lesen. Wie das aufhört:

Lauter kühle Wein muß es sein, juchhe!
Lauter kühle Wein muß es sein!

Mit dem Ton auf ‹lauter› – und wem sich bei dem ‹Juchhe› das Herz nicht zusammenkrampft, der ist kein Mensch.

Hundert Jahre – man sollte meinen, er würde nun auf den Schulen gelesen. Als Klassiker. Ach nein! Die Familie, der er angehört, hat nie großes Glück gehabt bis auf den heutigen Tag: der junge Schiller wird auf eben den Schulen nur wegen seiner körperlichen Identität mit dem alten geduldet, Panizza ist unbekannt im Irrenhaus gestorben – wir werden ihm nächstens einen Kranz aufs Grab legen, nicht wahr? – und Wedekind... Nun, man weiß ja, warum der ‹zieht›.

Lieber S. J., sagen Sie doch den Theaterdirektoren, sie möchten Georg Büchner aufführen. Hundert Jahre sind eine lange Zeit, und wenn einer so lange gewartet hat, dann will er sich im Grab auch einmal auf die andre Seite drehen. Gewiß: «Ein guter Mensch, der sein gutes Gewissen hat, tut alles langsam», sagt der Hauptmann zu Wozzek. Ein gutes Gewissen haben doch die Theaterleute, und nun ists Zeit.
[1913]

Drei neue Bücher (Franz Kafka)

Verbunden durch den Gleichklang der Melodien erklingen diese drei Bücher im sanftem Trio. Wenn das Wort nicht kompromittiert wäre, so laßt sie uns Weihnachtsbücher nennen: leise tönt das, was das Jahr über schwieg, betäubt wurde...

Am stärksten bei Max Brod, in seinem Buch: *‹Die Höhe des Gefühls›* (1913, Ernst Rowohlt Verlag, Leipzig). Und hierin am stärksten, am reinsten in der Szene, die für Franz Werfel geschrieben ist: die Szene im Dorf. [...]

Gleichfalls ein Prager: Franz Kafka. Sein Erstlingswerk: *‹Betrachtung›* (1913, Ernst Rowohlt, Leipzig) zeigt noch Einflüsse, – aber da ist schon sehr viel Neues. Es gibt nur noch einen, der diese singende Prosa schreiben kann: Robert Walser. Wie ist das hier: Kafkas *‹Ausflug ins Gebirge›*. Ein Ausflug mit einer Gesellschaft von lauter Niemand. «Wie sich diese Niemand aneinander drängen, diese vielen quer gestreckten und eingehängten Arme, diese vielen Füße, durch winzige Schritte getrennt! Versteht sich, daß alle in Frack sind. Wir gehen so la la, der Wind fährt durch die Lücken, die wir und unsere Gliedmaßen offen lassen. Die Hälse werden im Gebirge frei! Es ist ein Wunder, daß wir nicht singen.» Eine Fülle guter Einzelbeobachtungen enthält das Buch. Es ist ein bißchen Laforgue, und der Franzose hätte es überschrieben: Beklagung des Junggesellen, und Kafka sagt: «... sich im Aussehen und Benehmen nach ein oder zwei Junggesellen der Jugenderinnerungen auszubilden.» Es ist Melodie in dem, was er sagt, und wenn sich über die Berechtigung solcher Literaten streiten läßt, so bestimmt das nicht über das große Können Kafkas. Am schönsten der Shakespearesche Schluß von ‹*Kinder auf der Landstraße*›: «Ich strebte zu der Stadt im Süden hin, von der es in unserem Dorfe hieß:

‹Dort sind Leute! Denkt Euch, die schlafen nicht!›
‹Und warum denn nicht?›
‹Weil sie nicht müde werden.›
‹Und warum denn nicht?›
‹Weil sie Narren sind.›
‹Werden denn Narren nicht müde?›
‹Wie könnten Narren müde werden!›»

Hier scheint mir der Weg zu liegen, der zum Parnaß führt: so etwas ist tief und mit den feinfühligsten Fingern gemacht. [...] [1913]

In der Strafkolonie

Das ist nicht wahr, wenn die Leute behaupten, Träume seien verschwommen. «Jeder ist, während er träumt, ein Shakespeare», sagt der Weise, und noch im unsinnigsten Phantasma der Nacht stehen Konturen und Farben unverrückbar fest. Bäume zum Greifen und saftig grün, und in den Gesichtern der Geträumten kann man die Fältchen mit den Fingern antasten. Klar und scharf ist alles im Traum.

So unerbittlich hart, so grausam objektiv und kristallklar ist dieser Traum von Franz Kafka: ‹*In der Strafkolonie*› (bei Kurt Wolff in München erschienen). Dieses schmale Buch, ein wundervoller Drugulin-Druck, ist eine Meisterleistung.

Seit dem ‹*Michael Kohlhaas*› ist keine deutsche Novelle geschrieben worden, die mit so bewußter Kraft jede innere Anteilnahme anscheinend unterdrückt, und die doch so durchblutet ist von ihrem Autor. Die Geschichte ist einfach die, daß in der Strafkolonie ein aufsässiger Soldat auf einen irren Apparat geschnallt wird, und dort foltert man ihn. Dort wird ihm seine Strafe, die These: «Ehre deinen Vorgesetzten», auf den nackten Leib geschrieben. Nadeln besorgen das.

Seit dem parfümierten Salonsadisten Ewers sind diese Dinge ein wenig in Verruf geraten, und man muß heute schon immer hinzusetzen, daß es sich bei einem solchen Buch nicht um die Bereicherung der Handbibliothek schwammiger Konfektionäre handelt. (Zu beschlagnahmen ist hier auch nichts, Herr Staatsanwalt!) Als ich so weit gelesen hatte, bis da der nackte Mann unter der Maschine liegt, in seinen Mund wird ihm von unten her ein Filzstück geschoben, damit er nicht schreien kann, seit Jahren hat man diesen Filzstumpf nicht gewechselt, und nun setzt sich diese komplizierte Maschinerie langsam in Bewegung, die Nadeln schreiben, und aus kleinen Kanülen spritzt Wasser das Blut fort – als ich so weit gelesen hatte, schluckte ich einen faden Blutgeschmack herunter und suchte nach einer Entschuldigung und dachte: Allegorie... Die Militärgerichtsbarkeit...

Aber dieses Kunstwerk ist so groß, daß es keiner Entschuldigung bedarf, und eine Allegorie ist erst recht nicht vonnöten. Es ist ganz etwas andres. Der leitende Offizier erklärt dem fremden Reisenden genau die Konstruktion der Maschine und begleitet jede Zuckung des Gefolterten mit sachverständigen Bemerkungen. Aber er ist nicht roh oder grausam, er ist etwas viel Schlimmeres. Er ist amoralisch. Die Angelegenheit hat mit Christentum überhaupt nichts zu tun, dieser Offizier quält nicht, er ist beileibe kein Sadist. Und wenn er nach der sechsten Stunde der Folterung die Leidenszüge des nun immer schwächer werdenden Mannes in sich hineinschlürft, so ist das nur eine grenzenlose und sklavische Verneigung vor der Maschine dessen, was er Gerechtigkeit nennt, in Wahrheit: vor der Macht. Und diese Macht hat hier keine Schranken.

Einmal schrankenlos herrschen können... Besinnt ihr euch noch: wie wir kleine Jungens gewesen sind und in mancherlei wirren Sexualnöten steckten, erträumten wir uns wohl eine Stadt oder ein Land, darin gingen die Leute alle nackt oder sie hatten Glaskleider an, Männer und Frauen. Und in diesem Lande wurde ausschließlich und schrankenlos und ohne die leiseste Seelenemotion coitiert. Das hatte mit Liebe gar nichts zu tun, es war das ein Schwelgen in der Möglichkeit rein manuellen Geschehens, ohne daß störend Lehrer oder Vater oder Mutter hinzukamen. (Eine Art der Sinnlichkeit, wie sie normale Erwachsene nie mehr empfinden können.) Was die Phantasie des Knaben reizte, war nicht nur das sexuelle Motiv, sondern vor allem die Schrankenlosigkeit. Das Indianerspiel war die Vorstufe dazu. Einmal schrankenlos herrschen können...

Diese Schrankenlosigkeit – hier bei Kafka it sie geträumt und gestaltet. Und die Hindernisse, die sich einer reglementmäßigen Folterung in den Weg stellen, sind gleichfalls traumhaft. Nicht daran scheitert die Qual, daß etwa eine ganze Gesellschaft, die Ordnung, der Staat empört aufstünden, sie zu hindern – nein, die Ersatzteile der Maschine sind nicht in Ordnung, und der neue Kommandant der Strafkolonie ist, im Gegensatz zum alten, ein Modernist und unterstützt den Maschinenoffizier und sein Folterwerk nicht so recht, aber er duldet es doch auch... Und all das ist so maßlos kühl und unbeteiligt erzählt. Der Dichter hat noch Zeit, ganz, ganz kleine Einzelheiten auszupinseln, so wie man ja manchmal im Leben und im Traum bei katastrophalen Geschehnissen einen eingerissenen Fingernagel oder ein Blumenblatt auf dem Teppich als das Charakteristikum dieses Geschehnisses vor allem im Gedächtnis behält. Und so arbeitet denn vor den Augen des erregten Reisenden die Maschine, und die Nadeln schreiben und schreiben.

Und dann verschiebt sich das Bild, und in einem Kausalnexus, der nur durch die Tatsache des Traums verständlich wird, läßt der Offizier den Verurteilten frei, und weil seine Maschine nicht leer stehen kann, legt er sich selbst darunter und läßt sich rasch zu Tode peinigen. Nur deshalb: weil die Maschine nicht leer stehen kann. Und traumhaft wirr steigen die Räder aus diesem entsetzlichen Instrument, das ein gemeinsames Kind von Peter Behrens und Lyonel Feininger konstruiert haben könnte, die runden Räder steigen und fallen, und da spießt die Egge den Leib des Offiziers auf, und der Ausleger der Maschine hebt den Kadaver entsetzlich langsam nach außen und läßt ihn in jene Grube klatschen...

Der Reisende und der bisherige Verurteilte und der Posten haben machtlos zugesehen. Und dann gehen sie noch in der Stadt umher, und dann steigt der Reisende auf ein Boot und fährt fort. Und auf einmal ist das Buch aus.

Ihr müßt nicht fragen, was das soll. Das soll gar nichts. Das bedeutet gar nichts. Vielleicht gehört das Buch auch gar nicht in diese Zeit, und es bringt uns sicherlich nicht weiter. Es hat keine Probleme und weiß von keinen Zweifeln und Fragen. Es ist ganz unbedenklich. Unbedenklich wie Kleist.
[1920]

Der Prozeß

> Es war ein lächelnder Gerichtshof, vor dem
> er dringend sich seinen Freispruch verbat.
> Ludwig Hardt

Wenn ich das unheimlichste und stärkste Buch der letzten Jahre: Franz Kafkas ‹*Prozeß*› (im Verlag Die Schmiede zu Berlin) aus der Hand lege, so kann ich mir nur schwer über die Ursachen meiner Erschütterung Rechenschaft ablegen. Wer spricht? Was ist das?

«Erstes Kapitel. Verhaftung. Gespräch mit Frau Grubach. Dann Fräulein Bürstner. Jemand mußte Josef K. verleumdet haben, denn ohne daß er etwas Böses getan hätte, wurde er eines Morgens verhaftet.» So fängt es an. Es ist ein Bankbeamter, um den es sich handelt – und die zwei Gerichtsboten, die da morgens in sein möbliertes Zimmer kommen, wollen ihn verhaften. Aber sie verhaften gar nicht – der ‹Aufseher› stellt an einem Nachttischchen ein Verhör mit ihm an, dann darf er in die Bank gehen. Er ist frei. Bitte, Sie sind frei… Der Prozeß schwebt.

Wir alle, die wir ein Buch zu lesen beginnen, wissen doch nach zwanzig oder dreißig Seiten, wohin wir den Dichter zu tun haben; was das ist; wie es läuft; obs ernst gemeint ist oder nicht; wohin man im groben so ein Buch zu rangieren hat. Hier weißt du gar nichts. Du tappst im Dunkel. Was ist das? Wer spricht?

Der Prozeß schwebt, aber es wird nicht gesagt, was für ein Prozeß. Der Mann ist offenbar eines Vergehens angeklagt, aber es wird nie gesagt, welches Vergehens. Die irdische Gerichtsbarkeit ist es nicht – also welche sonst? Eine, um Gottes willen, allegorische? Der Autor erzählt, erzählt mit unerschütterlicher Ruhe – bald merke ich, daß es nichts Allegorisches wird – deute nur, du deutest nie aus. Nein, ich deute nie aus.

Josef K. wird zum Verhör geladen – er geht. Das Verhör findet unter seltsamen Umständen im fünften Stockwerk eines Außenviertels statt – man liest, weiß nicht…

Und ganz unmerklich hat sich die Idee festgehakt, sie greift über, und nun gibt es nichts zu freudianern, und keine gebildeten, geschwollenen Fremdwörter helfen hier weiter.

Es ergibt sich, das Josef K. in eine riesenhafte Maschinerie geraten ist, in eine bestehende, arbeitende, geölt laufende Maschine des Gerichts. Er vernachlässigt seine Stellung in der Bank, er berät mit Advokaten, er geht zu den Verhören, obgleich er sich geschworen hat, nicht hinzugehen, er beschwert sich über das Betragen der Gerichtsdiener in seiner Wohnung – es sickert auch langsam durch, daß er einen ‹Prozeß› hat, es scheint, daß alle Leute davon wissen, oder doch viele, es ist wohl etwas Legitimes. Bis es ihn in der Bank selbst erwischt.

«Als K. an einem der nächsten Abende den Korridor passierte, der sein Büro von der Haupttreppe trennte – er ging diesmal fast als der Letzte nach Haue, nur in der Expedition arbeiteten noch zwei Diener im kleinen Lichtfeld einer Glühlampe –, hörte er hinter einer Tür, hinter der er immer nur eine Rumpelkammer vermutet hatte, ohne sie jemals selbst gesehen zu haben, Seufzer ausstoßen.» Er öffnet. Da steht ein Mann in dunkler Lederkleidung und vor ihm die beiden Gerichtsdiener. «Was tut ihr hier?» fragt er sie. «Herr! Wir sollen geprügelt werden, weil du dich beim Untersuchungsrichter über uns beklagt hast.» In der Bank? In dieser so realen Bank? K. unterhandelt mit ihnen, versucht, den Prügler zu besänftigen – so hart habe er seine Beschwerde nicht gemeint... Aber sie müssen sich ausziehen, die Gerichtsdiener, schon sind die Oberkörper nackt, die Rute tanzt... Da schlägt K. die Tür zu. Der Schrei der Geprügelten wird jäh abgeklemmt.

Am nächsten Tag geht er scheu an der Tür vorbei, die sein Geheimnis vor der Bank verbirgt. Er öffnet, aus Gewohnheit... «Vor dem, was er statt des erwarteten Dunkels erblickte, wußte er sich nicht zu fassen. Alles war unverändert so, wie er es am Abend vorher beim Öffnen der Tür gefunden hatte. Die Drucksorten und Tintenflaschen gleich hinter der Schwelle, der Prügler mit der Rute, die noch vollständig angezogenen Wärter, die Kerze auf dem Regal und die Wächter begannen zu klagen und riefen: Herr! Sofort warf K. die Tür zu...»

Ich gebe diese Probe, um die grausame Mischung von schärfster Realität und Unirdischem zu zeigen – wie neben den Büroboten der lederschwarze Prügler, aus einer Masochisten-Fotografie geschnitten, die Rute schwingt... Und K. wirft die Tür zu – nein: «er schlug noch mit den Fäusten gegen sie, als sei sie dann fester verschlossen». Der Prozeß schwebt.

Der Prozeß braucht einen Advokaten. K. findet ihn, aber hier hat das Buch nun schon beinah ganz die Erde verlassen – wie eine schwarze Kugel schwebt es durch den Raum. Beim Advokaten ist ein Leidensgefährte, ein jämmerlicher zerprügelter kleiner Mensch – und es gibt untere und obere Advokaten, und das Schrecklichste ist, daß niemand die Spitze dieser Pyramide absehen kann, niemand dringt jemals in diese Höhen, scheint es...

Also eine Justizsatire? Nichts davon.

So wenig, wie die ‹*Strafkolonie*› eine Militärsatire ist oder die ‹*Verwandlung*› eine Bourgeois-Satire – es sind selbständige Gebilde, die niemals auszudeuten sind.

Der treuste Freund Max Brod, der dem Buch ein wunderschönes Nachwort geschrieben hat, und dessen unermüdlichen Anstrengungen wir erst die Drucklegung dieses Schatzes und fast aller andern Bücher Kafkas verdanken – Brod erzählt uns, das Buch sei ein Fragment geblieben. Man merkt das auch: ich fühle in diesem Punkt ein klein wenig anders als Brod. So erscheint mir bei diesem herrlichen Prosaiker zum ersten Mal dies und jenes nicht ganz ausgeglichen – auch steht für mein Empfinden das grandiose Schlußkapitel etwas unvermittelt an dem vorletzten Abschnitt, der übrigens eine Meisterleistung für sich ist. Auf meine Bitte war Max Brod so freundlich, mir seine Ansicht über den ‹Prozeß› mitzuteilen; hier ist sie:

«Der Prozeß, der da geführt wird, ist der ewige Prozeß, den ein zart empfindender Mensch mit seinem Gewissen auszufechten hat. Held K. steht vor seinen innern Richtern. Das gespenstische Verfahren vollzieht sich an den unscheinbarsten Schauplätzen und so, daß scheinbar K. immer recht hat. Ganz ebenso sind wir rechthaberisch gegen unser Gewissen und versuchen, es zu bagatellisieren. Das Besondere ist nur die fatale Feinfühligkeit gegen die innere Stimme, die auf Schritt und Tritt immer lebendiger wird.

Mit Kafka selbst konnte man natürlich nie über Deutungen sprechen, auch bei der größten Intimität nicht. Er selbst deutete so, daß die Deutungen neuer Deutungen bedürftig wären. So wie ja auch sein Prozeß nie recht entschieden werden kann.»

Dieser Prozeß ist selbstverständlich, wie auch aus Brods Darlegungen im Nachwort hervorgeht, niemals eine Allegorie gewesen. Er ist sofort als Symbol konzipiert, tatsächlich hat sich das Symbol selbständig gemacht, es lebt sein eignes Leben. Und was für ein Leben...

Da ist eine Szene bei einem etwas verkommenen Maler, von dem man dem Angeklagten K. gesagt hat, er könnte ihm im Prozeß durch Fürsprache bei den obern Richtern nützlich sein. Zu dem geht er. Der Mensch wohnt oben im Haus, in einer kleinen, unaufgeräumten Stube. Zum Schluß der Unterredung bittet der Maler, ihm doch ein Bild abzukaufen, vielleicht mehrere Bilder... Und holt nun immer dieselbe Heidelandschaft unter seinem Bett hervor, immer dieselbe... Und dann geleitet er den Hilfesuchenden zur Tür hinaus, und K. ist wieder in den gefürchteten Gerichtskorridoren. «Woher staunen Sie?» fragt der Maler. «Es sind die Gerichtskanzleien. Wußten Sie nicht, daß hier Gerichtskanzleien sind? Gerichtskanzleien sind doch fast auf jedem Dachboden, warum sollten sie grade hier fehlen?»

Also ein Traum? Nichts ist für mein Gefühl verkehrter, als mit diesem verblasenen Wort Kafka fangen zu wollen. Dies ist viel mehr als ein Traum. Das ist ein Tagtraum.

Etwas Ähnliches an Zügellosigkeit gibt es nur noch in geschlechtlichen Kindheitsphantasien, wo Schule, Haus, die Stadt und die Welt einer, einer einzigen Idee untergeordnet sind – wo die Menschen Glaskleider tragen oder halt! noch besser: vorn kleine Glasluken, damit man sie besser sehen kann... Das Buch ist nicht wahnsinnig – es ist vollkommen vernünftig, es ist in seiner Idee so vernünftig, wie manche Irre vernünftig sind, logisch, mathematisch in Ordnung: es fehlt eben jene leise Dosis von Irrationalem, die erst dem vernünftigen Menschen den innern Halt gibt. Nichts schrecklicher als ein reiner Mathematiker des Verstandes – nichts unheimlicher.

Nun ist aber Kafka ein Dichter seltenen Formats, und diese ultralogische Grundidee ist berankt mit realen Phantasiegebilden. Es gibt gar keine Frage mehr, ob es das alles gibt – das gibt es, das ist so wahr, wie in der Strafkolonie eine Tötemaschine steht, so wahr, wie sich der Geschäftsreisende damals in einen Käfer verwandelte... das ist so.

Das vorletzte Kapitel enthält die theologische Ausdeutung einer kleinen Geschichte Kafkas, die sich in dem Band *‹Ein Landarzt›* findet, sie heißt: *‹Vor dem Gesetz›*, ein Muster reiner Prosa. Hier im Buch schwillt die Geschichte auf, wird, nach des Autors eignen Worten, unförmlich; ein Gefängniskaplan im Dom erklärt sie dem lauschenden und disputierenden Josef K., verstrickt ist er, nichts kann ihn retten.

Wie er stirbt, mag man selber nachlesen. Die letzte Minute ist eine Vision von einer nie gehörten Stärke. «Seine Blicke fielen auf das letzte Stockwerk des an den Steinbruch grenzenden Hauses. Wie ein Licht aufzuckt, so fuhren die Fensterflügel eines Fensters dort auseinander, ein Mensch, schwach und dünn in der Ferne und Höhe, beugte sich mit einem Ruck weit vor und streckte die Arme noch weiter aus. Wer war es? Ein Freund? Ein guter Mensch? Einer, der teilnahm? Einer, der helfen wollte? War es ein Einzelner? Waren es alle? War noch Hilfe? Gab es Einwände, die man vergessen hatte?»

Das Buch schließt mit einem optischen Bild, das ich hier nicht aus dem Zusammenhang reißen möchte, einer alten Fotografie von unvergeßlicher Grausigkeit.

Seit Oskar Panizza ist so etwas an eindringlicher Kraft der Phantasie nicht wieder gesehen worden. Das Deutsch ist schwer, rein, bis auf wenige Stellen wundervoll durchgearbeitet. Wer spricht?

Franz Kafka wird in den Jahren, die nun seinem Tode folgen, wachsen. Man braucht niemand zu ihm zu überreden; er zwingt. Wände beleben sich, die Schränke und Kommoden fangen an zu flüstern, die Menschen erstarren, Gruppen lösen sich auf und bleiben wieder wie angebleit stehen, nur der Wille zittert noch leise in ihnen. Man sagt von Tamerlan, er habe einmal seine Gefangenen mit Mörtel zu einer Mauer zusammenmauern lassen, zu einer brüllenden Mauer, die langsam verzuckte. So etwas ist es. Ein Gott formt eine Welt um, setzt sie neu zusammen, ein Herz steht am Himmel und scheint nicht, sondern klopft; ein Fetisch wandelt, eine Apparatur wird lebendig, nur, weil sie da ist, die Frage Warum? ist so töricht, beinah so töricht wie in der realen Welt.

Deren Teile sind da – aber sie sind so gesehen, wie der Patient kurz vor der Operation die Instrumente des Arztes sieht: ganz scharf, überdeutlich, durchaus materiell – aber hinter den blitzenden Stücken ist noch etwas andres, die Angst brüllt der Materie in alle Poren, erbarmungslos steht das Operationsbett, hab doch Mitleid! sagt der Kranke, auch du! Das Bett ist so fremd, aber es ist doch im Bunde.

Ein solcher Wille begründet Sekten und Religionen – Kafka hat Bücher geschrieben, einige wenige, unerreichbare, niemals auszulesende Bücher. Hätte sich der Schöpfer anders besonnen, und wäre dieser in Asien geboren: Millionen klammerten sich an seine Worte und grübelten über sie, ihr Leben lang.

Wir dürfen lesen, staunen, danken.

[1926]

Auf dem Nachttisch (‹Amerika›)

[...] Zum Beispiel Banken. Und wenn die groß geworden sind, so groß, daß sie ein Land überschatten, dann heißt das Land Amerika, und nun wollen wir einmal ein Amerika-Buch begucken, das eigentlich gar keines ist und doch eines ist. Es ist von jenem großen Prosaiker Franz Kafka, auf den immer wieder hinzuweisen das schönste Verdienst Max Brods ist – das Buch heißt ‹*Amerika*› (und ist bei Kurt Wolff in München erschienen). Das Werk stammt aus der Zeit vor dem Kriege, Brod sagt in seinem Nachwort, daß es schon viele zarte Lichter des Chaplinschen Humors enthält. Es ist etwas ganz und gar Wunderbares, an innerer Musik und dem Pianissimo der Töne nur noch mit Hamsun zu vergleichen.

Ich habe mich mit dem ‹*Schloß*› Kafkas nicht im gleichen Maße befreunden können – es ist das ein Buch, in dem eine ‹Deutung› der Vorgänge fast unumgänglich nötig erscheint, und weder hat mir die Deutung noch die Handlung gefallen. Hier in ‹*Amerika*› aber ist jeder Vorgang Selbstzweck, dichterische Frucht und Blüte schmerzlicher Erkenntnis. Es läuft da ein Band vom Dostojewskischen Idioten über Schwejk zu der Hauptfigur des kleinen Karl – sie wehren sich gegen das Leben nicht, aber sie sind so allein und siegen noch in den Niederlagen. Was immer wieder an Kafkas Werk zur größten Bewunderung zwingt, ist die Unwiderruflichkeit der Szenen und ihre traumhafte Eindringlichkeit... [...]

Am schönsten an diesem großen Werk ist die tiefe Melancholie, die es durchzieht: hier ist der ganz seltene Fall, daß einer ‹das Leben nicht versteht› und recht hat. Niemals ist das, was da geschieht, ganz auszudeuten; schicksalhaft, wie im Traum, fallen die Bestimmungen, die Gesetze, die Gebräuche auf den Leidenden herunter, der auch nicht fragt; das machen die andern eben so – er also auch. Nie läßt sich der ganze Apparat völlig übersehen; in allen Büchern Kafkas gibt es solch einen ungeheuern, umständlichen, endlosen Apparat, der keine Allegorie ist, sondern Niederschlag des Lebens in einem sieghaft Wehrlosen. Daß Karl jemals den Hoteldirektor selbst erblicken könnte, ist unausdenkbar; es langt allenfalls bis zum Oberkellner, und das ist nun keineswegs komisch gedeutet, sondern tragisch: er weiß nicht...

Die leise, bescheidene Art, mit der er die Gesten der ernsten und werktätigen Menschen nachahmt, ohne eigentlich ihren Inhalt zu verstehen oder etwa zu bejahen, erinnert sehr stark an Chaplin; doch ist bei dem eine Ironie dabei, die hier fast ganz fehlt, und beide beschämen die Nachgeahmten. ‹*Amerika*› ist eines der schönsten Bücher, die die deutsche Prosa aufzuweisen hat; ich bin mit Max Brod der festen Meinung, daß die Zeit dieses wahren Klassikers der deutschen Prosa noch einmal kommen wird. [...]
[1929]

Briefauszug (Thomas Mann)

[...] Wenn der Rapport fertig ist, mag Er nur ‹*Buddenbrooks*› lesen. Es steht alles darin. Bis auf die Erotik – Mann ist ein merkwürdig unerotischer Mensch – gibt es wohl keine menschliche Beziehung, die nicht drin ist. Wie es möglich ist, daß ein Vierundzwanzigjähriger ein solches Buch schreiben konnte, wird unerfindlich bleiben. Zu erklären ist es kaum; man kann nur daran denken, daß kaum ein Zug erfunden, aber alle abgeschildert sind – und daß es der Niederschlag einer alten Familientradition ist. Das wäre nicht verwunderlich. Was so erstaunlich bleibt – und das Buch wird nicht alt – ist, daß das Lübeckische und das Persönliche so zum Allgemein-Menschlichen vertieft ist, daß es alle angeht. Hannos Schulzeit ist unser aller Schulzeit, Tonys Ehen leider viele Ehen, der alternde letzte Buddenbrook ein stiller Held, wie es viele gibt, die sich, ohne je zu sprechen, verbluten. Der Humor darin ist ganz norddeutsch, von der besten und tiefsten Sorte. (Hoffentlich machen die paar plattdeutschen Stellen Dir keine großen Schwierigkeiten. Man kann viel raten.) Seitdem er das schrieb – in Rom – sind viele Jahre vergangen. In Lübeck gab es einen großen Skandal; die guten Bürger faßten das Ganze verkehrt auf und die Exemplare der Lübecker Leihbibliotheken sollen über und über mit Randbemerkungen versehen sein; auch sind die richtigen Namen aller Personen an den Rand geschrieben. (Es gibt fast alle.) Und das Haus mit der Inschrift «Dominus providebit» (der Herr wird sorgen) steht da und alles,

alles. Nachdem der Spektakel, der sehr lustige Blüten trug (ein Onkel annoncierte etwas von dem «Vogel, der sein eigenes Nest beschmutzt»), verklungen war, kam etwas anderes, Ernsteres. Es zeigte sich, daß Mann sich fast ausgegeben hatte. Es gibt dann noch ein paar sehr feine Novellen (‹*Tristan*›) – und dann ists aus. Alles, was dann noch kam und kommt und kommen wird, ist reine Verstandesarbeit – und damit ists beim Künstler nun einmal nicht getan. – [...]
[Aus einem Brief an Mary Gerold
vom 17. Juli 1918]

Der Untertan

> Aber es wäre unnütz, euch zu raten. Die Geschlechter müssen vorübergehen, der Typus, den ihr darstellt, muß sich abnutzen: dieser widerwärtig interessante Typus des imperialistischen Untertanen, des Chauvinisten ohne Mitverantwortung, des in der Masse verschwindenden Machtanbeters, des Autoritätsgläubigen wider besseres Wissen und politischen Selbstkasteiers. Noch ist er nicht abgenutzt. Nach den Vätern, die sich zerrackerten und Hurra schrien, kommen Söhne mit Armbändern und Monokeln, ein Stand von formvollen Freigelassenen, der sehnsüchtig im Schatten des Adels lebt...
>
> Heinrich Mann 1911

Dieses Buch Heinrich Manns, heute, gottseidank, in aller Hände, ist das Herbarium des deutschen Mannes. Hier ist er ganz: in seiner Sucht, zu befehlen und zu gehorchen, in seiner Roheit und in seiner Religiosität, in seiner Erfolganbeterei und in seiner namenlosen Zivilfeigheit. Leider: es ist der deutsche Mann schlechthin gewesen; wer anders war, hatte nichts zu sagen, hieß Vaterlandsverräter und war kaiserlicherseits angewiesen, den Staub des Landes von den Pantoffeln zu schütteln.

Das erstaunlichste an dem Buch ist sicherlich die Vorbemerkung: «Der Roman wurde abgeschlossen Anfang Juli 1914.» Wenn ein Künstler dieses Ranges das schreibt, ist es wahr: bei jedem andern würde man an Mystifikation denken, so überraschend ist die Sehergabe, so haarscharf ist das Urteil, bestätigt von der Geschichte, bestätigt von dem, was die Untertanen als allein maßgebend betrachten: vom Erfolg. Und es muß immerhin bemerkt werden, daß die alten Machthaber – ach, wären sie alt! – dieses Buch von ihrem Standpunkt aus mit Recht verboten haben: denn es ist ein gefährliches Buch.

Ein Stück Lebensgeschichte eines Deutschen wird aufgerollt: Diederich Heßling, Sohn eines kleinen Papierfabrikanten, wächst auf, studiert und geht zu den Korpsstudenten, dient und geht zu den Drückebergern, macht seinen Doktor, übernimmt die väterliche Fabrik, heiratet reich und zeugt Kinder. Aber das ist nicht nur Diederich Heßling oder ein Typ.

Das ist der Kaiser, wie er leibte und lebte. Das ist die Inkarnation des deutschen Machtgedankens, das ist einer der kleinen Könige, wie sie zu Hunderten und Tausenden in Deutschland lebten und leben, getreu dem kaiserlichen Vorbild, ganze Herrscherchen und ganze Untertanen.

Diese Parallele mit dem Staatsoberhaupt ist erstaunlich durchgearbeitet. Diederich Heßling gebraucht nicht nur dieselben Tropen und Ausdrücke, wenn er redet wie sein kaiserliches Vorbild – am lustigsten einmal in der Antrittsrede zu den Arbeitern («Leute! Da ihr meine Untergebenen seid, will ich euch nur sagen, daß hier künftig forsch gearbeitet wird.» Und: «Mein Kurs ist der richtige, ich führe euch herrlichen Tagen entgegen.») – er handelt auch im Sinne des Gewaltigen, er beugt sich nach oben, wie der seinem Gotte, so er seinem Regierungspräsidenten, und tritt nach unten.

Denn diese beiden Charaktereigenschaften sind an Heßling, sind am Deutschen auf das subtilste ausgebildet: sklavisches Unterordnungsgefühl und sklavisches Herrschaftsgelüst. Er braucht Gewalten, Gewalten, denen er sich beugt, wie der Naturmensch vor dem Gewitter, Gewalten, die er selbst zu erringen sucht, um andere zu ducken. Er weiß: sie ducken sich, hat er erst einmal das ‹Amt› verliehen bekommen und den Erfolg für sich.

Nichts wird so respektiert wie der Erfolg; einmal heißt es gradezu: «Er behandelte Magda mit Achtung, denn sie hatte Erfolg gehabt.» Aber wie wird dieser Erfolg geachtet! Würde er es mit nüchternem Tatsachensinn, so hätten wir den Amerikanismus, und das wäre nicht schön. Aber er wird geachtet auf ganz verlogne Art: man schämt sich der alten Vergangenheit und beschwört die alten Götter, die den wirklichen Dichtern und Denkern von einst noch etwas bedeuteten, zitiert sie, legt Metaphysik in den Erfolg und donnert voll Überzeugung: «Die Weltgeschichte ist das Weltgericht!» Und appelliert an keine höhere Instanz, weil man keine andre kennt.

Das ganze bombastische und doch so kleine Wesen des kaiserlichen Deutschland wird schonungslos in diesem Buch aufgerollt. Seine Sucht, Amüsiervergnügen an Stelle der Freude zu setzen, seine Unfähigkeit, in der Gegenwart zu leben, ohne auf die Lesebücher der Zukunft hinzuweisen, und seine Unfähigkeit, anders als nur in der Gegenwart zu leben, seine Lust am rauschenden Gepränge – tiefer ist nie die Popularität Wagners enthüllt worden als hier an einer ‹*Lohengrin*›-Aufführung, die voll witziger Beziehungen zur deutschen Politik strotzt («denn hier erscheinen ihm, in Text und Musik, alle nationalen Forderungen erfüllt. Empörung war hier dasselbe wie Verbrechen, das Bestehende, Legitime ward glanzvoll gefeiert, auf Adel und Gottesgnadentum höchster Wert gelegt, und das Volk, ein von den Ereignissen ewig überraschter Chor, schlug sich willig gegen die Feinde seiner Herren»)–, und vor allem zeigt Heinrich Mann, wonach eben das Buch seinen Namen führt: die Unfreiheit des Deutschen.

Die alte Ordnung, die heute noch genau so besteht wie damals, nahm und gab dem Deutschen: sie nahm ihm die persönliche Freiheit, und sie gab ihm Gewalt über andere. Und sie ließen sich alle so willig beherrschen, wenn sie nur herrschen durften! Sie durften. Der Schutzmann über den Passanten, der Unteroffizier über den Rekruten, der Landrat über den Dörfler, der Gutsverwalter über den Bauern, der Beamte über Leute, die sachlich mit ihm zu tun hatten. Und jeder strebte nur immer danach, so ein Amt, so eine Stellung zu bekommen – hatte er die, ergab sich das Übrige von selbst. Das Übrige war: sich ducken und regieren und herrschen und befehlen.

Die vollkommene Unfähigkeit, anders zu denken als in solchem Apparat, der weit wichtiger war denn alles Leben, die Stupidität, zwischen Beamtenmißwirtschaft und Anarchie nicht die einzig mögliche dritte Verfassung zu sehen, die es für anständige Menschen gibt: sie bildet den Grundbaß des Buches. (Und offenbart sie sich nicht heute wieder aufs herrlichste?) Sie können alle nur ihre Pflicht tun, wenn man sie ducken und geduckt werden läßt; unzertrennlich erscheint Bildung und Sklaventum, Besitz und Duodezregierung, bürgerliches Leben und Untergebene und Vorgesetzte. Sie fassen es nicht, daß es wohl Leute geben mag, die sachlich Weisungen erteilen, aber nimmermehr: Vorgesetzte; wohl Menschen, die für Geld ausführen, was andre haben wollen, aber nimmermehr: Untergebene. Das Land war – war... – ein einziger Kasernenhof.

Und noch eins scheint mir in diesem Werk, das auch noch die kleinen und kleinsten Züge der Hurramiene mit dem aufgebürsteten Katerschnurrbart eingefangen hat, auf das glücklichste dargestellt zu sein: das Rätsel der Kollektivität. Was der Jurist Otto Gierke einst die reale Verbandspersönlichkeit benannte, diese Erscheinung, daß ein Verein nicht die Summe seiner Mitglieder ist, sondern mehr, sondern etwas andres, über ihnen Schwebendes: das ist hier in nuce aufgemalt und dargetan. Neuteutonen und Soldaten und Juristen und schließlich Deutsche – es sind alles Kollektivitäten, die den einzelnen von jeder Verantwortung frei machen, und denen anzugehören Ruhm und Ehre einbringt, Achtung erheischt und kein Verdienst beansprucht. Man ist es eben, und damit fertig. Der Musketier Lyck, der den Arbeiter erschießt – historisch – und dafür Gefreiter wird; der Bürger Heßling, der – nicht historisch, aber mehr als das: typisch – alle andersgearteten wie Wilde ansieht: sie sind Sklaven der rätselvollen Kollektivität, die diesem Lande und dieser Zeit so unendlich Schmachvolles aufgebürdet hat. «Dem Europäer ist nicht wohl, wenn ihm nicht etwas voranweht», hat Meyrink mal gesagt. Es wehte ihnen allen etwas voran, und sie schwören auf die Fahne.

Kleine und kleinste Züge belustigen, böse Blinkfeuer der Erotik blitzen auf, der Kampf der Geschlechter in Flanell und möblierten Zimmern ist hier ein Guerillakrieg, es wird mit vergifteten Pfeilen geschossen, und es ist bitterlich spaßig, wie Liebe schließlich zum legitimen Geschlechtsgenuß wird. Eine bunte Fülle Leben zieht vorbei, und alles ist auf die letzte Formulierung gebracht, und alles ist typisch, alles ein für alle Mal. Die alte Forderung ist ganz erfüllt: «Wenn nun gleich der Dichter uns immer nur das einzelne, individuelle vorführt, so ist, was er erkannte und uns dadurch erkennen lassen will, doch die Idee, die ganze Gattung.» Leider: so ist die ganze Gattung.

Aus kleinen Ereignissen wird die letzte Enthüllung des deutschen Seelenzustandes: am fünfundzwanzigsten Februar 1892 demonstrierten die Arbeitslosen vor dem Königlichen Schloß in Berlin, und daraus wird in dem Buch eine grandiose Szene mit dem opernhaften Kaiser als Mittelstaffage, einer begeisterten Menge Volks und in ihnen, unter ihnen und ganz mit ihnen: Heßling, der Deutsche, der Claqueur, der junge Mann, der das Staatserhaltende liebt, der Untertan.

Und aus all dem Tohuwabohu, aus dem Gewirr der spießigen Kleinstadt, aus den Klatschprozessen und aus den Schiebungen – man sagt: Verordnungen; und meint: Grundstücksspekulation –, aus lächerlichen Ehrenkodexen und simpeln Gaunereien strahlt die Figur des alten Buck. Man muß so hassen können wie Mann, um so lieben zu können. Der alte Buck ist ein alter Achtundvierziger, ein Mann von damals, wo man die heute geschmähten Ideale hatte, sie zwar nicht verwirklichte, schlecht verwirklichte, verworren war – gewiß, aber es waren doch Ideale. Wie schön ist das, wenn der alte Mann dem neuen Heßling sein altes Gedichtbuch in die Hand drückt: «Da, nehmen Sie! Es sind meine ‹*Sturmglocken*›! Man war auch Dichter – damals!» Die von heute sinds nicht mehr. Sie sind Realpolitiker, verlachen den Idealisten, weil er – scheinbar – nichts erreicht, und wissen nicht, daß sie ihre kümmerlichen kleinen Erfolge neben den charakterlosen Pakten jenen verdanken, die einst wahr gewesen sind und unerschütterlich.

Und das Buch ‹*Der Untertan*› (erschienen bei Kurt Wolff in Leipzig) zeigt uns wieder, daß wir auf dem rechten Wege sind, und bestätigt uns, daß Liebe, die nach außen in Haß umschlagen kann, das einzige ist, um in diesem Volke durchzudringen, um diesem Volke zu helfen, um endlich, endlich einmal die Farben

Schwarz-Weiß-Rot, in die sie sich verrannt haben wie die Stiere, von dem Deutschland abzutrennen, das wir lieben, und das die Besten aller Alter geliebt haben. Es ist ja nicht wahr, daß versipptes Cliquentum und gehorsame Lügner ewig und untrennbar mit unserm Lande verknüpft sein müssen. Beschimpfen wir die, loben wir doch das andre Deutschland; lästern wir die, beseelt uns doch die Liebe zum Deutschen. Allerdings: nicht zu diesem Deutschen da. Nicht zu dem Burschen, der untertänig und respektvoll nach oben himmelt und niederträchtig und geschwollen nach unten tritt, der Radfahrer des lieben Gottes, eine entartete species der gens humana.

Weil aber Heinrich Mann der erste deutsche Literat ist, der dem Geist eine entscheidende und mitbestimmende Stellung fern aller Literatur eingeräumt hat, grüßen wir ihn. Und wissen wohl, daß diese wenigen Zeilen seine künstlerische Größe nicht ausgeschöpft haben, nicht die Kraft seiner Darstellung und nicht das seltsame Rätsel seines gemischten Blutes.

So wollen wir kämpfen. Nicht gegen die Herrscher, die es immer geben wird, nicht gegen Menschen, die Verordnungen für andre machen, Lasten den andern aufbürden und Arbeit den andern. Wir wollen ihnen *die* entziehen, auf deren Rücken sie tanzten, *die,* die stumpfsinnig und immer zufrieden das Unheil dieses Landes verschuldet haben, *die,* die wir den Staub der Heimat von den beblümten Pantoffeln gerne schütteln sähen: die Untertanen!

[1919]

Oskar Panizza

> Herr Moltke brauchte einst die Phrase: «Das Heer ist gegen Deutsche da – man säubert damit von der Straße die Menschen, die dem Schloß zu nah' gewagt sich» – beim Champagnerglase fand seine Rede viel Hurrah! Doch irrt euch nicht, Ihr lieben Kinder der Gasse, denn kommt einst die Uhr, macht gegen Kronen und Cylinder Ihr Front und sagt Choc en retour!
>
> Oskar Panizza

Oskar Panizza. Diesen Mann kennen heute nur noch ganz wenige, und auch seine Bücher sind größtenteils vergriffen, und er selbst lebt in Franken in einem Irrenhaus. Dahin brachte man im Jahre 1904 den Dr. Oskar Panizza, der wohl, als er noch bei Verstande war, der frechste und kühnste, der geistvollste und revolutionärste Prophet seines Landes gewesen ist. Einer, gegen den Heine eine matte Zitronenlimonade genannt werden kann und einer, der in seinem Kampf gegen Kirche und Staat, und vor allem gegen diese Kirche und gegen diesen Staat, bis zu Ende gegangen ist. Goten und Römer haßte er gleichmäßig, und er haßte sie mit einer Inbrunst, einer Kraft und einem so starken Gefühl, daß die Flammen von damals noch heute zu uns herüberschlagen und uns ansengen, als habe man sie heute angezündet. Für seine Komödie ‹*Das Liebeskonzil*› wanderte Oskar Panizza anderthalb Jahre wegen Gotteslästerung ins Gefängnis – und abgesehen davon, daß man den § 166 des deutschen Strafgesetzbuches, der da die Gotteslästerer verdammt, abschaffen sollte: dieses Urteil traf gewiß keinen Kleinen, denn er hatte die Faust zum Himmel hinauf geschüttelt und Gott wirklich gelästert –, weil der die Syphilis erfunden hatte. Es gibt keine Stelle in dem gesamten Schaffen Wedekinds, die an Kühnheit und Größe an diese Szenen heranreicht.

Im Gefängnis schrieb Oskar Panizza allerhand Dialoge und Verse, und als er dann entlassen wurde, ging er nach Paris. Von dem, was er damals im Jahre 1896 – also vor vierundzwanzig Jahren – über sein Land und über sein Volk geschrieben hat, ist uns einiges aufbewahrt. (Diese Dinge dürfen heute in ihrem vollen Umfange noch nicht nachgedruckt werden, weil das Urheberrecht es verbietet.) Und da gibt es einen Dialog zwischen einem Optimisten und einem Pessimisten, der könnte heute geschrieben sein –.

«Meinen Sie, daß ein Volk, welches Jahrhunderte lang gefrondet wurde und in der Fron sich wohlbefand, jemals aus eigenem Antrieb den Blick zum Himmel erheben werde, jemals den Kopf aufrecht tragen lernen werde?» – «Haben wir nicht die Franzosen niedergeschlagen?» – «Ja, in der Fron.» Und dann entwickelt der Optimist (und das wäre der brave Vollbartdeutsche) dem andern, dem Pessimisten, dem Revolutionär die Wohltaten der deutschen Freiheit, die so ganz anders ist, als die aller andern Völker... Und sie unterhalten sich über Regierungsformen. – «Sie geben also die Wohltätigkeit einer monarchischen Regierungsform zu?» – «Ich gebe die Wohltätigkeit einer Regierungsform zu – wenn hinter dem Volk der Scharfrichter steht.» Und man denkt an Rosa Luxemburg und an Liebknecht und Paasche und alle die andern, wenn der Pessimist sagt: «Bis jetzt haben die Deutschen vom Köpfen leider immer nur die passive Form: das Geköpftwerden kennen gelernt.» Und dann zählt er die Opfer der herrschenden deutschen Dynastien auf, Schubert und Schiller, und spricht davon, wie es sich die kleinen Bürgermädchen als eine Ehre anzurechnen hatten, wenn ihr Fürst Höchstselbst sie zu bespringen geruhte. Und er kommt zu dem Ergebnis, das noch heute gilt: «Nehmen Sie die Fürsten weg, und es bleibt eine hilflose Masse, hilfloser als ein Kind.» – «Sind sie nicht glücklich?» – «Eminent glücklich.» Hier liegts ja eben. Das Kindische. Das Tölpelhafte. Sie sind in der Fron glücklich und merken es nicht. Wie der Nigger auf den Reisfeldern beugen sie den breiten Rücken unter der Peitsche des Aufsehers und fletschen noch humoristisch den Passanten an, der an ihnen vorbeigeht... Und dann wird der Pessimist ganz konkret und spricht ohne Umschweife von Berlin: «Gehen Sie nach Berlin! Was sehen Sie dort? Ist es nicht der asiatische Ton, der dort herrscht? Der Ton des Väterchens? Die Kniebeugung vor dem Mufti? Muckte Berlin jemals auf vor seinem Fürsten? Was ist das Höchste, das Berlin leistet? Eine Zote oder ein schmutziges Bonmot über ihn. Das ist immer so: Wem die Hände gefesselt sind, dem schlägt sich die Wut ins Gehirn. In Berlin werden täglich 40000 Majestätsbeleidigungen begangen – im Flüsterton. Erscheint ER aber, dann regt sich in ihnen das asiatische Gemüt, und sie stürzen zu Boden und küssen des Rosses Hufe. Sind es keine Hausknechte? Wollen sie mit diesen Leuten die Welt erobern?» – Und ist dieses Wort nicht noch heute in der freiesten Republik der Welt genau so gültig, wie es damals in der konstitutionellen Monarchie gültig war? – «Heute? Heute, wenn einer einen freien Gedanken ausspricht, bleiben ihm nur drei Wege: Irrenhaus, Gefängnis oder die Flucht», auf der man dann erschossen wird...

Merkwürdig prophetische Worte finden sich in diesem Dialog. Es ist da soviel von asiatischer Sklavenhaftigkeit die Rede, und dann steht da: «Berufen Sie sich nicht soviel auf den Osten. Erwarten Sie nicht soviel knechtisches mehr von Rußland (1896). Dort hat es längst getagt. Jeder Gedanke ist dort ein Zündstück, jedes Gemüt eine Mine. Rußland, dieses lauernde Gehirn, wird eines Tages fürchterlich hervorbrechen, und das Volk der Bakunine und Dostojewskis wird sich seine Freiheit erköpfen.» Und bitter, hart und wie ein Peitschenknall schließt der Dialog: «Ich traue diesem Volke nicht, soweit es denkt. Denn soweit es denkt, ist es feig.»

Panizza stand dem Sozialismus nicht so nahe, daß er von großem Einfluß auf seine Werke gewesen wäre. Hier begehrt einfach ein Mensch gegen die Deutschen auf (das ist mitunter ein Gegensatz) und was dabei herauskommt, wenn sich ein Mann z. B. beim preußischen Militär rein menschlich und eben nicht militärisch benimmt, das wissen wir wohl alle. Weil aber die Literatur dieses Landes und seine Denker der Wirklichkeit gewöhnlich himmelweit voranstürmten und weil ja noch der bescheidenste Revolutionär aus dem Jahre 1848 heute, unter dem Panke-Sozialisten Ebert, ein Revolutionär ist, deshalb scheint es mir gut, von Zeit zu Zeit einen alten Wein aus dem Keller zu holen, ihn gegen das Licht zu halten und zu sehen, daß er alt, aber immer noch neu ist.

[1920]

Gallettiana

Südamerika ist krumm.
Joh. Aug. Galletti (1750–1828)

Beschäftigt mit meinem Werk: ‹Die Hämorrhoiden in der Geschichte des preußischen Königshauses›, blätterte ich neulich versonnen in einem Katalog der Staatsbibliothek. Das ist eine freundliche Arbeit. Schon nach vier Seiten hat mein geübtes Philologengehirn vergessen, wozu ich eigentlich hergekommen bin, und strahlend versenke ich mich in das Meer von Geschreibsel. Einmal bin ich auch auf mich selber gestoßen. – Es gibt den Ausspruch eines hannoverschen Bauern, der den dummen Streichen der Studiker zusieht: «Wat se all maket, die Studenten!» Wart se wirklich all maket... Wenn die Deutschen keine Geschäftsordnungsdebatten abhalten, scheinen sie Bücher geschrieben zu haben. Hier ist es schön still, in der Bibliothek. Draußen klingeln die Bahnen: hier muffeln kurzsichtige Professoren in dicken Wälzern, freundliche, wenn auch großfüßige Mädchen laufen hin und her, die Bibliothekare sehen sauer aus, als wollten sie alle Studenten, die nicht Bescheid wissen, auffressen – eine Insel der Seligen.

Und wie ich da so blättere, stoße ich auf ‹*Gallettiana*›. Was ist das? Wer ist Galletti? Ein Druckfehler für Valetti? Ich bat um das Buch.

Das Buch heißt so: ‹*Gallettiana. Unfreiwillige Komik in Aussprüchen des Professors Joh. G. Aug. Galletti. Mit einem Bildnis Gallettis.*›

Dieser Galletti war Professor am Gothaer Gymnasium, und seine bei ihm geblüht habenden Kathederblüten sind in dem Büchelchen gesammelt. Es ist herrlich.

Wissen Sie noch? Wir saßen da, ließen langsam, aber sorgfältig eine lange Bahn Tinte die Bank herunterlaufen und bohrten zwischendurch ernsthaft in der Nase. Es war zum Sterben langweilig. Anstandshalber konnte man nicht immerzu nach der Uhr sehen. Fünf Minuten vor halb – das war ein Schicksalswort. Bring die ältesten deutschen Männer auf ihre Schulzeit zu sprechen, und du wirst in den meisten Fällen ein Wachsfigurenkabinett verschrullter Tröpfe vorgeführt bekommen, die übrigens jetzt so sachte aussterben; die von heute sind farbloser. Aber wir wollen nicht vom deutschen Schulmeister sprechen – sondern von Galletti. Von Galletti, den wir alle gekannt haben, weil in jeder Schule einer gewesen ist. Dieser war so:

Er liebte die überraschenden Dicta. «Gotha ist säbelförmig gebaut.» Bumm. Da weiß man doch. Und man sieht ordentlich das Surren, das durch die Klasse geht, wenn das Gehirn da vorn überlief und folgendes zutage förderte: «Als Humboldt den Chimborasso bestieg, war die Luft so dünn, daß er nicht mehr ohne Brille lesen konnte.» Das sind gar keine Witze mehr – das ist wirklich die Luft dieser Schulstuben, die übrigens am besten in jener deutschen Humoreske ‹*Der Besuch im Karzer*› eingefangen ist – neben der ‹*Meyerias*› ein Meisterstück dieses Genres. Und darauf wieder Galletti: «Die Afghanen sind ein sehr gebirgiges Volk.»

Er macht nicht nur die üblichen Schwupper – es sind mitunter geradezu nestroyhafte Sätze, die jener von sich gegeben hat. «Die Zimbern und Teutonen stammen eigentlich voneinander ab.» Mit Recht. Und besonders hübsch, wenn sich Papierdeutsch mit einer falschen Vorstellung mischt: «Karlmann verwechselte das Zeitliche mit dem Geistlichen und starb.» Man kann es nicht kürzer sagen. Und sollte dieses hier Ironie sein: «Maria Theresia hatte bei ihrer Thronbesteigung viele Feinde: die Preußen, die Russen und die Österreicher»? Nein, er ist sicherlich ein unpolitischer Untertan gewesen, der Professor Galletti, so, wie ihn die Regierung brauchte, und nichts wird ihm ferner gelegen haben als ein Spaß, den er sich niemals mit so ernsthaften Dingen zu machen erlaubt hätte. Hier gehts bei weitem nicht so tief wie bei dem, was die Lehrer an dem einzigen Schulvormittag Hanno Buddenbrooks sagen, jenem Vormittag, darin die ganze deutsche Schule eingefangen ist – hier schlägt nur einer Kobolz. Und da hörten sicherlich die frechsten Ruhestörer auf, Klamauk zu machen. Weil sie lachen mußten.

«Maximilian der Erste hatte die Hoffnung, den Thron auf seinem Haupt zu sehen.» Er wollte natürlich sagen: sich auf die Krone zu setzen; aber man kann sich irren. «Sie kriegten den Grumbach her, rissen ihm das Herz aus dem Leibe, schlugen es ihm um den Kopf und ließen ihn laufen.» Und das wird nur noch von der unbestreitbaren Weisheit übertroffen: «Wäre Caesar nicht über den Rubikon gegangen, so läßt sich gar nicht absehen, wohin er noch gekommen wäre.» Bei Gott: so war es.

Und abgesehen davon, daß es manchmal etwas wild hergeht: «Erst tötete Julianus sich, dann seinen Vater und dann sich» und: «Richard der Dritte ließ alle seine Nachfolger hinrichten» – am schönsten strahlt doch der «gewaltige Leuhrer» (so nannte sich unser Professor Michaelis immer und wir ihn auch, und Gott segne ihn, wenn er dieses hier liest!), am stärksten manifestiert sich das Gestirn Galletti, wenn er persönlich wird. Das ist gar nicht zu übertreffen.

«Der Lehrer hat immer recht, auch wenn er unrecht hat.» Lachen Sie nicht: das glaubt jeder preußische Schulrat – und so sieht er auch aus. «Als ich Sie von fern sah, Herr Hofrat Ettinger, glaubte ich, Sie wären Ihr Herr Bruder, der Buchhändler Ettinger, als Sie jedoch näher kamen, sah ich, daß Sie es selbst sind – und jetzt sehe ich nun, daß Sie doch Ihr Herr Bruder sind!» Na, Onkel Shakespeare? «Ich bin so müde, daß ein Bein das andere nicht sieht.» Na, Onkel Nestroy? Und dann, ganz Pallenbergisch: «Ich statuiere mit Kant nicht mehr als zwei Kategorien unseres Denkvermögens, nämlich Zaum und Reit – ich wollte sagen: Raut und Zeim.» Und wenn dann die Klasse nur noch röchelte, dann fügte er hinzu: «Ich, der Herr Professor Uckert und ich – wir drei machten eine Reise», und dann prustete wohl selbst der Primus seine Bank voll. Bis der Lehrer aufstand, sagte: «Nächsten Dienstag ist Äquator», und das Lokal verließ.

Gewiß blühten in dem Tintengärtlein auch Kathederblüten. «Bei den Israeliten waren die Heuschrecken, was bei uns der Hafer ist» – das ist eine. Auch: «In Nürnberg werden viele Spielsachen verfertigt, unter anderen auch Juden» – eine tiefe Weisheit. Aber er war doch ein Philosoph, der Herr Professor Galletti. «Das Schwein führt seinen Namen mit Recht – denn es ist ein sehr unreinliches Tier.» Heiliger Mauthner, was sagst du nun? Daß das schon bei dem großen Lichtenberg steht –? Und wirklich erledigend ist dieser Ausspruch: «Die Gans ist das dümmste Tier; denn sie frißt nur so lange, als sie etwas findet.»

Ja, so war das. Natürlich hat das mit den richtigen Büchern

von der Schule nichts zu tun: nichts mit meinem Lieblingsbuch Philippe Monniers: ‹*Blaise, der Gymnasiast*›, nichts mit jener Schulgeschichte Heinrich Manns, nichts mit Freund Hein, nichts mit Hermann Hesse – dieser Galletti ist nur ein Stückchen Menschen-Original gewesen.

Entschuldigen Sie, daß ich Sie aufgehalten habe. Sie werden zu tun haben – nein, bitte, lassen Sie sich nicht stören. «Die Berliner», habe ich neulich zu meiner größten Freude bei Alfred Polgar gelesen, «sind alle intensiv mit ihrer Beschäftigung beschäftigt.» Sie sicherlich desgleichen.

Und auch ich muß gehen. Ich werde schleunigst von diesen ‹fremden Dingen›, von diesen Allotriis abstehen und zu meiner ernsthaften Arbeit zurückkehren. Zu den Hämorrhoiden und ihren Hohenzollern. Ein Thema, wert, daß es behandelt werde. Denn wohinein steckt der deutsche Historiker am liebsten seine Nase –?

Auf Wiedersehn.

[1922]

Hermine

Da wird man so viel gefragt, was es denn Neues zu lesen gebe – nun, ich weiß etwas. Es ist noch ganz frisch von Druckerschwärze – so neu ist es, und es ist ein höchst amüsanter Roman. Er heißt: ‹Hermine›, und sein Autor heißt Peter Guggenreit. (Erschienen im Poseidon-Verlag zu Chemnitz.) Das müssen Sie wirklich lesen. Da hat einer – meines Wissens zum ersten Male – den Versuch gemacht, etwas aus dem modernen Leben einzufangen, was noch nie geschildert worden ist: nämlich den anonymen ‹Betrieb› aller Dinge. Das ist so:

Der Held des Buches, ein junger Bengel namens Ludolf Gerold, kommt, frisch aus der Schule, in die Lehrzeit eines großen Kaufmannsbüros. Die letzten Schultage – mit denen fängt das Buch an. Da wird schon gezeigt, daß der Herr Ludolf ein etwas feiger Bursche ist, der seine Draufgängerschaft nur betätigt, wenn ers hinter dem Rücken der andern tun kann – dann aber kräftig. Ja, der geht also in die Lehre. Und er arbeitet sich überraschend schnell ein. Und nun wird famos und ganz ausgezeichnet dargetan, wie so eine moderne Maschinerie arbeitet, so ein Büro: wie alle die Arbeit tun, aber eigentlich keiner die Verantwortung trägt – wie jeder jeden drückt und niemand zugestehen will, daß auch er gedrückt wird. Und wie sich vor allem der Apparat mausig macht. Die moderne Wirtschaftsform hat den Menschen zum Zweck erniedrigt – aber der rächt sich und läßt es sich nicht gutwillig gefallen. Er rächt sich dadurch, daß er mit dem Apparat so viel Schwierigkeiten wie möglich macht, um zu zeigen, daß er auch noch da ist. Der Kassenbote soll einen Brief zur Post bringen. Ja, das tut er ja auch – und er ist nur Bote und hat gar keine Bedeutung weiter. Aber das eine, das einzige kann er doch noch: er kann so viel Geschichten mit dem Brief anstellen, so viel Hindernisse bereiten, so viel Formalien ausdenken... Oho! er ist kein gewöhnlicher Kassenbote – so einfach ist das nicht, das will gelernt sein! Und Ludolf, der sich an alle Leute im Büro fragend wendet, macht eine überraschende Entdeckung: Jeder sagt ihm genau dasselbe, jeder sagt die nämlichen zwei Dinge. Erstens: «Was ich hier mache, ist die Hauptsache von allen Arbeiten, die hier gemacht werden!» Und zweitens: «Das ist gar nicht so einfach, was ich hier tue. Das will gelernt sein, und mancher lernts nie!» Die Maschinerie ächzt und klappert – und jeder Handgriff wird bezahlt mit einem Opfer vor der Eitelkeit des Greifenden. Anders tut ers nicht – anders tut ers nicht. Ludolf lernt: er lernt viel und rasch.

Und dann scheidet er aus dem Kaufmannsstand aus und wird Beamter im Finanzministerium. Und da lernt er ein Mädchen kennen, das heißt Hermine. Hermine hat einen bösen Alimentationsprozeß verloren, in der ersten Instanz glatt verloren – und sie will zu ihrem Recht kommen. Und weil es eine etwas verzwickte Geschichte ist, bei der auch der Staat mit hineinspielt – es ist da so etwas wie eine Wachstubenvergewaltigung vor sich gegangen –: so wendet sich Hermine schutzsuchend an unsern jungen Gerold, der inzwischen ein ganz einflußreicher Mann geworden ist – und er beschäftigt sich mit ihr und mit den Ämtern. Und will ihr wirklich zu ihrem Recht verhelfen. Und kann es nicht und merkt plötzlich: Es sind alles, alles nette und umgängliche Leute. Sie haben auch alle volles Verständnis für die Nöte, die er und das Mädchen da vorbringen. (Er muß es sehr vorsichtig tun – denn manchmal sehen sie ihn schon ein bißchen argwöhnisch an, als sei er mit ihr in der Wachstube gewesen...) Alle nicken mit dem Kopf und legen sorgfältig die schweren Aktenstöße zurecht, die da auf ihrem Schreibtisch liegen. Aber... dann beginnt das große Baseball-Spiel der Instanzen. Und keiner, keiner ist es gewesen. Und auf einmal hat niemand zu bestimmen, und auf einmal hat niemand Einfluß – und wenn er ihn zu haben vorgibt, dann ist er böswillig und will nicht, daß man ihn ausnutzt. Und ein Instanzenstreit hebt an, ein fahl leuchtender Konkurrenzkampf aller gegen alle ‹von der andern Abteilung› – und Hermine steht dabei und begreift das nicht, wie ihr nur so bitter unrecht geschehen kann. Und einmal – das ist eine der reizendsten Stellen im Buch – da sitzt sie bei Ludolf im Vorzimmer und wartet auf den Bescheid eines Kassationshofes, den er in Händen hat, und da kommt ein junger Beamter aus seinem Zimmer. Und dann geht sie hinein und ruft: «Wer war das?» Und er sagt es ihr. «Wissen Sie», sagt sie, «ich finde, er könnte bei Ihnen bescheidener auftreten. Wenn er bloß aus einem andern Büro ist –!» Und das findet Ludolf auch ganz in Ordnung. Und dann schläft er mit Herminen, und dann heiratet er sie, schon, daß der Prozeß ein Ende hat – und wie nun auch im bürgerlichen Leben der beiden Etage gegen Etage tobt, Familie gegen Familie, immer wieder Abteilung gegen Abteilung: das ist meisterhaft. Weil die Geschichte zum ersten Male nicht Hermine und Ludolf zum Helden hat – sondern etwas andres, etwas nie Beachtetes, die Kollektivität.

Seelenromane gibt es immer noch und tiefgründige Analysen von Männern und Weibern und was weiß ich. Aber an jene unbekannte, große, geheimnisvolle, dumpfe und schwarze Kraft – an die hat sich noch kein Romanschreiber herangetraut.

P. S. Den Roman gibts leider nicht.

[1923]

Über Brecht

[...] Im Abgesang ‹*Vom armen B. B.*› ist noch einmal alles enthalten, was dieses Buch uns wert macht und auch das, was drum herumhängt: Pose, Verzweiflung, echter Schmerz, eine gemachte Kälte, die Wärme zu sein vorgibt, wo echte Kälte ist, und eine herrliche lyrische Diktion. Nur noch die Jugendgedichte von George Grosz haben diesen Ton – sonst wohl nichts.

Brecht ist ein Gehauter – und ich habe fast Furcht, mich an ihn zu verlieren. Er zwinkert – hat er uns hineingelegt? Ich glaube, er hat es ein paar Mal versucht, er ist wohl böse von Natur und ein bißchen tücksch und kann es nicht lassen. Aber mag er böse sein. Er kann nicht nur viel, er ist nicht nur ein Sprachmeister; er hat, um einen berliner Ausdruck zu gebrauchen, ‹er hat was drin›.

Er und Gottfried Benn scheinen mir die größten lyrischen Begabungen zu sein, die heute in Deutschland leben.
[Aus ‹*Bert Brechts Hauspostille*›, 1928]

Es ist Bert Brecht nachgewiesen worden, daß er bei einer Übertragung aus dem Französischen einen Übersetzer bestohlen hat. Er hat darauf geantwortet: das beruhe auf seiner grundsätzlichen Laxheit in Fragen des geistigen Eigentums. Das soll sehr rebellisch klingen – es ist aber nur dumm.

Brecht, der es nicht nötig hat zu stehlen, weiß natürlich genau, daß auch andre so lax sein könnten wie er; wenn ihm ferner heute etwa bewiesen würde, daß seine schönsten Gedichte nicht von ihm, sondern von dem Gelegenheitsdichter Ewald Bornhacke aus der Großen Frankfurter Allee stammten, so wäre es aus mit der Laxheit. Es scheint da auf die Quantität anzukommen: als kleinen Entschuldigungsgrund führt Brecht an, er habe von 625 Versen nur 25 von Herrn Ammer übernommen, wobei denn zu fragen wäre, wo die Kriminalität anfängt.

Brecht ist ein großes lyrisches Talent. Daneben ist er ein Schludrian, der sich mächtig amerikanisch vorkommt, wenn er die Unbildung seiner Kritiker dazu benutzt, um Geld zu machen. Ermöglicht wird ihm das durch die Überschätzung der Nachdichterei.

Wenn die Bäume alt werden, schlingt sich Efeu um die Äste. In

besonders schlimmen Fällen sind es Moos oder andre Parasiten, die Saft und Kraft aus den alten Bäumen ziehen – ohne sie vergingen die Schmarotzer. Die halbe Literatur ‹bearbeitet›, ‹überträgt›, ‹richtet ein› – es gibt da eine schöne Terminologie, um die eigene Einfallslosigkeit zu übertünchen. Wenn man das so alles mit ansieht, kommt man sich reichlich töricht vor, daß man sich seinen Kram noch allein ausdenkt. [...]
[Aus ‹*Der Anhängewagen*›, 1929]

Warum pfeifen in vielen Provinzstädten die Leute wie toll, wenn die ‹*Dreigroschenoper*› oder ein andres Stück von Brecht und Weill aufgeführt wird? Irre ich nicht, so wird da an der Bühne vorbeigepfiffen.

Wer Radau macht, ist gewöhnlich die ‹rechte› Seite der Stadt. Diese Theaterskandale sind ein dumpfes Aufbegehren, jenem nicht unähnlich, in dem die Leute wild applaudieren, wenn nach einem Jazz ein ‹guter, alter Walzer› gespielt wird. Es ist die Freude fünfzigjähriger Männer und ihrer etwas jüngeren Frauen, wieder in die gewohnten Gleise zu kommen – das kennen sie, das ist die gute alte Zeit, bravo! Das andre?

Das andre ist für sie das Neue schlechthin, alles, was sie verabscheuen: Sozialismus, Juden, Rußland, Pazifismus, die Abschaffung des Paragraphen 218. Störung ihrer Moral und Störung der Geschäfte, das Volk, das Gemeine... Pfui! Unerhört! Aufhören!

Die Nazis immer feste mit. Deren Kunstanschauungen sehen nicht den Leib eines Kunstwerks, sondern nur seine Vorhaut – diese Stinkbombenwerfer funktionieren bei allem, was ihnen fremdartig erscheint und was nicht von einem Parteimitglied verfaßt ist, und da geht es bunt durcheinander: Magnus Hirschfeld oder moderne Musik oder ein amerikanischer Kriegsfilm... das kommt nicht so genau drauf an. [...]

Brecht ist kein Jude. Brecht hat – mit wenigen Ausnahmen – nur unpolitische Gedichte geschrieben. Brecht plakatiert keine Überzeugung; es würde ihm wohl schwer fallen, denn die seine ist schwer zu eruieren. Was die Pfeifer reizt, ist unter anderm etwas, was sie ‹Roheit› nennen, und die ist lange nicht mehr echt, die ist gemacht. Das knallt, das stinkt, das knufft und das schießt; das jagt auf Mustangs durch die Wüste, das säuft und spielt, das flucht und das hurt... aber so schön weit weg, in Indianien, in wo es gar nicht gibt... Das ist grade das Feine an dieser Kunst. Freiligrath, Freiligrath... [...]

Mir will scheinen, als ob der Lärm um diese Stücke zur Bedeutung der opera operata Brechts, der trotz allem eine große Begabung bleibt, in keinem rechten Verhältnis steht. Diese Dreigroschen-Philosophie: «Wie man sich bettet, so liegt man», diese sorgsam panierte Roheit, diese messerscharf berechneten Goldgräberflüche... so ist das Leben ja gar nicht. Nicht einmal das in Klondyke von gestern, bestimmt nicht das in Amerika von heute... auch die Beziehung zu Deutschland 1930 bleibt flau. Es ist stilisiertes Bayern.

Was der Dichter da treibt, sieht aus, wie wenn sich einer an einem Hausbrand Suppe kocht. Aber das Haus brennt nicht seinetwegen.

[Aus ‹*Proteste gegen die Dreigroschenoper*›, 1930]

Brief an einen Kater

Paris, den heutigen.

Lieber Mingo,
du liegst grade, ein weißer Knäul, unter dem Sofa, im Zimmer des blonden Engels, und wartest auf Konrad, der dir aus seiner Fabrik etwas mitbringen wird; einen Wurstzippel oder einen Knochen vom Kalbskotelett oder sonst etwas Eingewickeltes. Hättest du die Freundlichkeit, einmal zuzuhören? Komm heraus! He! Komm! Mies – mies – mies! Mingo! Mingo!

Du wärst keine richtige Katze, wenn du kämst. Und so muß ich mich denn vor das Sofa legen, platt auf den Boden, und dir unter die geschweiften Beine des Möbels herunterflüstern, was ich dir zu sagen habe... Hör zu.

Daß du in die Malerei eingegangen bist, weißt du ja. Die Japaner... Ja, mach die Augen zu und schnurre im traumlosen Schlaf – es ist nicht neu. Aber in der Literatur, da muß man dich schon suchen; so viele gute Katzenbücher gibt es nicht. Wenn ein Sohn einmal promoviert, kannst du ihn ja eine Dissertation schreiben lassen ‹*Die Katze in der Geschichte der Völker mit besonderer Beziehung auf die Literatur des achtzehnten Jahrhunderts*›. Sieh, was ich hier habe! Du siehst kaum auf. Fauler. Atmendes Kissen. Es ist ein kleines Buch, weiß wie du, heißt ‹*Katzen*› und ist von Axel Eggebrecht. Und – zerkratz den Deckel nicht – und ist bei Herbert Stuffer in Berlin erschie – – du sollst die Pfoten vom Deckel nehmen! Untier! Drache! Geschöpf! Mingo, das ist das allerreizendste Buch, das mir seit langem unter die Kritikerkrallen gekommen ist.

Der muß dich sehr liebhaben, der Eggebrecht – der muß dich sehr genau kennen, dich und die ganze Katzenfamilie. Er versteht dich, weil er zugibt, dich nicht zu verstehen. Deine Zähigkeit, mit der du am Leben hängst; die Sinnlosigkeit dieses Lebens... Und wie noch eine verwilderte Katze eine Dame ist, bis in die letzte Schwanzspitze, und wie man eigentlich immer ein bißchen Angst vor dir haben muß, solche Angst, wie man sie vor einer Pistole hat, von der man nicht weiß, ob sie geladen ist oder nicht... Man weiß nicht. Mingo, was denkst du? Ach, lach mich nicht aus.

Ja, großmütig bist du, voll von einer stillen Verachtung für uns alle. In einem seiner ersten Romane hat Max Brod entdeckt, wie sich die Tiere über die Menschen heimlich lustig machten... Du verschmähst sogar das. Du siehst uns gar nicht mehr. Wie du ins Leere schaust! Wohin blickst du? In welcher Zeit lebst du? In deiner eigenen – in unserer nur, wenn du etwas zu fressen haben willst. Übrigens sehe ich dich nicht gern essen; die kleinen ruckenden, bösen Bewegungen, mit denen du schluckst... Verzeih. Und hör mal, Eggebrecht schreibt da zwei Dinge, die ich ihm gar nicht glauben will, du weißt das ja besser... Lieben sich Katzen auf dem Frühstückstisch? Am hellerlichten Tag? Und läuft eine Katze von ihren noch nassen Jungen fort, nach einem Tag? Sag mal – Mingo! Schläft. Nein, schläft nicht – blinzelt durch den dünnsten Spalt der Augenlider mich an, ich kann doch den Kopf nicht dauernd auf den Fußboden legen, wenn man auch von ihm – natürlich – essen könnte... Mingo! Komm heraus. Kommt nicht.

Mingo, du kannst lesen, ich weiß es, du zeigst es nur nicht.

Dieses Buch. Es ist so unsüßlich, so gar nicht verniedlicht, so unheimlich – und es ist in der Form so edel, wie du es bist. Es muß wohl Katzenmenschen und Hundemenschen geben. Magst du den Hund? Ich auch nicht. Er brüllt den ganzen Tag, zerstört mit seinem unnützen Lärm die schönsten Stillen und wird in seiner Rücksichtslosigkeit nur noch von der seiner Besitzer übertroffen. (Protest des Reichsbundes Deutscher Hundefreunde. Kusch.) Man kann dich nicht fangen, ich weiß. Aber bist du in diesem Satz nicht ganz enthalten? «Die Katze ist eine anarchistische Aristokratin, mit gesundem proletarischem élan vital.» Das bist du.

So, nun stehe ich wieder auf. Und sitze plötzlich in dem silbergrauen Paris und denke an dich, an dich und den blaugrauen Angorakater, der so klein war, daß er nicht einmal einen Namen hatte; er konnte einem grade entgegenwackeln, wenn man ins Zimmer kam, und dann aß er nichts mehr und dann starb er, und nun liegt er in meinem Garten a. D. von Fontainebleau.

Einen Gruß, Mingo! An dich und an alles, was schön ist und rätselhaft, überflüssig und geschwungen, unergründlich und einsam und ewig getrennt von uns: also an die Katzen und an das Feuer und das Wasser und an die Frauen.

Mit einem herzlichen Fellgestreichel
und Grüßen an die Herrschaften, die bei dir wohnen.

Dein Peter Panter

[1927]

Henri Barbusse und die Platte ‹Lord help me –!›

Jack (kommt nach einer Weile zurück und setzt die Schale auf den Blumentisch): Das war ein Stück Arbeit! – (sich die Hände waschend): Ich bin doch ein verdammter Glückspilz! –
‹Die Büchse der Pandora›

Das erste Mal, daß ich Menschenblut habe fließen sehen, und nicht das meine, das ist in der Dorotheenstraße zu Berlin gewesen. So etwas bleibt, nicht wahr: ich stak grade bei ‹Dusche›, meinem Schulfreund, heute ein Nervenarzt vor dem Herrn, als auf der Straße Stimmen laut wurden, wir rissen die Fenster auf, da lief ein brüllender Kerl mit großem, gelbem Schnurrbart über den Damm, er blutete im Gesicht und schrie immerzu... Menschen strömten zusammen, es gab einen Tumult, das Gesetz erschien; laufende Schutzleute der damaligen Zeit sahen immer aus, als fiele der Staat zusammen; was dann geschah, weiß ich nicht mehr. Aber wie mein Gefühl gewesen ist – das weiß ich noch ganz genau.

Es war zunächst der große Schock, natürlich. Für uns Kinder ist ja die Haut, die das bißchen Blut von der Außenwelt trennt, nicht dünn gewesen; ein Gesicht war ein Gesicht, daran konnte man doch nichts ändern... Und nun war das auf einmal offen, zerfetzt, mißgestaltet, blutig! Ein furchtbarer Schreck.

Und dann etwas andres. Mir ist das damals nicht bewußt geworden, es kündigte sich nur dunkel an, so dunkel, wie es eigentlich bis heute geblieben ist. Ich gebe es am besten wieder, wenn ich sage: es war um einen Ton dumpfer als ein Gefühl; es regte sich etwas, das neben der Wollust wohnte, aber durch dicke Wände von ihr getrennt. Immerhin waren die Wände nicht so dick, daß die benachbarte Lust sich nicht unmerklich aufrichtete... nein, sie wachte nicht auf, mir war das scheußlich, der Mann litt, schrie, ich wollte das nicht... aber weil in der benachbarten Gefühlskammer so ein Rumor war, legte sich die Wollust gewissermaßen auf die andere Seite, faulig, leicht geschreckt; es ging sie noch nichts an...

Als *‹Blaise, der Gymnasiast›*, eine Schöpfung Philippe Monniers, von seinem Kameraden auf einer Bank im genfer Park sexuell aufgeklärt wird, klopfen Mägde auf einem Nachbargrundstück Teppiche. Blaise fügt hinzu: «Ich werde dieses Teppichklopfen hören, solange ich lebe.»

Ich werde diesen blutenden Mann sehen – solange ich lebe.

Bei Flammarion in Paris ist vor einiger Zeit ein Buch von Henri Barbusse erschienen *‹Faits divers›*. (Die deutsche Übersetzung heißt *‹Tatsachen›* und ist im Neuen Deutschen Verlag, Berlin W 8, erschienen.) [...]

Barbusse, einer der wenigen Europäer, die es nach Björnson und außer Fritjof Nansen gibt, hat nichts weiter getan, als aus vielen Ländern, hauptsächlich aus Frankreich und vom Balkan kleine Ereignisse zu sammeln – Dinge, die in der Zeitung mit drei Zeilen abgetan werden: eine Verhaftung ... der wegen Hochverrat eingesperrte X ist aus dem Gefängnis Y nach Z überführt worden ... gar nichts, wie ...? Eine Hölle stinkt auf. [...]

Und warum ist das alles so? Die Sache ist mit dem Marxismus nicht erklärt; hier steckt eine gewaltige Unterlassungssünde im Denken der Kommunisten. Hier ist noch etwas andres.

«Ich sah», erzählt bei Barbusse ein ungarischer Flüchtling, «diesen ungarischen Edelmann, immer ruhig, immer aufrecht, und eines Tages kam er an mir vorüber, er wurde zum Untersuchungsrichter geführt, und durch die Türen konnte man alles hören – ich mußte im Vorzimmer warten, bis ich dran war. Und weil er nicht lügen wollte, weil er keine ‹Verschwörung› gestehen wollte, keine Namen nennen, nichts, weil er nicht einmal sprechen wollte – da brachten sie ihn eben zum Schreien. Wir hörten die Säbelscheiden durch die Luft pfeifen und auf seinem Körper aufschlagen ... und dann wurde es auf einmal ganz still (un brusque silence pendant lequel se faisait un travail qu'on n'entendait pas) – dann wurde es auf einmal ganz still; was sie nun machten, konnte man nicht hören. Und dann: ein entsetzlicher Schrei. Die Tür öffnete sich, schwere Stiefel polterten, dann wurde er herausgebracht. Noch vor einer halben Stunde war er so kerzengrade dahergegangen, jetzt lag er, zusammengeschrumpft, auf einer Bahre; er, der nicht hatte sprechen wollen, heulte; der Speichel rann ihm aus dem Mund. Um den Hosenbund war alles aufgerissen, sein Leib lag da nackt, und unten klaffte ein großes, rotes Loch... Der Beamte, der ihm die Hoden herausgeschnitten hatte, hatte das mit einem rostigen Messer besorgt, wie er sich nachher rühmte... ‹Ich hatte so eine schwere Hand an dem Tag›, sagte er.»

Was ist das –?

Hier, in dieser Pause, während der etwas getan wurde, was man draußen nicht hörte und was den Herzschlag des Zuhörenden in wildes Klopfen brachte: in dieser Pause ist es ganz. Es ist der tiefe Grausamkeitsdrang des Menschen, der einen gesetzlichen Ablauf findet. Diese rumänischen Beamten werden niemals einen Lustmord verüben. Sie haben das nicht mehr nötig.

Die Möglichkeit, schrankenlos und verantwortungslos Böses zu tun, steigert den vorhandenen Trieb – aber zu unterst ist er in allen. Er manifestiert sich auf zweierlei Weise: sie wollen leiden oder leiden machen, das sind Korrelate, die sich ergänzen. Es beginnt mit dem legalen und natürlichen sozialen Geltungsdrang, der in jedem Männchen, in jedem Menschen ist – die zuschauende Öffentlichkeit ist seine Geliebte, vor der der Pfau sein Rad schlägt. Unter anderm getrieben von diesem Motiv, tun sie viel Gutes und Nützliches. Steigert sich das aber, dann rühren sich die Tiefen und geraten in gärende Bewegung – Wollust, Wille zur Macht und der Trieb, zu quälen, kommen durcheinander; plakatiert wird das als: Patriotismus, die Nation muß leben, der Klassenkampf, die Ordnung muß wiederhergestellt werden, und was man so trägt. Aber hier sitzt es; hier ist der blutige Quell dieser kollektiven Raserei. Und was masturbierende Sadisten sich ohnmächtig stöhnend in stiller Stube ausdenken, das, was sie tun möchten, wenn sie nur die Kupplerin und die Straflosigkeit bezahlen könnten: hier ist es herrliche Wirklichkeit. Hier ist: Verantwortungslosigkeit des Beamten, der ja in Wirklichkeit nie eine trägt; Straflosigkeit; Verschwiegenheit – und dazu noch die Gloriole sozialer Nützlichkeit. Hier ist alles. Wehe den kleinen Mädchen, den kleinen Jungen, den einsam auf den Feldern wandernden Schnitterinnen, wenn der Staat diesen legalen Ablauf nicht hätte: Polizei, Zuchthausbeamte und den Krieg. Hier werden Verbrechen begangen, die keine sind. Die es sind.

Dieses fürchterliche Buch ist in einem glasklaren, meisterhaften Französisch geschrieben: eine Niederdruckdampfmaschine, fast nirgends entweicht zischend die Empörung über die Untaten, ganz ruhig ist das erzählt, Grad auf Grad wird im Druckmesser des Lesers aufgespeichert, solcherart wertvolle Energien aufstauend – und während ich es lese, habe ich fortwährend einen Klang im Ohr. Es ist der Klang einer Stimme: eines Negers.

Und wenn Sie das Buch von Barbusse ganz verstehen wollen, dann kaufen Sie sich die Grammophonplatte Columbia Nummer 14180 D. ‹*Lord, help me!*› heißt sie. Da betet der schwarze Reverend Herr J. C. Burnett zu seinem Gott. Das hören Sie sich an.

Es ist kein Kunstgenuß – es ist ganz, ganz etwas andres. Er psalmodiert; er wiegt sich in diesen monotonen Tönen, um die Gemeinde in den gewünschten Massenrausch zu versetzen – das sind uralte Mittel. Er steigert sich – er brüllt – er kreischt; zwei plärrende Frauenstimmen sekundieren. «I will tell you my sins!» Aber es ist kein Bußfertiger, der da zum Himmel schreit. Das, was Sie hören, klingt, als ob ein Mensch geschlachtet werden soll – und das soll er auch, wenn auch nur geistig. In diesen quetschenden Kopftönen erkennen Sie das ewige Schlachtfest der Menschen: es heult aus dem zivilisierten amerikanischen Bürger der Urahne heraus, der am Niger die Menschen geopfert hat; die Gongs polterten dazwischen – pom – pom – pom –, und um das Feuer tanzten die Vorfahren dieses Reverends und schrien und brüllten und warfen Arme und Beine nach streng bewegtem Rhythmus in die Luft, sich steigernd zur herrlichen Mordlust: der da, der Geschnürte, der Feind – er soll langsam getötet, gebraten, zerstückelt und gefressen werden, auf daß man sich seine Kraft einverleibe. Und auch darum, weil dies, nach der Zeugung, das Schönste ist, das es auf Erden gibt: den Mitmenschen leiden zu machen. «Lord, help me!» Amen.

Selbstverständlich kommen in zivilisierten Ländern derartige Schreckenstaten nicht vor.

[1929]

Auf dem Nachttisch (Knut Hamsun)

Entweder du liest eine Frau, oder du umarmst ein Buch, beides zugleich geht nicht. Jetzt aber ist Junggesellenzeit – umarmen wir ein Buch.

[...]

Ja, das hätten wir nun alles umarmt. Aber das da – herzblutrot gebunden... das soll nie wieder weggehen. Das soll bleiben. Und bleibt. Was ist das –?

Proben:

«Nichts ist so schön wie wieder allein zu sein und friedlich und in sich gekehrt durch die Wälder zu streifen, Kaffee zu kochen und die Pfeife zu stopfen und dabei ein wenig und langsam zu denken. So, jetzt fülle ich den Kessel mit Schnee, denke ich, und jetzt mahle ich diese Kaffeebohnen mit einem Stein; später muß ich meinen Schlafsack gut im Schnee ausklopfen, damit die Wolle wieder weiß wird. Darin ist keine Literatur und kein großer Roman und keine öffentliche Meinung.

Ich dachte, welche Tüchtigkeit im Fach bei diesem Lensmann, wie bebte er vor Durchschnittlichkeit!

Waren es schwere Tage? Nein, gute Tag. Meine Freiheit war so groß, ich konnte tun und denken was ich wollte, ich war allein, der Bär des Waldes. Aber selbst mitten im Walde wagt kein Mensch laut zu sprechen, ohne sich umzusehen, lieber geht man stumm umher. Man tröstet sich eine Weile damit, daß es englisch sei, stumm zu sein, daß man königlich schweigen solle; aber einen ganzen Tag ist das zu lang, der Mund fängt an zu erwachen, sich zu strecken, und plötzlich schreit man ein oder zwei idiotische Sätze hinaus: Ziegelsteine für das Schloß! Das Kalb ist heute viel frischer! Wenn man gut schreien kann, hört man es eine Viertelmeile weit – und dann steht man da und fühlt ein Brennen wie nach einem Hieb.

Du wirst sehen, alle diese Felsen sind reine Verschwörungen gegen meine Wanderung, denke ich, riesenhafte gepflanzte Flüche, die mir den Weg versperren. Oder wie, wenn ich einfach in die Gewerkschaft der Felsen geraten wäre? Aber ich nickte einige Male, und das soll bedeuten, daß ich kühn und froh bin. Vielleicht sind die Felsen auch nur ausgestopft.

Dann endlich kamen zwei armselige Engländer. Führer? Führer? riefen sie nur, Sie Führer, ja? Die beiden reisten dumm und ernsthaft den Berggipfeln nach, sie hatten Eile, sie hatten ein Ziel, es war, als reisten sie zum Arzt.

Ich sah keine Süßigkeiten an ihr, nur Erregtheit. Sie hatte Grammatik gelernt, aber keinen Inhalt, ihre Natur war unterernährt.

Er habe ja keine Ahnung, auf welchen Meeresmassen ich schon gewesen sei, ohne das geringste Unbehagen davon zu spüren; einmal vierundzwanzig Tage auf dem Ozean, die meisten lagen da und waren unbrauchbar, der Kapitän erbrach sich wie eine Dame, aber ich?»

Neuerscheinung! Soeben erschienen! Nur ja nichts lesen, was schon länger als vier Tage aus der Druckerpresse heraus ist! Neuerscheinung!

Sie haben richtig geraten, wenn Sie es geraten haben. Hamsun. Ein kleiner Roman, einer von den ältern, gar nicht einmal so sehr bekannt, zehn Auflagen. Und eine Perle – aus dem Meer, wo es am tiefsten ist. ‹*Die letzte Freude*› (bei Albert Langen in München erschienen. Nicht: ‹*Das letzte Kapitel*›). Ein Roman, der in Reflexionen eingebettet ist, scheinbar beiläufig erzählt, mit einer Technik, die ans Wunderbare grenzt... und welches Herz! Das ist wirklich der Allergrößte. Wofern dies mit dem Respekt vereinbar ist, den ich für ihn hege – er ist der einzige Mensch, vor dem ich den Hut herunterrisse, wenn ich ihn je sähe... Komm her, rotes Buch, und laß dich umarmen.

[1930]

Briefauszug (Knut Hamsun)

Aus einem Brief an Walter Hasenclever vom 7. Oktober 1934. Dem Brief lag Knut Hamsuns Artikel «Abwarten und Sehen» aus der Osloer «Aftenposten» vom 10. Juli 1934 bei, in dem Hamsun gegen einen zuvor in der «Aftenposten» publizierten Artikel von Prof. Fredrik Paasche polemisierte, die Entwicklung in Nazi-Deutschland in Schutz nahm und die Weimarer Republik einen

Staat nannte, «wo die Kommunisten, die Juden und Brüning dies nordische Land regierten».

[...] Anbei ein Pröbchen aus meiner schwersten und schmerzlichsten Enttäuschung der letzten Jahre. Das ist nur ein Steinchen aus diesem Bruch, es gibt mehr und schlimmeres. So geht das schon seit langer Zeit – und viele norwegische und schwedische Kritiker haben ihm das auch zum 75. bescheinigt. Die Kümmerlichkeit der deutschen Version entspricht, soweit ich das kontrollieren kann, der Kümmerlichkeit des norwegischen Originals. Es ist keineswegs so, daß dem Mann ein jüdischer Kaffeehändler in Oslo über die Leber gelaufen ist – dies ist viel schlimmer. Ein solches Maß von tierisch-dumpfer Dummheit, von Niedrigkeit und Uninformiertheit, von Rundfunkgehirn... also, lieber Max, Sie haben ja, wie ich denke, auch schon einmal einer geliebten Frau nachgetrauert, und Sie wissen, daß man dann ja im Grunde sich selbst nachtrauert. Die ganze Liebe, die ich in diesen Mann seit zwanzig Jahren gelegt habe, ist fort. Das Werk besteht, natürlich. Aber die rot angestrichene Stelle, die ironisch gegen den Diskussionsgegner und ernst als Ganzes gemeint ist, die die Worte des Herrn Paasche, die der gegen Hitler gebraucht hat, nun gegen das Deutschland wendet, dem wir angehört haben –: das ist zu viel. Ich habe seine Bilder von den Wänden genommen, ich mag ihn nicht mehr sehen, und seine Bücher kann ich nun für lange Zeit nicht mehr lesen. Maßen ich nämlich meine:

In dieser Frage kann es für uns nur eine eindeutige und klare Entscheidung geben. Ich sehe ganz ab von allen politischen Erwägungen, und ich frage mich immer nur eines: Was wäre mit uns beiden geschehen, wenn sie uns gekriegt hätten? Wir haben beide genug Phantasie, um uns das genau vorzustellen. Standrechtliche Erschießung? Man kann nicht verlangen, daß ich dazu Beifall klatsche, aber das wäre schließlich eine Maßnahme, über die man diskutieren kann. Aber sehen Sie sich, mein Lieber, in einem solchen Lager? Ich mich sehr genau. Und nun meine ich:

Wer das bejaht, der faßt mich, entschuldigen Sie schon, an die Menschenwürde. Und da mache ich nicht mehr mit.

Der Herr Hamsun wird es ja wohl überleben, daß ich ihn nicht mehr mag – sicherlich. Ich brauche aber einem alten Svedenbor-

gianer wie Ihnen nicht zu sagen, daß es bei einem Unglück immer und vorwiegend auf die geistige Haltung ankommt, die man einnimmt – die zieht Kräfte an. Und ich für meinen kleinen Teil, dessen Reichweite ich sehr genau kenne, sie ist nämlich heute null, ich für meinen Teil also lehne jeden, aber auch jeden ohne Ausnahme radikal ab, der das bejaht, der dort mitmacht, ja, schon den, der dort leben kann. [...]
[1934]

Auf dem Nachttisch (Sigmund Freud)

Die Gesamtausgabe der Freudschen Schriften ist da. Elf Bände, die die Welt erschütterten.

Einer der wenigen Männer, die diesen Mann richtig sehn, scheint Freud zu sein. Mit dem Lorbeergemüse seines Ruhmes kann er die faulen Äpfel seiner Tadler garnieren, und wenn er weise ist, sieht er die Schar seiner Schüler an und denkt sich sein Teil. Lassen wir die schlechten Schüler, halten wir uns an die guten und halten wir uns an ihn.

Es ist das Schicksal der Wahrheiten, hat Schopenhauer gesagt, daß sie erst paradox erscheinen und dann trivial. An Freud ist das genau zu studieren. Die Gesamtausgabe seiner Schriften zeigt aber noch etwas andres.

Langsam beginnt sich das Fleisch von diesem Werk zu lösen, das Zufällige, das Alltägliche – und es bleibt das Skelett. Wir können nicht sehen, was davon noch im Jahre 1995 lebendig sein wird, und ob überhaupt noch etwas lebendig sein wird, nämlich in der Form, die er ihm gegeben hat. Fortwirken wird es, das kann man sagen. Er hat eine Tür aufgemacht, die bis dahin verschlossen war.

Es gibt Partien in diesen elf Bänden, besonders in den ersten, die muten an wie ein spannender Kriminalroman. Wie da die Theorien langsam keimen und aus den platzenden Hüllen kriechen, wie sie sich scheu ans Licht wagen, ins Helle sehn und plötzlich sehr bestimmt und fest auftreten: nun sind sie da und leben und wirken. Die Darstellungskunst Freuds ist fast überall die gleiche: in den grundlegenden Schriften, in den kleinen Aufsätzen, so in dem wunderschönen Gedächtnisartikel für Charcot – überall ist ein klarer, methodisch ordnender Geist am Werk.

Das Modische an diesen Schriften wird vergehen; die kindische Freude der Amerikaner und sonstiger puritanisch verbildeter Völker, nun einmal öffentlich über Sexualität sprechen zu können... das hat mit Freud nicht viel zu tun. Bleiben wird der große Erneuerer alter, verschütteter Wahrheiten – der Wahrheit: der Wille des Menschen ist nicht frei.

Das schön gedruckte und gut gebundene Werk ist im Internationalen Psychoanalytischen Verlag zu Wien erschienen. Es finden sich darin auch die jüngsten Schriften Freuds, auf die immer wieder hingewiesen werden muß, als letzte die *‹Zukunft einer Illusion›*. Es fehlt noch das *‹Unbehagen in der Kultur›*; ein zwölfter Band wird erscheinen. Die Grenzen Freuds werden in seinem Gesamtwerk erkenntlich. Er ist nicht der liebe Gott, doch hat er uns gelehrt, wieviel Krankheitsgeschichte in den gereizten Kritiken über ihn zu finden ist. Für halbgebildete Katholiken sei gesagt: es ist die Bibel der Gottlosen. Joseph Wirth darf das falsch zitieren. Man versteht die Welt nicht, wenn man diese Bände nicht kennt. Sigmund Freud wird am sechsten Mai fünfundsiebzig Jahre alt. Wir grüßen ihn voller Liebe und Respekt. [...]
[1931]

Klagerufe eines Teiresias

Politische Schriften

«Der Helm liegt auf dem Mist», *heißt es in einem der ersten Gedichte Tucholskys nach Kriegsende 1918,* «auf wohlverdientem Mist./Wir müssen erst dem Alten fluchen/und dann nach gutem Neuen suchen.» *Er hatte den Krieg als Soldat in einem Armierungsbataillon im Osten, als Vizefeldwebel im Baltikum und als Feldpolizeikommissar in Rumänien miterlebt. «Militaria», seine erste große Veröffentlichung danach, ist eine Abrechnung mit dem Geist und den Praktiken des deutschen Militärs. Sie erschien im Januar und Februar 1919 in sechs Folgen in der «Weltbühne». Kernsätze daraus lauten:* «Wir bekämpfen nicht den einzelnen Offizier. Wir bekämpfen sein Ideal und seine Welt und bitten alle Gleichgesinnten, an ihrer Zerstörung mitzuhelfen. Nur sie kann uns eine neue, reinere Heimat geben.» *In dem Aufsatz «Wir Negativen» vom März 1919 legte Tucholsky sein Programm dar, zugleich das Programm der «Weltbühne». An anderer Stelle formulierte er:* «Wir werden dafür zu sorgen haben, daß ohne zerschlagene Fensterscheiben und ohne politische Morde in den Köpfen unserer Volksgenossen eine geistige Revolution entsteht, wie sie bisher gefehlt hat.»

Die «geistige Revolution» *als Zielsetzung und das Pathos jener Jahre zeigen Tucholsky als Weggefährten des aus der vielschichtigen Bewegung des Expressionismus hervorgegangenen «Aktivismus». Der Begriff stammte von dem Publizisten und linken Theoretiker Kurt Hiller, der im Krieg «Jahrbücher für geistige Politik» herausgegeben und die stärkere Aktivierung der geistigen Kräfte für politische Veränderungen gefordert hatte. Starken*

Einfluß übte Heinrich Mann auf Tucholsky aus, in dessen Essayband «Macht und Mensch» fand er «Meisterstücke» *und das* «Vollendetste», *was nach seiner Meinung über deutsche Politik geschrieben worden ist. Sein Kommentar dazu:* «Nun kann nur Nein sagen, wer das Ja tief in sich fühlt und dieser weiß, was das ist: Demokratie. Dieser hat begriffen, daß sie nichts ist, was nun in den politischen Kegelklubs zu Hause ist und überhaupt etwa nur in den traurigen Parlamenten – sondern daß sie eine Sache des Herzens ist... Wir folgen ihm.» *Tucholsky praktizierte in der journalistischen Arbeit eine* «konkret gewordene Geistigkeit», *die aufklären und aufrütteln wollte, um dazu beizutragen, daß in Deutschland die Demokratie Wurzeln fassen und eine stabile Republik entstehen konnte – Tucholskys klares Anliegen bis zur Wahl Hindenburgs zum Reichspräsidenten im Jahre 1925. Freilich zeigten die Deutschen nach der langen monarchistischen Tradition und dem Schock der Niederlage sehr wenig Neigung, Demokraten zu werden. So kamen Tucholsky schon Ende 1919 Zweifel, ob in Deutschland durch wortmächtige Appelle allein etwas auszurichten, ja ob überhaupt ein Wandel zu bewirken sei:* «Pathos tuts nicht und Spott nicht und Tadel nicht und sachliche Kritik nicht. Sie wollen nicht hören... Es scheint aussichtslos. Wir kämpfen hier gegen das innerste Mark des Volkes, und das geht nicht.»

Nach dem rechtsradikalen Umsturzversuch vom März 1920, dem sogenannten Kapp-Putsch, und nach der Ermordung des deutschen Außenministers Walther Rathenau am 24. Juni 1922 durch ein rechtsradikales Mordkommando erhob Tucholsky mit großem Nachdruck präzise Forderungen. Die demokratischen Parteien verfügten über eine Mehrheit und hätten nach seiner Ansicht jetzt ihre Macht auch gebrauchen und entschlossen handeln müssen. «Ganze Gesellschaftsschichten, Klassen und Kasten» *seien* «so verkommen, so heruntergekommen in ihrem moralischen Empfinden, von so frechem Hochmut», *daß man ihnen die Macht zeigen müsse,* «die unlogische, nicht objektive, ungerechte, einfache Macht» *– sonst werde das Land zugrunde gerichtet. Tucholsky sah 1922 die letzte Chance, der Republik ein solides Fundament zu legen, aber sie wurde nicht genutzt. Im Jahre 1923 brach die Inflation herein; Tucholsky verdingte sich in dieser Zeit als Sekretär bei dem Bankier und einstigen Finanz-*

minister Hugo Simon, ein Berufswechsel wie aus einer Satire von Peter Panter. Bald danach, 1924, übersiedelte er als Auslandskorrespondent der «Weltbühne» und der «Vossischen Zeitung» nach Paris, offensichtlich auch geleitet von dem Wunsch, von der deutschen Politik loszukommen. Doch sie ließ ihn nicht los, im Gegenteil, aus der Distanz und im Kontrast zu den Verhältnissen in dem Gastland erkannte Tucholsky noch klarer, was jenseits des Rheins vorging. Von 1924 an sagte er einen neuen, von Deutschland ausgehenden Krieg voraus. Übrigens verwies er in den Fällen, in denen sich seine düsteren Voraussagen auf konkrete Jahreszahlen beziehen, auf die Jahre 1939, 1940, 1945.

«Ich befasse mich nicht mit Bataillonszahlen, sondern mit Gesinnungen», *lautete Tucholskys Grundsatz. Es ging ihm um Tendenzen hinter den Tagesereignissen und um deren Konsequenzen, dabei beschränkte er sich im wesentlichen auf einige Themen.* «Wenn ich immer dasselbe schreibe, so tue ich das bewußt. Es ist vielleicht langweilig, Jahr um Jahr Salvarsankuren zu machen; Kamillentee wäre vielleicht abwechslungsreicher – aber man muß das wohl. Auch die Spirochäten bleiben ewig dieselben», *erklärte er 1929. Militär, Militarisierung und Krieg stehen an zentraler Stelle. Das zweite große Thema bildet die deutsche Justiz. Sein Engagement und seine moralische Kraft wirken hier am stärksten. Zum einen motivierte ihn Mitgefühl für die Menschen, die einer unbarmherzigen Justiz ausgeliefert waren, zum anderen bedeutete ihm das Recht, das objektive Recht, soweit es Menschen zu finden wissen, die oberste und unabdingbare Richtschnur für menschliches Zusammenleben –* «sonst fängt ein Volk an zu faulen». *Mit wachsender Vehemenz prangerte Tucholsky die reaktionär-antirepublikanische Rechtssprechung an, womit die Justiz zu einem Wegbereiter der Gewaltherrschaft wurde. Kurt Hiller äußerte die Ansicht, die Justizkritik reiche aus, Kurt Tucholsky unsterblich zu machen.*

Ebenso geißelte Tucholsky Wesenszüge des Bürgertums, des «ganz und gar antidemokratischen» *deutschen Bürgertums, das ihm als* «der Kernpunkt alles Elends» *erschien. In den Monologen des Herrn Wendriner lieferte er das – die Zeit überdauernde – satirische Porträt eines deutschen Spießers. Über die vermeintlich unpolitischen Bürger heißt es bei Tucholsky:* «Grade diese sind

Mitläufer, Handlanger und Bejaher der schlimmsten Untaten, wenn sie nur reglementmäßig geschehen. Und sie werden geschehen. Wir werden das, zum zweiten Mal, erleben.» *Schließlich gehören Schule und Universität, die Tucholsky als Horte der Reaktion und Herde des kommenden Unheils kritisierte, ebenso wie der fatale Einfluß der Rechtspresse zu den von ihm immer wieder aufgegriffenen Themen. Die neuen Medien Film und Rundfunk fielen für Tucholsky bei der Propagierung demokratischer Ideen aus, sie seien* «so gut wie wertlos... weil sie nicht frei sind».

Wir Negativen

> Wie ist er hier so sanft und zärtlich! Wohlseyn will er, und ruhigen Genuß und sanfte Freuden, für sich, für andere. Es ist das Thema des Anakreon. So lockt und schmeichelt er sich selbst ins Leben hinein. Ist er aber darin, dann zieht die Qual das Verbrechen und das Verbrechen die Qual herbei: Greuel und Verwüstung füllen den Schauplatz. Es ist das Thema des Aischylos.
>
> Schopenhauer

Es wird uns Mitarbeitern der ‹*Weltbühne*› der Vorwurf gemacht, wir sagten zu allem Nein und seien nicht positiv genug. Wir lehnten ab und kritisierten nur und beschmutzten gar das eigene deutsche Nest. Und bekämpften – und das sei das Schlimmste – Haß mit Haß, Gewalt mit Gewalt, Faust mit Faust.

Es sind eigentlich immer dieselben Leute, die in diesem Blatt zu Worte kommen, und es mag einmal gesagt werden, wie sehr wir alle innerlich zusammenstimmen, obwohl wir uns kaum kennen. Es existieren Nummern dieser Zeitschrift, die in einer langen Redaktionssitzung entstanden zu sein scheinen, und doch hat der Herausgeber mutterseelenallein gewaltet. Es scheint mir also der Vorwurf, wir seien negativ, geistig unabhängige und von einander nicht beeinflußte Männer zu treffen. Aber sind wirs? Sind wirs denn wirklich?

Ich will einmal die Schubladen unsres deutschen Schrankes aufmachen und sehen, was darinnen liegt.

Die Revolution. Wenn Revolution nur Zusammenbruch bedeutet, dann war es eine; aber man darf nicht erwarten, daß die Trümmer anders aussehen als das alte Gebäude. Wir haben Mißerfolg gehabt und Hunger, und die Verantwortlichen sind davongelaufen. Und da stand das Volk: die alten Fahnen hatten sie ihm herausgerissen, aber es hatte keine neue.

Der Bürger. Das ist – wie oft wurde das mißverstanden! – eine geistige Klassifizierung, man ist Bürger durch Anlage, nicht durch Geburt und am allerwenigsten durch Beruf. Dieses deutsche Bürgertum ist ganz und gar antidemokratisch, dergleichen gibt es wohl kaum in einem andern Lande, und das ist der Kernpunkt alles Elends. Es ist ja nicht wahr, daß sie in der Zeit vor dem Kriege unterdrückt worden sind, es war ihnen tiefstes Bedürfnis, emporzublicken, mit treuen Hundeaugen, sich zurechtstoßen zu lassen und die starke Hand des göttlichen Vormunds zu fühlen! Heute ist er nicht mehr da, und fröstelnd vermissen sie etwas. Die Zensur ist in Fortfall gekommen, brav beten sie die alten Sprüchlein weiter, ängstlich plappernd, als ob nichts geschehen sei. Sie kennen zwischen patriarchalischer Herrschaft und einem ins Räuberhafte entarteten Bolschewismus keine Mitte, denn sie sind unfrei. Sie nehmen alles hin, wenn man sie nur verdienen läßt. Und dazu sollen wir Ja sagen?

Der Offizier. Wir haben hier nachgewiesen, warum und inwiefern der deutsche Offizier im Kriege versagt hat, und was er an seinen Leuten gesündigt. Es geht ja nicht um den Stand – Angriffe gegen eine Kollektivität sind immer ungerecht –: es geht um den schlechten Geist, der den Stand beseelte und der sich tief in das Bürgertum hineingefressen hatte. Der Leutnant und seine – sagen wir immerhin: Geistigkeit war ein deutsches Ideal, und der Reserve-Offizier brauchte keine lange Zeit, in die Uniform hineinzuwachsen. Es war die infernalische Lust, den Nebenmenschen ungestraft zu treten, es war die deutsche Lust, im Dienst mehr zu scheinen, als man im Privatleben ist, das Vergnügen, sich vor seiner Frau, vor seiner Geliebten aufzuspielen, und unten krümmte sich ein Mensch. Eine gewisse Pflichterfüllung des Offiziers (und sein Geist saß auch in vielen untern Chargen) soll nicht geleugnet werden, aber sie geschah oft nur auf der Basis der Übersättigung und der übelsten Raffgier. Die jungen Herren, denen ich im Kriege hinter die Karten gucken konnte, machten keinen hervorragenden Eindruck. Aber es geht ja nicht um die einzelnen, und wie soll je eine Besserung kommen, wenn wir es jetzt nicht sagen! Jetzt, denn später hat es keinen Sinn mehr; jetzt, denn später, wenn das neue Heer aufgebaut ist, wäre es überflüssig, noch einmal die Sünden des alten Regimes aufzublättern. Und es muß den Deutschen eingehämmert werden, daß das niemals wiederkommen darf, und es muß allen gesagt werden, denn es waren ja nicht die Sünden gewisser reaktionärer Kreise, sondern alle, alle taten mit! Das Soldatenelend – und mit ihm das Elend aller ‹Untergebenen› in Deutschland – war keine Angelegenheit der politischen Überzeugung: es war eine der mangelnden Kultur. Die übelsten Instinkte wurden in entfesselten Bürgern wachgerufen, gab ihnen der Staat die Machtfülle eines ‹Vorgesetzten› in die Hand. Sie hat ihnen nicht gebührt. Und dazu sollen wir Ja sagen?

Der Beamte. Was haltet ihr von einer Verwaltung, bei der der Angestellte wichtiger ist als die Maßnahmen, und die Maßnahme wichtiger als die Sache? Wie knarrte der Apparat und machte sich imponierend breit! Was war das für ein Gespreize mit den Ämtern und den Ämtchen! Welche Wonne, wenn einer verfügen konnte! Von allen andern Dienststellen – und es gab ja so viele – wurde er unterdrückt: jetzt durfte er auch einmal! Und die Sache selbst ersoff in Verordnungen und Erlassen, die kleinen Kabalen und Reibereien in den Ämtern füllten Menschenleben aus, und der Steuerzahler war wehrlos gegen sein eigenes Werk. Und dazu sollen wir Ja sagen?

Der Politiker. Politik kann man in diesem Lande definieren als die Durchsetzung wirtschaftlicher Zwecke mit Hilfe der Gesetzgebung. Die Politik war bei uns eine Sache des Sitzfleisches, nicht des Geistes. Sie wurde in Bezirksvereinen abgehaspelt und durchgehechelt, und gegen den Arbeiter standen alle andern zusammen. Vergessen war der Geist, auf dessen Grundlage man zu Vorschlägen und Gesetzen kam, vergessen die Gesinnung, die, Antrieb und Motiv in einem, erst verständlich und erklärbar machte, was man wollte. Der Diplomat alter Schule hatte abgewirtschaftet, «er besitzt keinen modernen Geist», sagten die Leute; nun sollte der Kaufmann an seine Stelle treten. Aber der besitzt ihn auch nicht. Eine wilde Überschätzung des Wirtschaftlichen hob an. Feudale und Händler raufen sich um den Einfluß im Staat, der in Wirklichkeit ihnen beiden unter der Führung der Geistigen zukommen sollte. Und dazu sollen wir Ja sagen?

Daß der Bürger zetert, dem anständige Politik nichts ist als Geschäftsstörung, nimmt uns nicht wunder. Daß Geistige gegen uns eifern, schon mehr. Wozu führen denn letzten Endes die Erkenntnisse des Geistes, wenn man nicht ein Mal von den Höhen der Weisheit herunterklettert, ihre Ergebnisse auf das tägliche Leben anwendet und das zu formen versucht nach ihrem Ebenbilde? Nichts ist bei uns peinlicher und verhaßter als konkret gewordene Geistigkeit. Alles darfst du: die gefährlichsten Forderungen aufstellen, in abstracto, Bücherrevolutionen machen, den lieben Gott absetzen – aber die Steuergesetzgebung, die machen sie doch lieber allein. Sie haben eine unendlich feine Witterung und den zuverlässigsten Instinkt gegen alles, was ihre trübe Geschäftigkeit stören kann, ihr Mißtrauen ist unsäglich, ihre Abneigung unüberwindbar. Sie riechen förmlich, ob sich deine Liebe und dein Haß mit ihrem Kolonialwarenladen verträgt, und tun sies nicht: dann gnade dir Gott!

Hier steht Wille gegen Willen. Kein Resultat, kein Ziel auf dieser Erde wird nach dem logisch geführten Beweis ex argumentis gewonnen. Überall steht das Ziel, gefühlsmäßig geliebt, vorher fest, die Argumente folgen, als Entschuldigung für den Geist, als Gesellschaftsspiel für den Intellekt. Noch niemals hat einer den andern mit Gründen überzeugt. Hier steht Wille gegen Willen: wir sind uns über die Ziele mit allen anständig Gesinnten einig – ich glaube, was an uns bekämpft wird, ist nicht der Kampf: es ist die Taktik.

Aber wie sollen wir gegen kurzstirnige Tölpel und eisenharte Bauernknechte anders aufkommen als mit Knüppeln? Das ist seit Jahrhunderten das große Elend und der Jammer dieses Landes gewesen: daß man vermeint hat, der eindeutigen Kraft mit der bohrenden Geistigkeit beikommen zu können. Wenn wir andern – die wir hinter die Dinge gesehen haben, die wir glauben, daß die Welt, so wie sie ist, nicht das letzte Ziel für Menschen sein kann – keinen Exekutor unsrer geistigen Gesinnung haben, so sind wir verdammt, ewig und auch fürderhin unter Fleischergesellen zu leben, und uns bleiben die Bücher und die Tinte und das Papier, worauf wir uns ergehen dürfen. Das ist so unendlich unfruchtbar, zu glauben, man könne die negative Tätigkeit des Niederreißens entbehren, wenn man aufbauen will. Seien wir konkret. Eine Naumannsche Rede in Weimar verpflichtet zu gar nichts: der Beschluß irgendeines Gemeindekollegiums zeigt uns den Bürger in seiner Nacktheit.

Der unbedingten Solidarität aller Geldverdiener muß die

ebenso unbedingte Solidarität der Geistigen gegenüberstehen. Es geht nicht an, daß man feixenden Bürgern das Schauspiel eines Kampfes liefert, aus dem sie nur und ausschließlich heraushören: dürfen wir weiter schachern, oder dürfen wir es nicht? Dürfen wir weiter in Cliquen und Klüngeln schieben, oder dürfen wir es nicht? Nur das wird gehört, und keine metaphysische Wahrheit und kein kritizistischer Irrtum.

Ist schon alles vergessen? Gleiten wir schon wieder in den behaglichen Trott hinüber, in dem Ruhe die erste und letzte Pflicht ist? Schon regt sich allerorten der fade Spruch: «Es wird nicht so schlimm gewesen sein.» – «Ihr Herr Gemahl ist an Lungenentzündung gestorben?» sagte jener Mann, «na, es wird nicht so schlimm gewesen sein!»

Es ist so schlimm gewesen. Und man mache ja nicht wieder den Versuch, zu behaupten, die ‹Pionierarbeit des deutschen Kaufmanns› werde uns ‹schon herausreißen›! Wir sind in der ganzen Welt blamiert, weil wir unsre besten Kräfte tief im Land versteckt und unsre minderwertigen hinausgeschickt haben. Aber schon regen sich die Stimmen, die dem Deutschen einzureden versuchen, es werde, wenn er nur billige Ware liefere, sich alles einrenken lassen. Das wollen wir nicht! Wir wollen nicht mehr benutzt sein, weil unsre jungen Leute im Ausland alle andern unterboten haben, und weil man bei uns schuftete, aber nicht arbeitete. Wir wollen geachtet werden um unsrer selbst willen.

Und damit wir in der Welt geachtet werden, müssen wir zunächst zu Haus gründlich rein machen. Beschmutzen wir unser eigenes Nest? Aber einen Augiasstall kann man nicht beschmutzen, und es ist widersinnig, sich auf das zerfallene Dach einer alten Scheune zu stellen und da oben die Nationalhymne ertönen zu lassen.

Wir sollen positive Vorschläge machen. Aber alle positiven Vorschläge nützen nichts, wenn nicht die rechte Redlichkeit das Land durchzieht. Die Reformen, die wir meinen, sind nicht mit Vorschriften zu erfüllen, und auch nicht mit neuen Reichsämtern, von denen sich heute jeder für sein Fach das Heil erhofft. Wir glauben nicht, daß es genügt, eine große Kartothek und ein vielköpfiges Personal aufzubauen und damit sein Gebiet zu bearbeiten. Wir glauben, daß das Wesentliche auf der Welt hinter den Dingen sitzt, und daß eine anständige Gesinnung mit jeder, auch mit der schlechtesten, Vorschrift fertig wird und sie gut handhabt. Ohne sie aber ist nichts getan.

Was wir brauchen, ist diese anständige Gesinnung.

Wir können noch nicht Ja sagen. Wir können nicht einen Sinn stärken, der über den Menschen die Menschlichkeit vergißt. Wir können nicht ein Volk darin bestärken, seine Pflicht nur dann zu tun, wenn jedem Arbeitenden ein Popanz von Ehre aufgebaut wird, der sachlicher Arbeit nur im Wege ist. Wir können nicht zu einem Volk Ja sagen, das, noch heute, in einer Verfassung ist, die, wäre der Krieg zufälligerweise glücklich ausgegangen, das Schlimmste hätte befürchten lassen. Wir können nicht zu einem Land Ja sagen, das von Kollektivitäten besessen ist, und dem die Korporation weit über dem Individuum steht. Kollektivitäten sind nur ein Hilfsmittel für die einzelnen. Wir können nicht Ja zu denen sagen, deren Früchte die junge Generation darstellt: ein laues und flaues Geschlecht, angesteckt von dem kindischen Machthunger nach innen und der Gleichgültigkeit nach außen, den Bars mehr zugetan als der Bravour, von unsäglicher Verachtung für allen Sturm und Drang, den man zur Zeit nicht mehr trägt, ohne Flamme und ohne Schwung, ohne Haß und ohne Liebe. Wir sollen laufen, aber unsre Schenkel sind mit Schnüren gefesselt. Wir können noch nicht Ja sagen.

Leute, bar jedes Verständnisses für den Willen, der über die Tagesinteressen hinausheben will – man nennt das hierzulande: Realpolitiker – bekämpfen uns, weil wir im Kompromiß kein Heil sehen, weil wir in neuen Abzeichen und neuen Aktenstücken kein Heil sehen. Wir wissen wohl, daß man Ideale nicht verwirklichen kann, aber wir wissen auch, daß nichts auf der Welt ohne die Flamme des Ideals geschehen ist, geändert ist, gewirkt wurde. Und – das eben scheint unsern Gegnern eine Gefahr und ist auch eine – wir glauben nicht, daß die Flamme des Ideals nur dekorativ am Sternenhimmel zu leuchten hat, sondern sie muß hienieden brennen: brennen in den Kellerwinkeln, wo die Asseln hausen, und brennen auf den Palastdächern der Reichen, brennen in den Kirchen, wo man die alten Wunder rationalistisch verrät, und brennen bei den Wechslern, die aus ihrer Bude einen Tempel gemacht haben.

Wir können noch nicht Ja sagen. Wir wissen nur das eine: es soll mit eisernem Besen jetzt, grade jetzt und heute ausgekehrt werden, was in Deutschland faul und vom Übel war und ist. Wir kommen nicht damit weiter, daß wir den Kopf in ein schwarzweiß-rotes Tuch stecken und ängstlich flüstern: Später, mein Bester, später! nur jetzt kein Aufsehen!

Jetzt.

Es ist lächerlich, einer jungen Bewegung von vier Monaten vorzuwerfen, sie habe nicht dasselbe Positive geleistet wie eine Tradition von dreihundert Jahren. Das wissen wir.

Wir stehen vor einem Deutschland voll unerhörter Korruption, voll Schiebern und Schleichern, voll dreimalhunderttausend Teufeln, von denen jeder das Recht in Anspruch nimmt, für seine schwarze Person von der Revolution unangetastet zu bleiben. Wir meinen aber ihn und grade ihn und nur ihn.

Und wir haben die Möglichkeit, zu wählen: bekämpfen wir ihn mit der Liebe, bekämpfen wir ihn mit Haß? Wir wollen kämpfen mit Haß aus Liebe. Mit Haß gegen jeden Burschen, der sich erkühnt hat, das Blut seiner Landsleute zu trinken, wie man Wein trinkt, um damit auf seine Gesundheit und die seiner Freunde anzustoßen. Mit Haß gegen einen Klüngel, dem übermäßig erraffter Besitz und das Elend der Heimarbeiter gottgewollt erscheint, der von erkauften Professoren beweisen läßt, daß dem so sein muß, und der auf gebeugten Rücken vegetierender Menschen freundliche Idyllen feiert. Wir kämpfen allerdings mit Haß. Aber wir kämpfen aus Liebe für die Unterdrückten, die nicht immer notwendigerweise Proletarier sein müssen, und wir lieben in den Menschen den Gedanken an die Menschheit.

Negativ? Viereinhalb Jahre haben wir das fürchterliche Ja gehört, das alles gut hieß, was frecher Dünkel auszuführen befahl. Wie war die Welt so lieblich! Wie klappte alles, wie waren alle d'accord, ein Herz und keine Seele, wie bewegte sich die künstlich hergerichtete Landschaft mit den uniformierten Puppen darin zum Preise unsrer Herren! Es war das Thema des Anakreon. Und mit donnerndem Krachen ist das zusammengebrochen, was man früher für eisern gehalten hatte, und was nicht einmal Gußeisen war, die Generale fangen an, sich zu rechtfertigen, obgleich sie es gar nicht nötig hätten, keiner will es gewesen sein, und die Revolutionäre, die zu spät kamen und zu früh gebremst wurden, werden beschuldigt, das Elend herbeigeführt zu haben, an dem doch Generationen gewirkt hatten. Negativ? Blut und Elend und Wunden und zertretenes Menschentum – es soll wenigstens nicht umsonst gewesen sein. Laßt uns auch weiterhin Nein sagen, wenn es not tut! Es ist das Thema des Aischylos. [1919]

‹Unser Militär›

Das rekelt sich und gähnt und sauft und hurt
und tut (versteht sich) Dienst voll Zucht und Strenge.
Ein Lustspiel von der Menge für die Menge.
So sieht Welt aus vor der Person Geburt.

Christian Morgenstern

Die Offiziere tragen immer Handschuhe, wenn sie auch schmutzig sind.

Regiebemerkung zu einem Theaterstück

Wir haben in den vorigen Heften der ‹*Weltbühne*› betrachtet, wie es in der deutschen Armee zugegangen ist: ein trüber Haufe voller Qual und Greuel, Weltenklüfte zwischen Offizier und Mann, Unterschlagung und Diebstähle von Lebensmitteln zugunsten der höhern Ränge, Requisitionen ohne Ziel und Maß, falsche Schwäche und falsche Härte den fremden Landeseinwohnern gegenüber, Vaterländischer Unterricht, Mantel der Lüge über all den Jammer und alle Verbrechen: ‹Unser Militär›. Aber unbeirrbar steht der deutsche Spießer, nein, der deutsche Bürger da, der Patriot *quand-même* er wirft sich in die Brust, Abner der Deutsche, der nichts gesehen hat, und als seien Krieg und Zusammenbruch nicht gewesen, ruft er stolz tönend in die Lüfte: «Unser Militär!»

Wie ist das zu erklären? Wie kann ein Volk gedeutet werden, das nach allem, was geschehen ist, nach allem, was es erfahren und gelitten hat, den verlorenen Krieg als einen kleinen Betriebsunfall ansieht – «Reden wir nicht weiter darüber!» –, und das heute, heute am liebsten das alte böse Spiel von damals wieder aufnehmen möchte: die Unterdrückung durch aufgeblasene Vorgesetzte, ein Deutscher tritt den andern und ist stolz, ihn zu treten, die schimmernden vergötterten Abzeichen, der Götze Leutnant – «unser Militär!» Wie ist *das* zu erklären?

Die militaristische Schande Deutschlands ist nur möglich gewesen, weil sie die tiefsten und schlechtesten Instinkte des Volkes befriedigt hat.

Der Deutsche läßt sich für jede Arbeit, die er gewissenhaft und gut verrichten soll, mit Respekt überzahlen. Er arbeitet, aber er will dafür ästimiert werden. Ich sage absichtlich nicht ‹geachtet› – daran liegt ihm gar nichts. Er will ästimiert werden; das Schartekenwort besagt: man soll den Hut vor ihm ziehen und das Maul ehrfurchtsvoll aufsperren. Er tritt dann aus seinem kleinen Bürgerdasein heraus, wie Heinrich Mann das in der Bibel des Wilhelminischen Zeitalters, im *‹Untertan›*, formuliert hat: «Er genoß einen der Augenblicke, in denen er mehr bedeutet als sich selbst und im Geiste eines Höheren handelte.»

Der Soldat hat dafür dieses Wort: «Dienst ist Dienst, und Schnaps ist Schnaps» erfunden – aber es war doch Schnapsdienst, der da herauskam.

Der Wurm, der an aller Herzen fraß, war eine ungeheure, lächerliche Selbstüberschätzung in der Arbeit. Ob Architekt oder Bürovorsteher, Eisenbahnassistent oder Apotheker, Oberlehrer oder Prinzipal – sie alle waren beseligt, einmal, ach, nur ein einziges Mal, auf einen andern heruntersehen zu können, und wär es auch nur ein Laufbursche gewesen.

Dieser unselige Drang feierte Orgien im deutschen Heer. Da wurde einem kein neues Amt übertragen – da wurde einer ‹befördert›: Gottlieb Schulze wachte eines Tages auf und war Oberschulze und Herr und Gebieter über die Seelen seiner Mitschulzen. Da blühten die giftigsten Früchte. Da konnte der Vizefeldwebel dem Unteroffizier, der Major dem Hauptmann eins auswischen, ohne daß der Gescholtene muckste: der Dienst! der Dienst! Rangerhöhung färbte noch auf die Familie ab; welcher Stolz, wenn ein Medizinmann der Gattin zeigte: «Der Mann da drüben ist mein Unterarzt!» Seiner... Und diese Wallenstein-

Pose behielten alle bei, davon lebten sie; sie taten, als hätten sie ‹ihre Leute› angeworben, als folgten die freiwillig dem erkorenen Führer. Und hinter den alten Ritterkulissen schacherten und betrogen wildgewordene Kaufleute und Beamte.

Muß das sein? Werden wir ewig Vaterlandsliebe mit Patriotismus, Ordnung mit Kadavergehorsam, Pünktlichkeit mit Sklaverei, jedes Ding mit seiner Karikatur überzahlen müssen? Gibt es zwischen Schludrigkeit und dem berüchtigten preußischen Unteroffizier kein Mittelding?

Es gibt eines, und in ihm liegt das Heil der Welt und die Genesung dieses unglücklichen, verblendeten Landes. Und es heißt: Sachlichkeit.

Der Sturm ist vorübergebraust – der deutsche Spitzweg-Bürger steckt die Nase zum Fenster heraus, dann den ganzen Kopf und spricht frohbewegt: «Aber es regnet ja gar nicht mehr!» Und nimmt den alten Stock und den alten Hut...

Schlagt sie ihm herunter! Laßt nie, nie wieder diese Burschen aufkommen, die euch gemartert haben und gequält und gedemütigt und kujoniert!

Sie zittern und gieren auf den Augenblick, da eine neue Kompromißregierung das neue Volksheer errichtet – ‹natürlich nur ein geordnetes Heerwesen mit festen Befehlsverhältnissen›. Selbstverständlich. Sie pfeifen auf alle Prinzipien. Sie stehen auf dem Boden des neuen Staates. Und der Unteroffizier wird wieder den Rekruten ins Kreuz treten – natürlich auf demokratischer Grundlage. Aber diesmal treten wir wieder.

Wir erwarten gar nicht, daß eine Generation, die nur leben konnte, wenn sie sich maßlos eitel und aufgebläht in ihrer Arbeit überschätzen und vergöttern ließ, den alten Schleppsäbel abtut und vernünftig und menschlich wird. Sie ist unheilbar. Wir wollen ihr die Untertanen entziehen. Wir wollen, daß es keine Menschen mehr gibt, die sich gefallen lassen, was jene mit der Miene der Gottähnlichkeit verhängten. Wir sind frei.

Wir warens nicht. Wie jämmerlich die Einwände, wie spießig der läppischste von allen: «Man darf nicht verallgemeinern.» Und doch war alles so gemein...

Freilich: dem ist nicht mit Gerichtsverhandlungen beizukommen. Als damals Rosa Luxemburg von den Soldatenmißhandlungen schrieb, da sperrten sie sie ein, weil sie nicht gerichtsnotorisch machen konnte, was sich in abgesperrten Kasernenhöfen an Bestialitäten abgespielt hatte. Aber nie wird sonnenklar zu beweisen sein, was mit so viel Feigheit, mit so viel raffinierter Brutalität, mit so viel Macht ausgefressen wurde. Ich habe in meinen Skizzen absichtlich keine Namen genannt, was kommt es auf Namen an! Der Feldwebel Nowotnik und der Leutnant Peters und der Hauptmann Dorbritz – wer kümmert sich denn hier um die! Um was hier gekämpft wird, das ist die Freiheit des Deutschen, das ist der unerschütterliche Glaube, daß es – auch beim Militär – keine Vorgesetzten außer Dienst gibt. «Disziplin ohne moralische Einsicht ist eine Absurdität», hat Jakob Wassermann einmal gesagt. Nun, das deutsche Heer war absurd.

Schon regt sich allerorten die Erkenntnis, schüchtern keimen junge Knospen.

Im *‹Tag›* – man denke: im *‹Tag›*! – erzählt am neunundzwanzigsten Januar Hauptmann z. D. Paschke vom Leben der höhern Stäbe im Felde, wie sie doch nicht immer so einfach und bescheiden gelebt hätten, wie sie an sich und nur an sich auf Kosten der kämpfenden Truppe gedacht hätten; im *‹Militärwochenblatt›* berichtet in der Nummer 28 vom dreißigsten Januar ein General – er zeichnet K. –, wieviel unsaubere Elemente im deutschen Offizierskorps gewesen seien; in der *‹Hilfe›* spricht am sechzehnten Januar Miles – ein wegen seines Freimuts im Kriege verfolgter Offizier – von den Flecken, die die militärische Sonne verunzierten; in einer Flugschrift *‹Warum erfolgte der Zusammenbruch an der Westfront?›* registriert Otto Lehmann-Rußbüldt die Leiden und Qualen der gemeinen Soldaten; im Dezemberheft der *‹Süddeutschen Monatshefte›* gibt ein Oberarzt, der vierzig Monate an der Westfront gestanden hat, seine trüben Erlebnisse über die Verpflegung der Offiziere und die der Mannschaften zum besten. Dämmert es?

Es sind nicht nur ‹Fälle› vorgekommen. Es sind beileibe nicht nur die Offiziere gewesen. Die Unteroffiziere habens nicht besser getrieben, der abkommandierte Mann nicht, wenn sie nur gekonnt haben.

Es war also nicht diese Schule der sittlichen Erziehung, von der die Fibeln und Schullesebücher und Reichstagsreden uns berichtet haben. Es war also nicht die Blüte der Nation, die da als Erzieher und Erzogene herumliefen: diese alten Unteroffiziere, die vom Leben außerhalb der Kaserne nur etwas Unterrock kannten, die aktiven Offiziere, die die Welt – auch die außerdeutsche – in ‹Re'ment› und ‹Zivil› einteilten, diese Reserve-Offiziere, die auf einmal zu fühlen begannen, wie doch auch sie zur Herrlichkeit geboren seien, und die ihr eigenes deutsches Nest beschmutzten, indem sie auf frühere Kollegen und Kameraden des Geistes traten.

Der lügt, der sagt, *das* müsse so sein. Man hat viel in der letzten Zeit um den Erlaß über die Kommandogewalt debattiert – man spricht von Neuordnung und vom deutschen Volksheer. Hier hat eure Weisheit ein Ende, denn mit Verordnungen ist hier nichts getan.

«Aber wir brauchen das!» – «Aber es wird stets Offiziere geben!» Gewiß – nur, wenn die Deutschen wollen, nie mehr solche. Wer wehrt sich denn gegen sachliche Befehle und ihre Ausführung? Wer will denn nicht einem Führer folgen, wenn der nur einer ist? Deutschland baue sich eine Armee – aber in aller Zukunft wird keiner von uns bereit sein, sich von einem andern Deutschen – und trage er am Leibe allen Farbenschmuck eines Papageis – mit Füßen treten zu lassen; keiner wird andern als sachlichen Befehlen folgen, und jeder wird von dem Vorgesetzten verlangen, daß er die gleichen Mühen ertrage und den gleichen guten Willen zur Arbeit zeige wie der, von dem er sie fordert.

Mögen sich die Korps an der Ostgrenze zunächst ihre Satzungen nach eigenem Willen aufstellen. Das neue Heer, das mit jenen nichts gemein habe, sei die Schule des freien Mannes, eine lebende Einheit von Offizieren und Mannschaften. Ein Bruch mit der alten Armee – das sei die neue. Der lächerliche Gruß-Erlaß ist kein froher Anfang. Der Offizier sei ein befehlender Kamerad. Das geht nicht? Dann lernts. Rücksichtslose Ausmerzung aller Früchte vom alten Stamm, gänzliche Abschaffung der alten Kommandogewalt, ein Wirbelwind fege die ‹Herren› hinweg und setze Männer an ihre Stelle.

Und alle die Sprüche vom Vogel, der sein eigenes Nest beschmutzt, vom geschlagenen Riesen, der am Boden liegt, können uns nicht darüber hinwegtäuschen, daß *das*, was hier geschehen ist, eine schmerzhafte, aber heilsame Operation am deutschen Volkskörper gewesen ist. Es mußte gesagt werden, und es mußte jetzt gesagt werden. Die Gesinnung des deutschen Offiziers hat nichts getaugt, der Geist des deutschen Militärs hat nichts getaugt. Wir reißen sie aus unserm Herzen – wir spielen das Spiel nicht mehr mit.

Ein Scherbengericht? Anklage und Urteil?

Die Vorrangstellung des Offiziers im deutschen Leben ist dahin. Die viereinhalb Jahre sind dagewesen – darüber kommt kein Mann hinweg.

Es geht ja letzten Endes nicht um Paragraphen und Soldatenräte und um Verfügungen und Erlasse und Kompromisse und Vermittlungen. Es geht um die Wurst.

Wir Deutsche zerfallen in drei Klassen: die Untertanen – die haben bisher geherrscht; die Geistigen – die haben sich bisher beherrschen lassen; die Indifferenten – die haben gar nichts getan und sind an allem Elend schuld.

Und mit derselben Macht und mit derselben Faust wie die bunten Burschen, aber getrieben von strömendem Herzblut, ringen wir um die schlafenden Seelen Deutschlands. Land! es gibt Höheres, als vor der Geliebten mit einem Rang zu prunken! Land! wir Deutsche sind Brüder, und ein Knopf ist ein Knopf und ein Achselstück ein Achselstück. Kein Gott wohnt dahinter, keine himmlische Macht ist Menschen gegeben. Doch: eine. Die Menschen zu lieben, aber nicht, sie mit Füßen zu treten.

Wir speien auf das Militär – aber wir lieben die neue, uralte Menschlichkeit!

[1919]

Prozeß Marloh

Ceterum censeo, Noske esse eundum

Der Spitzel einer Organisation, deren Mitglieder Mord und Totschlag brauchen, um ihre gut bezahlten Stellungen zu behalten, meldet dem Nachrichtenoffizier eines der Freikorps, die Volks-Marine-Division beabsichtige, in der Französischen Straße einen regierungsfeindlichen Putsch zu unternehmen. Die Meldung wird nicht geprüft, sondern mit Freuden aufgenommen, weitergegeben und übertrieben. Ein junger Offizier mit fünfzig Mann wird entsandt; die Räume der Division werden besetzt. Dreihundert Leute gehen in die Menschenfalle. Der junge Offizier, aufgehetzt und getrieben von den sich jagenden Befehlen seiner Vorgesetzten, sucht sich, damit irgend etwas geschehe, und ohne daß die Festgenommenen Widerstand leisten, neunundzwanzig Mann heraus – von seinem preußischen Offiziersstandpunkt aus diejenigen, die klug aussehen – und läßt sie erschießen. Dann erscheint in der Presse ein falscher Bericht dieses Vorgangs; der Offizier ist gezwungen, falsche Berichte an seine Vorgesetzten zu machen, die die Wahrheit kennen; dann flieht er. Er wird später gefaßt, einem ordentlichen Gericht entzogen und vor ein Sondergericht gestellt; seine Kameraden sprechen ihn frei.

Die Beurteilung dieses Mordes kann nur erfolgen, wenn man die Welt, aus der er hervorgegangen ist, genau kennt. Diese Welt ist skrupellos, tief unwahrhaftig und von einem großen Teil des deutschen Volkes heut noch verehrt und geschätzt. Die Verhandlungen haben gezeigt, wie verlogen dieser Apparat arbeiten kann: in dem Augenblick, wo über eine Lüge das Wort ‹Bericht› gesetzt wird, verstummt der Zweifel; in dem Augenblick, wo das Wort ‹Dienst› fällt, hat alles in Ordnung zu sein. Der preußische Offizier lügt nicht. Er tat Schlimmeres.

Es scheint mir nun einmal an der Zeit, hier öffentlich auszusprechen, was ich seit langem auf dem Herzen habe. Ich weiß, daß das taktisch nicht richtig ist; ich weiß, daß man den Mitkämpfern den Mut nicht nehmen soll, ich weiß auch, daß ich trotzdem nicht aufhören werde, für Menschen gegen das alte deutsche Offizierkorps zu kämpfen. Aber ich muß es einmal sagen: Dieser Kampf scheint aussichtslos.

Das deutsche Volk, in einer beispiellosen Katastrophe zusammengebrochen, die es zur guten Hälfte selbst verschuldet hat, befindet sich heute in schwerem wirtschaftlichem Niedergang. Wir haben realiter den Staatsbankrott. Die Fähigkeit weiter Volkskreise zu irgendwelchen Emotionen ist völlig erschöpft. Die Leute können nicht mehr. Das Gefühl für Anstand, für Recht und Gerechtigkeit – es ist völlig geschwunden.

Wärs nicht so, dann brauchte nicht Punkt um Punkt nachgewiesen zu werden, daß dieser Vorgang, von der Spitzelmeldung bis zum Freispruch des Marloh, ein einziger Sumpf ist. Die menschliche Minderwertigkeit, mit Unwahrheiten und Verschleierungen zu arbeiten, um ein Verbrechen zu verdunkeln, die unfaßbare Roheit, Deutsche, die andrer politischer Meinung sind, wie Tiere abzuschlachten – das wächst ausschließlich auf dem deutschen Kasernenhof. Die Leichen der Unglücklichen sollen furchtbar ausgesehen haben: es sind offenbar nicht alle auf jenem Hof erschossen, sondern sechs Geflüchtete sind im Keller massakriert worden; der Überlebende hörte ihre Todesschreie. Einem war die Wade von oben bis unten aufgeschlitzt; einem der Schädel eingeschlagen. Nach dem Mord spazierten die Offiziere auf dem Hof herum, betrachteten die am Boden liegenden Leichen, und einer sagte: «Seht mal, wie anständig die Hunde angezogen sind! Man sollte ihnen die Stiefel ausziehen!»

[...]

Über das Verfahren soll hier nicht ernsthaft gesprochen werden. Man erspare es mir, mein Juristenherz auszuschütten. Vielleicht war das früher anders – wir hatten immer geglaubt, daß der Vorsitzende in einem strafrechtlichen Verfahren alles zur Ergründung der Wahrheit tun müsse. Das ist hier nicht geschehen. Viele wichtige Dinge sind nicht untersucht worden: Wer hat die verlorenen und noch nicht genug gefälschten Berichte entwendet? Warum verweigern die Zeugen die Aussage? (Es wäre Sache des Vorsitzenden gewesen, diese Gründe sorgfältig herauszuarbeiten.) Wie kam Reinhard zu der Annahme, daß dort in der Französischen Straße wirklich eine regierungsfeindliche Aktion im Gange war? Wie sind die gefälschten Papiere zur Flucht zustande gekommen? Die Größe unsres Vertrauens zur bürgerlichen Rechtsprechung geht aus unserm Ruf nach ihr hervor: jeder bürgerliche Strafrichter hätte besser gearbeitet. Der geschickte Verteidiger des Angeklagten hatte leichtes Spiel.

Und hier möchte ich aufnehmen, was ich anfangs andeutete: Es scheint aussichtslos. Wir kämpfen hier gegen das innerste Mark des Volkes, und das geht nicht. Es hat keinen Sinn, die Berichte Punkt um Punkt durchzugehen, hier Widersprüche nachzuweisen und da Lügen, Roheiten und Minderwertigkeiten.

[...]

Ich resigniere. Ich kämpfe weiter, aber ich resigniere. Wir stehen hier fast ganz allein in Deutschland – fast ganz allein. Denn was sollen wir mit Parteien, was mit Publizisten anfangen, die in den wichtigsten Punkten eine reservatio machen und sagen: «Ja – aber...» Und wir sagen: Nein. Fest steht: die Mörder der deutschen Radikalen sind bis jetzt straflos ausgegangen. Was die Voruntersuchung nicht schafft, besorgt das sogenannte Gericht; gibts hier ein Unglück, dann tut die Exekutive das ihre; hilft alles nicht, läuft der Mann weg oder wird krank. Ihm kann nix gschehn.

Ist heute ein müder Tag? Ich will mich ja gern beschimpfen und anklagen lassen, ich will ja gern alles auf mich nehmen – wenn ich nur nicht sehen müßte, wie grauenhaft allein wir stehen. Ist denn moralische Sauberkeit wirklich nicht mehr das absolut erste Erfordernis des öffentlichen Lebens? Wohin geraten wir? Wo treiben wir hin? Wohin soll es führen, wenn nun auch die Rechtsprechung anfängt, zu wanken: wenn politische Gesichtspunkte ganz offen Sondergerichte beeinflussen? Wie lange noch, und die ordentlichen Gerichte folgen. Und dann ists aus.

[...]

[1919]

Das leere Schloß

Seit Kaiser Wilhelm der Zweite das berliner Schloß seiner Väter verlassen hat, steht es leer. Keiner ist für die Dauer dort eingezogen – seitdem Ende 1918 und Anfang 1919 einige Spektakelstücke darin aufgeführt worden sind, steht es ganz leer. Die Regierung wohnt in der Wilhelmstraße.

Man sagt, dieses alte Schloß habe einen Hausgeist, eine im Nachtwind lohende weiße Frau. Es kann sich somit glücklicher schätzen als das Geschlecht der neuen Hohenzollern, die gänzlich ungeistig waren, und ich denke, daß die Zeit gekommen ist, wo auch wir an diesen Geist glauben dürfen. Das Schloß ist nicht leer.

Das berliner Schloß kann von der Regierung deshalb nicht bezogen werden, weil der alte monarchistische Geist darin wohnt, und weil diese Regierung Angst vor ihm hat. Nachts weht der Geist durch die öden Korridore. Und tagsüber? Tagsüber regiert er.

Staatsrechtlich ist folgendes vor sich gegangen:

Durch einen gewaltsamen Umsturz haben sich im November 1918 Männer zur Regierung aufgeschwungen, die dazu – rein staatsrechtlich genommen – zunächst nicht das geringste Recht hatten. Alle ihre Regierungsakte waren, vom Standpunkt des getreuen Monarchisten gesehen, ungültig und unwirksam. Revolution. Die Revolution hat Recht geschaffen, weil sie Macht schuf.

Wir entsinnen uns alle wohl noch dieses gänzlichen Vakuums, das damals, im November 1918, Deutschland darstellte. Alle Leute gingen herum wie die Kinder, wenn Mutter fortgegangen ist – man war frei, aber man traute sich nicht so recht.

Die Revolution ist dann sabotiert worden, die Kleinstaaterei blieb erhalten, und die neuen Männer fußten auf dem alten Recht und hatten nur den begreiflichen Takt, von dem kleinen Staatsstreich, dem sie alles verdankten, möglichst wenig zu sprechen. Im übrigen aber: Allgemeines Landrecht 10, II, 17 und alte Kabinettsorders aus dem Jahre 1851, und was dergleichen Gummiparagraphen mehr sind. Es waren verschämte Republikaner. Seien wir doch offen: verschämte Monarchisten, die nur keinen Monarchen haben.

Die neuen Männer schwammen wie eine dünne Fettschicht auf dem Meer, und dann kam die riesige Wasserflut der Reaktionäre, mit denen sie arbeiteten. Diese Republik hat niemals verstanden, ihre Macht wirklich aus sich selbst zu stabilisieren. [...]

Die republikanische Regierung ist so gut wie machtlos. Ihr eigner Apparat höhnt sie aus und verkehrt fast alle Maßregeln durch die berüchtigten ‹Ausführungsbestimmungen› in ihr Gegenteil. In der Wilhelmstraße zu Berlin sitzen, den größten Teil des Jahres durch Stacheldrahtverhaue geschützt, ein paar Männer; alle Provinzen lachen darüber und machen, was sie wollen. Und das ist nichts Gutes.

[...]

Die alldeutschen Blätter – und fast alle bürgerlichen Blätter sind alldeutsch – höhnen in frechster Weise die Republik. Ein geistiges Gegengewicht wird nicht geschaffen.

Diese Regierung regiert nur, weil die Leute zu müde sind, sie davonzujagen. Die Hilflosigkeit dieser Minister mitanzusehen, in praktischen Fällen mitanzusehen, ist mitleiderweckend. Sie können ja nicht –! Sie wirken wie Familienväter, die der Frau was befehlen, aber die Frau steckt sich die Haare auf und geht ihrer Wege. Und Vater schüttelt traurig den Kopf... Sie können ja nicht. Hinten und vorn eingeschnürt von ihrem Apparat, der ihnen viel wichtiger ist als alles andre, verharren sie regungslos.

Sie paktieren ängstlich mit einer Welt, die sie nie für voll nehmen wird, und die sie haßt, haßt, haßt. Wackelnd und lavierend bejahen sie noch den schlechtesten deutschen Typ, der heute so aussieht, wie Bismarck ihn haben wollte –: willenlos nach oben, roh nach unten, eingekniffene Lippen, hochgebürsteter Schnurrbart, kurze Stirn, kleine Augen. Aber tüchtig, nicht wahr? Und das bejahen sie. Statt hier zu sagen: Nein! Grade das nicht! Statt hier ins Mark zu treffen und den Provinzspießer, den Nurverdiener, den unbedenklichen Beamten zu verneinen.

Und Geschehnis gliedert sich an Geschehnis, und keiner will sehen, wie wir offenen Auges ins Verderben laufen. Weit, weit hinter das Jahr 1914 zurück.

[...]

[1920]

Kapp-Lüttwitz

[...]

Und nun wird ganze Arbeit gemacht werden müssen. Die Forderungen, die man der Regierung abgerungen hat, sehen auf dem Papier ganz nett aus – wichtig ist, wie und von wem sie durchgesetzt werden. Und wichtig ist vor allem eines:

Es muß einmal allen – Politikern, Publizisten und Soldaten – gezeigt werden, daß man nicht ungestraft aufs falsche Pferd setzt. Es muß einmal Gesinnung richtig gewertet werden. Bei uns ist das so: der Monarchist plustert sich auf und bekämpft die Republik; der Offizier verteidigt seinen Posten gegen die Zivilisten; der Publizist prophezeit, und dem Publikum genügts, daß einer überhaupt prophezeit – richtig brauchts nicht zu sein. Hier muß ein Ende gemacht werden. Hier muß einmal gezeigt werden, daß es auch praktische Folgen hat, wenn man in einer demokratischen Republik monarchistisch, militaristisch, nationalistisch agitiert. Diese Männer müssen entfernt werden.

Glückt wieder nur eine Schein-Reorganisation, so haben wir dasselbe in mehr oder minder kurzer Zeit noch einmal – aber dann erfolgreicher. Keiner kommt bei uns auf den Gedanken, daß Politik auch in die engsten Verbände, in die Kommunen, in die kleinen Ämter, in die Kasernen greifen dürfe. Aber grade dahin muß sie greifen. Es geht unter keinen Umständen an, daß alle, die an diesem Hochverrat teilgenommen haben, nun einfach, da er mißlungen ist, ruhig nach Hause gehen. «Du! du! wenn du noch einmal einen Hochverrat begehst, dann bekommst du einen Tadelstrich!» Wenn dieses Offizierkorps es schon mit seiner sogenannten Ehre vereinbaren kann, von der Republik Geld zu nehmen und sie dann doch zu bekämpfen –: wir könnens nicht mehr.

Wir brauchen unser Geld zu notwendig, um es mit vollen Händen als Arbeitslosenunterstützung für unnütze Truppen herauszuwerfen. (Sie nennens Sold.) Wir können uns den Luxus dieses großen militärischen Apparats als Selbstzweck und reaktionäre Polizeitruppe nicht mehr leisten. Hier muß Ordnung geschaffen werden.

Es muß Publizisten, die dauernd daneben raten, die Berechtigung abgesprochen werden, noch ernstlich mitzureden. Verpflichtet denn bei uns eine Ansicht zu gar nichts mehr? Alle tragen die Verantwortung, die schwere Verantwortung – und wenns zum Klappen kommt, dann laufen sie weg oder haben es anders gemeint oder haben nichts gesagt: und beginnen morgen von vorn. Keiner tritt ab – es sind noch immer alle, alle da.

Wenn einer heute noch glaubt, daß Menschentöten im Kriege kein Mord ist, daß Waffen Argumente sind: wenn einer heute noch meint, eine Kaste – die Militärs – dürfe, mit besonderen Gerichten, Ehrenanschauungen, Lebensbedingungen versehen, als Staat im Staate das eigne Volk schädigen, so soll ihm diese Meinung unbenommen sein. Aber die Republik hat die verfluchte Pflicht und Schuldigkeit, diese Männer aus ihren Ämtern und Betrieben herauszusetzen – und die Presseleser täten gut, ihren blamierten Führern nicht mehr zu glauben. Das geht nicht an: vorgestern für den Krieg zu sein und gestern für die Republik und heute für Noske und morgen für Reorganisation. Meinungen verpflichten. Das ist hart und unbequem – aber sauber. Und Presseschreiber, die die jeweils moderne Meinung tragen, sind keine Führer des Volkes. Glaubt ihnen nicht.

Hier muß ganze Arbeit getan werden.

Entfernung der konservativen Preußenoffiziere aus der Reichswehr. Sofortige Aufhebung der Militärgerichtsbarkeit. Verwandlung der Reichswehr in eine zuverlässige Volksmiliz. Und vor allem: Aufklärung von Staats wegen.

Aufklärung darüber, daß ein Offizier auch nur ein Mensch ist, und vielfach nicht einmal der beste. Aufklärung darüber, daß der Offizier, genau wie jeder andre Staatsbürger, den Gesetzen unterworfen ist, daß Hochverräter nicht immer Ballonmützen und rote Schlipse tragen, und daß rohe Gewalt auch dann zu verachten ist, wenn sie sich militärisch kostümiert. Ihr liebt noch alle zu sehr das Tempelhofer Feld, mit einer stillen, unterirdischen, unausrottbaren Liebe. Man muß sie ausrotten.

Aufhebung der Technischen Nothilfe. Auflösung sämtlicher Einwohnerwehren. Nicht etwa: Umwandlung. Wir kennen das: dann wird ‹gemeldet›, daß hieramts alles republikanisch sei, und es wird nichts geändert. Hier muß ganz bis zu Ende gegangen werden – eher bekommen wir keine Ruhe.

Aufklärung der Öffentlichkeit darüber, wie sehr die ‹nationalen› Parteien an diesem unabsehbaren Unglück die Schuld getragen haben. Aufklärung über die Schuld der reaktionären Offiziere und Beamten.

Und vor allem, vor allem: Reorganisation der Schule. Da steckt das Unheil, da die zukünftige Generation, da unsre Hoffnung und unsre Furcht. Den Kindern muß – nicht Parteipolitik –: demokratische Gesinnung eingepflanzt werden. Politik gehört in die Schule, hat immer hineingehört, solange sie monarchistisch gefärbt war. Pensioniert lieber nationale Lehrkräfte mit vollem Gehalt, als daß ihr die Kinder noch einmal zu einer Generation werden laßt, die, wie die von 1914, ein Blutbad bejubelt.

Wenn die Republik Deutschland, erweckt durch den Militärputsch, *das* nachholt, was sie im November 1918 versäumt hat: dann ist er nicht umsonst gewesen.

Gegen eine Reorganisation der großen Ämter wird niemand etwas einwenden. Der Widerstand der kleinen Gruppen und Kollektivitäten – bis zur Familie herunter – wird stark sein. Brecht ihn. Wir haben keine Revolution gehabt. Macht eine.

Diese Forderungen erhob Tucholsky am 25. März 1920 in der «Weltbühne» nach dem sogenannten Kapp-Putsch, einem von Wolfgang Kapp und General Walther Freiherr von Lüttwitz angeführten rechtsradikalen Umsturzversuch. Der Putsch hatte am 13. März 1920 begonnen und war am 17. März 1920 gescheitert.

Militärbilanz

[...]

Der Deutsche bejaht die Uniform. Schaudernd besah er sich die Fotografien aus dem Ruhrgebiet: Arbeiter mit Waffen! Arbeiter militärisch organisiert! Wer aber die Söldner der Reichswehr vor ihrer Werbung gesehen hätte: er wäre vor ihnen genau so zurückgeprallt wie vor dem unkostümierten Proletarier. Ihn schreckt nicht so sehr die Waffe wie die Tatsache, daß ihm da die

Leitung nicht grün ist. Und er beschönigt noch das häßlichste militärische Verbrechen, wenn es nur auf dem Dienstwege geschieht.

Und hier steckt die ungeheure moralische Gefahr des deutschen Militarismus. Er und nur er, er allein erkennt Ausnahmezustände über dem Rechte an. Er und nur er hat den Begriff der ‹militärischen Notwendigkeiten› geschaffen. Was aber ist das für ein Rechtszustand, der jederzeit von jedem Leutnant durchbrochen werden kann! Ein Volk, bei dem das Recht, das objektive Recht, soweit es Menschen zu finden wissen, nicht obenan steht, fängt an zu faulen – Geschworene, die in politisch-militärischen Fragen urteilen, sind bei uns nicht mehr objektiv.

Sie wollen ihre Ausnahmestellung, sie wollen ihren frischen, fröhlichen Krieg, und sei es gegen Landsleute, sie verlangen von der Truppe Gehorsam, auch wenn sie von Verbrechern kommandiert wird, und sie haben das Wort von der ‹Ruhe und Ordnung› erfunden, die immer dann einzusetzen hat, wenn man hinter dem Rücken des Volkes eine gewaltsame Verfassungsänderung durchsetzt. Woran der Kaiser gescheitert ist und scheitern mußte – sie verehrens noch heute und bekennen sich unumwundener dazu denn je: die Gewalt.

Hilfe? Von dieser Regierung nicht. Sie beschwert sich über die Aktionen der Gewerkschaften – der betrunkene Kapitän lehnt in der Ecke, ein beherzter Matrose ergreift das Steuer, und sein Vorgesetzter lallt: «Das ist eine Nebenregierung!» Der neue Reichswehrminister will die Reichswehr unpolitisch haben. Das ist falsch. Sie muß durch und durch politisch sein, und die Frage lautet nicht: Republik oder Monarchie – sondern sie lautet: Demokratie oder Gewaltherrschaft.

Auch diese Warnungen, auch dieses Tatsachenmaterial, auch diese Deduktionen werden nicht gehört, werden nicht beachtet werden. Der zweite Putsch kommt und muß kommen. Und dann glückt er. Und die neuen Gewaltherrscher werden dann nicht so töricht sein wie die matten Demokraten, die da vermeinen, mit papiernen Verfügungen sei etwas getan. Dem Reichswehrminister wird auch diesmal sein Apparat wichtiger sein als unsre Forderungen. Als Forderungen, die nicht aus Haß gegen die Offiziere, nicht aus Haß gegen den einzelnen Mann gestellt werden, sondern gegen eine Welt – eine Welt von Hirnlosigkeit, Unmenschlichkeit und Kastenegoismus. Wir warnen wieder, der Reichswehrminister wird wieder schlafen, wir werden wieder die traurige Genugtuung haben, am Ende recht zu behalten. Es wird wieder nur zweierlei geben: Sklaven und Sklavenhalter, Gefangene und Gefangenenwärter, Vorgesetzte und Untergebene.

Dies aber sind unsre Forderungen:

Auflösung der Reichswehr. Bildung eines nach dem Artikel 160 des Friedensvertrages gestatteten Heeres von 100000 Mann, eine reine Polizeitruppe, unter dem Kommando von Demokraten. Sofortige Entlassung aller Offiziere, auf denen auch nur der Schatten eines monarchistischen Verdachts ruht. Genaue Befolgung des Artikels 177 des Friedensvertrages («Erziehungsanstalten, Universitäten, Kriegervereine, Schützen-, Sport- oder Wander-Vereine dürfen sich mit keinerlei militärischen Dingen beschäftigen»). Aufhebung des § 2 des Gesetzes über die Bildung einer vorläufigen Reichswehr. («Die Reichswehr soll auf demokratischer Grundlage unter Zusammenfassung bereits bestehender Freiwilligenverbände... gebildet werden. Offiziere und Unteroffiziere aller Art und Beamtenpersonal des bestehenden Heeres sowie dessen Einrichtungen und Behörden können in die Reichswehr übernommen werden.») Neuregelung des § 14 der Ausführungsverordnung zum Gesetz über die Bildung einer vorläufigen Reichswehr. (Abwicklungsstellen.) Vollständige Auflösung der Einwohnerwehren. Neubildung von Ortswehren nur dann, wenn die polizeiliche Sicherung es erfordert, und nur unter paritätischer Mitwirkung aller Einwohner; das Kommando dieses Ortsschutzes liege in Händen von Zivilkommissaren, nie von aktiven Offizieren. Sofortiges Verbot weiterer Werbungen für noch vorhandene Freiwilligen-Verbände. Auflösung der Zeitfreiwilligen-Organisation. Sofortige Auflösung aller sogenannten Heeresabwicklungsstellen, soweit sie nicht in der Hauptsache Versorgungsansprüchen dienen. Vollständige Auflösung aller Sicherheitswehren. Gänzliche Aufhebung der Militärgerichtsbarkeit, die auch nicht in verschleierter Form oder etwa mit dem alten Personal erhalten bleibe.

So und nur so besteht die Möglichkeit, unsrer Staatswirtschaft Milliarden zu ersparen und einen Geist auszurotten, dem wir Krieg, Niederlage und Elend verdanken. Es ist nicht die Zeit, den sogenannten technischen Schwierigkeiten und den Einsprüchen interessierter Offiziere nachzugeben, es ist nicht die Zeit, auf *die* zu hören, die weniger am Heer als am Kommiß hängen – die Stunde drängt.

Schon fühlen anständige Offiziere, was hier vor sich geht; schon wird es in manchen Soldatenköpfen heller; schon bröckelt es. Setzt hier den Hebel an. Mit Todesurteilen ist nichts getan – mit radikaler Reorganisation alles. Hier liegt der Keim zu einer ganz großen Volksbewegung, hier das Zentrum der deutschen Geschicke. Hier hakt ein. Hier arbeitet. Militarismus und Pazifismus sind zwei Geistesverfassungen – eine Brücke gibt es nicht. Entscheidet euch für den einen: und wir kommen nie aus der Not und dem Jammer heraus. Entscheidet euch für den andern, brecht mit der Tradition und macht Geschichte – und wir werden das haben, was wir ja wohl auf verschiedenen Wegen alle haben wollen: ein reines Land.
[1920]

Das Buch von der deutschen Schande

E. J. Gumbel hat im Verlag Neues Vaterland ein kleines Buch erscheinen lassen: ‹*Zwei Jahre Mord*›. Es ist die wichtigste Publikation der letzten drei Jahre.

E. J. Gumbel hat die politischen Mordtaten der Jahre 1918 bis 1920 kühl und sachlich gesammelt, alle, die von rechts und die von links, und er hat gleichzeitig ihre gerichtliche Aburteilung aufgezeichnet. Die Vorarbeiten machen den Eindruck der lobenswertesten Sorgfältigkeit; es ist nirgends ein Anhalt dafür zu finden, daß der Verfasser Tatsachen umgekrempelt hat, um irgendeinen Standpunkt zu verfechten. Er hat, wie ausdrücklich bemerkt ist, alle Mordtaten überhaupt fortgelassen, die von einer Menschenmenge, gleichviel welcher Art, begangen worden sind; ferner solche, wo die erschießende Partei behauptete, angegriffen worden zu sein; alle Erschießungen in Oberschlesien; alle Fälle, wo es sich um persönliche Racheakte handelte; alle Fälle, wo die Erschießung auf Grund eines kriegsgerichtlichen Urteils erfolgte (was sehr anständig von ihm ist: denn Qualität und Kompetenz dieser ‹Gerichte› waren mehr als suspekt) – und endlich alle Fälle, die nicht ganz aufgeklärt sind. Was dargestellt wird, ist einwandfreies Material.

[...]

In den meisten Fällen handelt es sich um politischen Mord. Daneben gabs auch sinnlose Übergriffe größenwahnsinniger Sadisten, wie die, wo man zwei Sechzehnjährige und einen Achtzehnjährigen auf eine Denunziation hin ohne Beweiserhebung erschoß; wie die, wo ein Tischler ohne Untersuchung und Beweisführung ermordet wurde, weil er einen leeren russischen Patronenrahmen sein eigen nannte; wie die, wo ein sechzigjähriger Mann erschossen wurde, weil er seine Waffe, die er nicht benutzt, auch nicht angegeben hatte – erschossen von demselben Burschen, einem Leutnant Szekalla, dem Mörder eines Familienvaters, der Waffen und Waffenschein besaß und beides sofort auf Befragen herausgegeben hatte. Einer wurde abgeknallt, weil er ein Fernglas, eine Mitgliedskarte der USPD und gedruckte Straßenpläne besaß. 29 Matrosen wurden in der Französischen Straße von einem grünen Jungen ermordet, der den Kopf verloren hatte – und das alles immer mit Berufung auf irgendwelche Wische sonst beschäftigungsloser Offiziere, ‹militärische Dienstbefehle› genannt.

Schlimmer waren die politischen Morde. Es wurden, systematisch, alle irgend erreichbaren Führer der Opposition hingemordet. Ach, und was verstanden diese Soldatengehirne nicht alles unter ‹Opposition›! Zu dumm und zu faul, etwas andres als Dienstvorschriften, Jagdhumoresken, die ‹*Tägliche Rundschau*›, ein Blatt ähnlichen Kalibers oder Zoten zu lesen, richteten sie sich in ihrem Haß gleichmäßig gegen Demokraten, Bolschewisten, Dada-Leute, moderne Maler und Nationalökonomen. Unverdächtig war, wer Schmisse auf den Gesichtsbacken und jenes vorschriftsmäßig deutsche Bullenbeißergesicht trug, in dem die richtige Mischung von Kellner und Assessor ganz realisiert war.

Ermordet wurden: Karl Liebknecht, Rosa Luxemburg, Kurt

Eisner, Leo Jogiches, Dorrenbach, Gustav Landauer, Alexander Futran, Bernhard Schottländer, Hans Paasche. Die Liste kann beliebig verlängert werden: dies sind die bekanntesten, die getötet wurden. Und wie getötet! Zerstampft, zu Tode geprügelt, von hinten erschossen, erschlagen, ins Wasser geworfen und mit ‹Fangschüssen› erledigt!

Summa: 314.

Demgegenüber stehen während zweier Jahre 14 analoge Mordtaten der Kommunisten.

Die deutsche Justiz hat vor diesen Mordtaten versagt.

Das aktenmäßige Material Gumbels versetzt uns in die Lage, klipp und klar festzustellen:

Wie da – in den Jahren 1918 bis 1921 – politische Morde von deutschen Richtern beurteilt worden sind, das hat mit Justiz überhaupt nichts zu tun. Das ist gar keine.

Verschwendet ist jede differenzierte Kritik an einer Rechtsprechung, die folgendes ausgesprochen hat:

Für 314 Morde von rechts 31 Jahre 3 Monate Freiheitsstrafe, sowie eine lebenslängliche Festungshaft.

Für 13 Morde von links 8 Todesurteile, 176 Jahre und 10 Monate Freiheitsstrafe.

Das ist alles Mögliche. Justiz ist das nicht.

Ganz klar wird das, wenn wir das Schicksal der beiden Umsturzversuche: Kapps und der münchner Kommunisten vergleichen, zweier Versuche, die sich juristisch in nichts unterscheiden:

Die Kommunisten haben für ihren Hochverrat 519 Jahre 9 Monate Freiheitsstrafe erhalten. Eine Todesstrafe hat man vollstreckt.

Die Kapp-Leute sind frei ausgegangen.

Hier kann ich nicht kritisch folgen. Ich weise es von mir, mich mit Männern – Staatsanwälten und Richtern – ernsthaft auseinanderzusetzen, die das fertig bekommen haben. Sie haben nicht gerichtet. Sie sind es. Sie sind es leider nicht.

Und wie sollte das Resultat auch anders sein bei ihrer Vorbildung, die in Offizieren und Reserve-Offizieren einen bevorzugten Stand sieht, also grade die für eine ordnungsmäßige Ausübung der Rechtsprechung nötige Voraussetzung vernachlässigt! Diese deutschen Richter sind keine.

Daß ein Richterverein, daß ein Justizminister, daß laue Blätter der ängstlichen Demokraten wagen, einen Stand zu verteidigen, der einen ganzen Hochverratsversuch wie den von Kapp juristisch einfach unter den Tisch fallen läßt: das spricht für die Verkommenheit des deutschen Rechtsempfindens.

Denn dies eben heißt Verkommenheit: nicht mehr fühlen, wie tief man gesunken ist.

[...]

[1921]

Die Reichswehr

Dies soll hier nur stehen, um in acht Jahren einmal zitiert zu werden. Und auf daß ihr dann sagt: Ja – das konnte eben keiner voraussehen!

Ich halte es für meine Pflicht, noch einmal die beiden sozialdemokratischen Parteien auf die Gefahr aufmerksam zu machen, die von der Reichswehr droht.

Die Truppe, in Hundert und aber Hundert überflüssige Detachements gegliedert – überflüssig ihrer Quantität, überflüssig ihrer Qualität nach –, liegt hauptsächlich in kleinen und kleinsten Orten. Damit die Herren unter sich sind. Der Drill ist genau so wie unter dem Kaiser – nein, er ist schlimmer, verschärfter, bösartiger, der Zeit noch mehr ins Gesicht schlagend als schon damals. Ich habe Nachrichten, die alle dasselbe besagen: viele Offiziere politisieren, schikanieren, sind Gegner der Republik – und die Leute fürchten sich. Sie fürchten sich vor dienstlichen Unannehmlichkeiten; sie fürchten sich, vor eine Republik zu treten, die diesen Schutz gar nicht haben will, und die sie gegen die vorgesetzten Monarchisten nicht schützt; sie fürchten sich vor der Entlassung und vor noch Ärgerm. Wer die Verhältnisse kennt, wird diese Andeutung verstehen.

In den Soldatenzimmern wimmelt es von kaiserlichen Abzeichen, von Kaiserbildern, von nationalistischen Broschüren und

Zeitungen. Die Offiziere, ältere Generalstäbler oder sehr junge Herren, pflegen genau dieselbe Lebens- und Staatsauffassung, deren Rückständigkeit uns in jenes Unglück gestürzt hat. Ihre politische Zuverlässigkeit verträgt keine Prüfung.

Der Milliarden-Etat geht Jahr um Jahr, mit schönen Sparsamkeitsreden begleitet, im Reichstag durch – die Abgeordneten der Mehrheitssozialdemokratie versagen bei Wehrfragen in den Ausschüssen und im Plenum. Die Unabhängigen allein schaffens nicht. Wirklich sachverständige Militär-Spezialisten scheint es nicht zu geben. Jedenfalls merkt man nichts von ihnen.

Fast gänzlich unbeachtet, in aller Stille, reift hier ein Werk, das heute noch abzutöten ist. Über die Notwendigkeit einer Reichswehr läßt sich streiten – über die Beschaffenheit dieser Reichswehr gibt es nur eine Meinung: sie muß geändert werden. Geßler zählt nicht – denn er ist nicht Herr über seine Leute. Er hat alle Eigenschaften Noskes – ohne dessen schlimme. Also gar keine.

Einst wird kommen der Tag, wo wir hier etwas erleben werden. Welche Rolle die Reichswehr bei diesem Erlebnis spielen wird, beschreiben alle Kenner auf gleiche Weise. Der Kapp-Putsch war eine mißglückte Generalprobe. Die Aufführung ist aufgeschoben.

Die Realpolitiker, viel klüger und erfahrener als wir Outsider, werden mir antworten, der Staat haben jetzt keine Zeit – er müsse seine ganze Kraft an die außenpolitischen Probleme wenden.

Ich will aber nicht in acht Jahren hier eine Serie Standgerichte haben, die die gewissen raschen Kneifer nicht, wohl aber alle andern treffen werden. Ich will nicht meine Steuern für Menschen ausgeworfen wissen, die nichts andres im Kopf haben als ihre überlebte Zeit und ihre Ideale – Ideale, deren Unwert nur noch von ihren forschen Vertretern übertroffen wird. Ich will nicht. Viele wollen nicht. Und ich halte es für eine Pflichtverletzung der beamteten und gewählten Volksvertreter, sich auf Meldungen zu verlassen, die verlogen sind, und auf Gruppen zu hören, die warten und warten... Ihre Zeit kommt.

Bedankt euch in acht Jahren bei dieser Regierung, diesem Staatsrat, diesem Reichstag.

[1921]

Den folgenden Nachruf von Kurt Tucholsky brachte die «Welt am Montag» am 26. Juni 1922. Außenminister Walther Rathenau war am 24. Juni 1922 von einem antisemitisch-rechtsradikalen Mordkommando erschossen worden.

Das Opfer einer Republik

Walther Rathenau ist für die Republik ermordet worden, die ihn niemals geschützt hat. Die unmittelbaren Täter sind unerkannt entkommen. Die mittelbaren sind zu fassen.

Seit der Kaiser seinen Krieg geführt und verloren hat, sind die beiden großen Rechtsparteien damit beschäftigt, zu kneifen und die Schuld an Krieg und Niederlage andern aufzubürden. In ihrer Unklugheit haben sich Bürgerliche bereitgefunden, den Waffenstillstand zu unterzeichnen – es wäre des geschlagenen Ludendorffs Sache gewesen, nach Canossa zu gehen, so, wie er ja auch durchs Brandenburger Tor gezogen wäre und das nicht den Parlamentariern überlassen hätte. Es ging aber Erzberger hinüber und unterschrieb. Bürgerliche des neuen Systems gingen nach Versailles und unterschrieben. Den Konkurs hätten aber die unterzeichnen sollen, die die Pleite verursacht haben: die Leute des alten kaiserlichen Preußens. Die andern haben es bitter büßen müssen.

Die geschlagenen und krummgeprügelten Generale sowie ihre Hintermänner von der Schwerindustrie und dem Großagrariertum predigen seit Jahren unablässig, daß die Konkursverwalter der Monarchie an allem schuld seien. Und dank ihrer ausgezeichneten, gutbezahlten Propaganda finden sie Dumme in Massen, die das glauben. Nicht der allein mordet, der die Handgranate wirft. Auch der, der die Atmosphäre schafft, in der so etwas möglich ist. Diese Atmosphäre ist von den Leuten um Karl Helfferich, dem Finanzverderber Deutschlands, bewußt geschaffen worden.

So, wie Karl Helfferich intellektuell an der Ermordung Erzbergers schuld ist, so sind die beiden Rechtsparteien – die Deutschnationale und die Deutsche Volkspartei – schuld an der

Verbreitung der faustdicken Lügen und Verdrehungen, die Rathenau das Leben gekostet haben. Die Provinzpresse rast seit Monaten gegen den Republikaner, den Steuererfasser, den Juden Rathenau. Denn das ist hier noch immer so gewesen: was der Junker versaut, muß der Jude ausfressen.

Die Regierung hat geschlafen. Die Beamten der Republik haben fahrlässig gehandelt und haben ihre Pflicht nicht getan. Man hat sie gewarnt, immer wieder gewarnt; jeder, der die Seelenbeschaffenheit dieser Radaupreußen kannte, sagte, daß man mit Nachgiebigkeit gar nichts erreichte – sie haben doch nur vor einem einzigen Furcht: vor der durchgreifenden Macht. Die Wilhelmstraße wußte es aber besser. Sie hat Rathenau nicht geschützt. Sie ist mitschuldig.

Eine ungeheure Mitschuld trifft auch die demokratische Presse. Sie, deren Bedeutung in gar keinem Verhältnis zu dem kleinen Häuflein demokratischer Politiker steht, beruhigte, wo nichts zu beruhigen war, und deckte jeden Minister, wie Herrn Geßler, auch wenn er der Verfassung nicht zur Durchführung verhalf. Diese Presse ist mitschuldig, weil sie eingeschläfert hat, statt zu wecken.

An tausend Stammtischen wird das blutige Ereignis mit einem ‹Prost Blume!› begossen werden. Aber wir andern, wir Hunderttausende und Millionen, werden nicht mehr warten. Und sagen: Wenn uns die Republik nicht hilft, dann müssen wir uns selber helfen! Denn was nun kommen wird, ist ganz klar. Man wird empört von den Mörderparteien ‹abrücken›, von denen es jetzt, wo es zu spät ist, keine gewesen sein will. Die Nekrologe werden steigen – aber kein stramm antirepublikanischer Gendarmerie-Wachtmeister wird wegen seiner Gesinnung entlassen werden, kein Schulrat, kein Landrat, kein Botenmeister.

Wir standen vor den angesagten frechen und staatsfeindlichen Demonstrationen der Ludendorff-Parteien. Sie sind nun verboten, aber ob es der Republik gelingt, die Mordhetze auszurotten, ist fraglich.

Nicht fraglich aber ist dieses:

Was seit dem 9. November 1918, nach dem Kapp-Putsch, nach der Ermordung Erzbergers versäumt worden ist: jetzt und heute muß es Wirklichkeit werden. Hinaus mit den paar tausend

Beamten aus der Republik, die gegen uns arbeiten! Hinaus mit den unzuverlässigen Generalen! Her mit der Auflösung der nationalen Verbände! Herunter von den Straßen mit allen Monarchisten und schwarzweißroten Tüchern!

Walther Rathenau soll nicht umsonst gefallen sein. Wenn ihr wollt, dann habt ihr an seiner Bahre endlich die Republik!

[1922]

Die zufällige Republik

> Der Deutsche braust wie das Meer, das morgen wieder geduldig seine Lasten trägt.
> Georg Herwegh

In der Sitzung des Preußischen Landtags vom sechsundzwanzigsten Juni 1922 hat der Abgeordnete Dr. Kalle von der Deutschen Volkspartei die neuen Ausnahmeverordnungen der Republik gebilligt. «Wir rechnen aber darauf, daß das Gesetz gleichmäßig gegen alle Seiten angewandt wird, gegen alle, die sich gegen den Staat vergehen.» Hier unterbrachen ihn die unabhängigen Sozialdemokraten: «Warum sagen Sie nicht Republik?» Und das Mitglied einer Regierungspartei antwortete: «Gegen den Staat, der zufällig Republik ist.» Und das ist die Wahrheit.

Diese negative Monarchie, die nur deshalb keine ist, weil ihr der Monarch ausgekniffen ist, hat nicht einmal das eine von ihrem Vorgänger übernommen, dessen Konkursmasse sie verwaltet: nicht einmal den Selbsterhaltungstrieb. Sie kann sich nicht schützen. Denn das, wogegen sie sich schützen müßte, liegt in ihr selbst.

[...]

Die Republik wird entweder anders sein als heute, oder sie wird nicht sein. Die Minimaltemperatur, bei der sie grade noch leben kann, ist erreicht. Ich sagte neulich zu einem Politiker: «Aber warum verteidigen die Herren ihre Republik nicht wenigstens aus Selbsterhaltungstrieb? Es ist doch ihre Sache, die da abgehandelt wird!» – «Nein», sagte er. «Es ist eben nicht ihre

Sache.» Das scheint richtig zu sein: es ist nicht ihre Sache. Gott hat ihnen gegeben, sich umzustellen, wenn etwas passiert. Aber es ist unsre Sache.

Ich will nicht, daß meine Kinder einmal auf einem Kasernenhof stehen und von einem uniformierten Großknecht angebrüllt werden, indes ein gleichfalls uniformierter Gutsinspektor mit viereckigen, aber polierten Fingern lässig, in der Geste des geborenen Herrn, eine Front von Verprügelten abschreitet. Ich will nicht, daß eben diese Kinder einmal in Ackergräben verrecken, weil sich zwei Kapitalistengruppen nicht anders über die Verteilung der Konsumentenplantagen einigen können, und weil zwei Beamtenapparate dergleichen zur Auffrischung und Weiterexistenz nötig haben, soziologische Fakten, die man unter Zuhilfenahme entsprechender Universitätsprofessoren und frei schaffender Schriftsteller als mystisch immanente Gegensätzlichkeiten leicht philosophisch begründen kann. Wir habens ja: wozu haben wir auf diesen Universitäten studiert!

[...] Wer nicht sieht, daß es ganze Gesellschaftsschichten sind, ganze Klassen und Kasten, die so verkommen, so heruntergekommen in ihrem moralischen Empfinden, von so frechem Hochmut sind – wer nicht sieht, daß man diesen Beamten, ihren Frauen, ihren Söhnen, diesen Studenten, Professoren, Oberlehrern, Medizinern, diesen Balkan-Deutschen die Macht zeigen muß, die unlogische, nicht objektive, ungerechte, einfache Macht: der richtet das Land zugrunde. Und wir wollen uns nicht zugrunde richten lassen. Wir haben nicht Lust, uns von einer kleinen Ober- und Mittelschicht, diesen Opfern einer ausgezeichneten Propaganda, terrorisieren zu lassen. Dies ist die Diktatur des Nationalismus.

Hier sind unsre Forderungen:

1. Umwandlung der Reichswehr in eine Volksmiliz. Entfernung aller überflüssigen und gegenrevolutionären Generale und Offiziere.

2. Entmilitarisierung der Schutzpolizei. Stützung des Herrn Abegg, ihres Referenten. Zwangspensionierung und Maßregelung aller unzuverlässigen Elemente, besonders in der Provinz.

3. Reformierung der Justiz – ganz besonders der Staatsanwaltschaften, die auf dem Disziplinarwege zu fassen sind. Rück-

sichtslose Säuberung der Justiz von allen monarchistischen Elementen.

4. Demokratisierung der Verwaltung. Durchgreifende Verfolgung jeder republikanischen Beschwerde. Entlassung aller Beamten, denen antirepublikanische Politik nachzuweisen ist, mit Entziehung der Pension. Aufhebung aller dem entgegenstehenden Vorschriften.

5. Stärkung des Reichs den Ländern gegenüber.

6. Völlige Umformung der Lehrkörper auf Schulen und Hochschulen. Sofortige Aufhebung aller Zwangsregeln, auch der indirekten, die darauf abzielen, aus den ‹körperlichen Leibesübungen› der Studenten eine neue Wehrpflicht zu machen.

7. Sofortige Amnestie für die politischen Häftlinge aller Art, soweit sie republikanisch sind. (Also nicht für Herrn v. Jagow.) Diese Forderung ist insbesondere für die Leute aus Niederschönenfeld zu erheben, von denen keiner, kein einziger, ein so viehisches Verbrechen auf dem Gewissen hat, wie es die Mordtaten an Erzberger oder Rathenau sind.

8. Aufhebung des § 360 des Reichs-Strafgesetzbuches, Ziffer 8. Diese Vorschrift stellt das unbefugte Tragen von Orden und Ehrenzeichen unter Strafe, ebenso die unbefugte Führung des Adelstitels. Dieser monarchistische Unfug verdient nicht, verboten zu werden – man muß ihm seinen Wert nehmen. Da der Adel heute nicht mehr verliehen wird, so hat diese schwer antirepublikanische Kaste einen größeren Wert als je zuvor: den Seltenheitswert. Diese Mätzchen der Monarchie müssen der allgemeinen Wertlosigkeit verfallen.

9. Vor allem aber: Aufklärung und Propagierung der neuen Ideen einer neuen Republik:

Die Zerstörung der Preußen-Legende ist da an erster Stelle zu nennen. Abgesehen von der moralischen Vertiertheit vieler Vertreter dieses Systems muß eben das System in seinen Wurzeln angegriffen werden: klar und deutlich ist an Beispielen zu zeigen, wie da gearbeitet worden ist. Aus diesem Negativen entwickelt sich das Positive: aus Untertanen werden Bürger, aus Hände-an-die-Hosennaht-Maschinen Menschen, aus Kerls Männer. Unbequem für die frühern Herren – eiserne Notwendigkeit für den Bestand einer Republik.

Dies sind unsre Forderungen. Werden sie befolgt, haben wir ein neues, lebenskräftiges Land. Werden sie es nicht, haben wir in Wochen oder Monaten eine elende und von aller Welt verachtete Reichsverweserschaft.

Die letzte Rettung ist: Einigung der sozialistischen Parteien.

Als Walther Rathenau im Reichstag aufgebahrt lag, stand, still und zuckergußartig, Sein erhabener Großvater da. Ein heißer Streit war um ihn entbrannt: Sollte in dem Volkshaus der Republikaner dieses monarchistische Standbild entfernt werden oder nicht? Gefühle mußten geschont werden...

Man umkleidete es mit Lorbeerbäumen; es wurde verhüllt. So ist hier alles. Wir schlagen nichts nieder – wir verhüllen es.

Eine kleine, sadistisch-masochistische, in ihren funktionellen Lebensbeziehungen schwer psychopathische Minderheit terrorisiert das Land, das in weicher Wabbligkeit diese Qualen fast wollüstig duldet.

Bleiben die Republikaner wiederum in den Versammlungssälen und packen sie die ungetreuen Amtsdiener ihres eignen Landes nicht in den Büros, auf den Kasernenhöfen, in den Polizeiwachen, auf den Gerichten, in den Landratswohnungen, schlagen sie diese größenwahnsinnigen Recken, die von einer Welt geistig und militärisch krumm geprügelt worden sind, nicht zu Boden –: dann ist es mit dieser zufälligen Republik zu Ende.
[1922]

Prozeß Harden

> Holzapfel: Man hält Euch hier für den allerstupidesten und fähigsten Menschen, um Konstabler bei unsrer Wache zu sein; darum sollt Ihr die Laterne halten. So lautet Eure Vorschrift: Ihr sollt alle Vagabunden irritieren; Ihr seid dazu da, daß Ihr allen und jeden zuruft: «Halt! in des Prinzen Namen!»
> Zweite Wache: Aber wenn nun einer nicht halten will?
> Holzapfel: Nun seht Ihr, da kümmert Euch nicht um ihn, laßt ihn laufen, ruft sogleich die übrige Wache zusammen und dankt Gott, daß Ihr den Schelm los seid.
> *‹Viel Lärm um nichts›*

> Erster Mörder: Mein König, wir sind Männer.
> Macbeth: Ja, im Verzeichnis lauft Ihr mit als Männer!
> *‹Macbeth›*

Das muß man gesehen haben. Da muß man hineingetreten sein. Diese Schmach muß man drei Tage an sich haben vorüberziehen lassen: dieses Land, diese Mörder, diese Justiz.

Der deutsche politische Mord der letzten vier Jahre ist schematisch und straff organisiert. Die Broschüre: ‹Wie werde ich in acht Tagen ein perfekter nationaler Mörder?› sollte nicht auf sich warten lassen. Alles steht von vornherein fest: Anstiftung durch unbekannte Geldgeber, die Tat (stets von hinten), schludrige Untersuchung, faule Ausreden, ein paar Phrasen, jämmerliches Kneifertum, milde Strafen, Strafaufschub, Vergünstigungen – «Weitermachen!»

Am dritten Juli 1922 wurde Maximilian Harden auf offner Straße von einem frühern Oberleutnant angefallen und mit einem eisernen Gegenstand bearbeitet. Er erhielt acht Schläge auf den Kopf. Der Oberleutnant entfloh, sein Komplice, der Schmiere gestanden hatte, wurde verhaftet. Harden schwebte vierzehn Tage in Lebensgefahr. Er ist heute einundsechzig Jahre alt.

Die Voruntersuchung stellte – in fünf Minuten – nur fest, daß ein deutschvölkischer Mann in Oldenburg, der sich Buchhändler nannte, die beiden zum Mord angestiftet hatte. Das bezeugte der Briefwechsel, worin alle Beteiligten dauernd von ‹Erledigen› und ‹Beseitigen› sprachen. Briefe, in denen nicht von Geld die Rede ist, existieren nicht.

Eine Welt stinkt auf.

Hinter der Schranke stehen zwei Mann (der Ausdruck ‹Menschen› wäre übertrieben): ein sexuell verbogener Wandervogel mit Schillerkragen, hehren Überzeugungen und ungewaschenen Füßen – und ein Hütejunge für eine Kuhherde mittleren Grades. Der Hütejunge sagte, er hätte die *‹Zukunft›* gelesen und wäre mit ihren Ausführungen nicht immer zufrieden gewesen; der Wandervogel will sein kaschubisch-slawisch-friesisch-wendisch-germanisches Blut rein erhalten und möchte nicht in die Grenadierstraße einheiraten. Infolgedessen mußte Harden ermordet werden.

Grenz chartert zwei Mann: den Oberleutnant Ankermann und den kleinen Weichardt. Warum grade diesen? Weichardt habe in einer Versammlung der ernsten Bibelforscher gegen «kommunistische Sturmtrupps großen Mut und völkisches Gebaren» gezeigt; der andre kam wohl mehr aus finanziellen Rücksichten. Das Spiel beginnt.

Die beiden Mörder fahren nach Berlin. Sie wohnen zunächst in einem Absteigequartier und verjuchheien den Vorschuß auf die Seligkeit ihres Opfers. «Außer mit weiblichen Personen», so wird eingestanden, verkehrten sie in Berlin mit niemand. Die Kosten für den stattgehabten Verkehr bestreitet Grenz. Woher der das Geld hat, ist nicht klar. Ist auch schließlich gleichgültig. Ob es wirklich aus dem münchner Verbrecherkeller kommt, oder ob er die Scheine aus völkischen Kassen zusammengekratzt hat, um sich bei seinen Mannen einen Namen zu machen, so leuchtend wie der von Luther, Ludendorff, Bismarck oder Techow – das steht nicht fest. Ein von ihm rekonstruierter Brief, den er aus München erhalten haben will, zeigt allerdings die fatal echte Stelle: «Einige deutsch-blütige Herren haben sich zu dieser Aufgabe zusammengefunden und sind bereit, Opfer zu bringen; sie selbst sind leider zu alt, um daran teilnehmen zu können...»

Auch Grenz war unabkömmlich: er wurde in Oldenburg zu wichtigern Aufgaben benötigt – sonst hätte er sich wohl das Geld selbst verdient, von dem er jetzt nur die Prozente nimmt. Genug: er schickt. Nicht ohne dauernd zu mahnen, nun aber endlich einmal an die Bouletten zu gehen. Die Terminologie seiner und ihrer Briefe ist eine anmutige Mischung von mittelalterlicher Feme und modernem Konfektionsgeschäft. «Und wollen Sie den Ihnen aufgetragenen Mord freundlichst bis zum achtzehnten dieses promptest effektuieren.»

Aber zunächst effektuieren sie gar nicht. Herr Oberleutnant Ankermann borgen die berliner Huren an, ohne ihnen die Mark, die jene dem deutschen Volk aus den Knochen gesogen haben, wiederzugeben – der seltene Fall eines doppelten Ludentums. Denn seine Auftraggeber neppt er ähnlich – er nimmt ihr Geld, liefert aber nichts. Der kleine Weichardt immer mit.

Herr Oberleutnant Ankermann wird allgemein als ‹Vorgesetzter› bezeichnet. Kein Deutscher ohne einen solchen. Offenbar ein tüchtiger Herr. Weil er einmal verheiratet war, bekommt er von Grenz, wahrscheinlich als Kinderzulage, eine höhere Löhnung als Weichardt. Suum cuique. Inzwischen bummeln die beiden durch Berlin.

Sie wohnen in einem Zimmer. Sie saufen in einer Bar. Sie leben zum Schluß aus einem Koffer. Aber Weichardt wußte nichts von einem Mordplan. Der Chef vons Ganze war Ankermann. So steht es wahrscheinlich in den ‹Richtlinien für deutschnationale Mörder und solche, die es werden wollen› – und so wird es auch gehandhabt. «Ich habe immer Wert darauf gelegt, nicht zu wissen, worum es sich handelt», sagte der kleine Weichardt. «Was mag das wohl sein?» sagte die Jungfrau – da bekam sie ein Kind. Und mittlerweile geht das Geld zur Neige.

Anzüge werden versetzt, der erste Koffer ist schon bei Peten. Jetzt oder nie. Beide beobachten tagelang Hardens Haus, Hardens Spaziergänge. Beide gehen stets gemeinschaftlich in den Grunewald und wieder zurück. Beide gehen schließlich am dritten Juli in die offene Feldschlacht (von hinten). Beide mit Totschläger und Messer.

Ankermann führt acht Schläge auf den Wehrlosen. Besinnt sich dann auf die Kriegsartikel (‹Mut in allen Dienstobliegenheiten›) und kneift aus. Weichardt wird in unmittelbarer Nähe des Tatorts aufgegriffen. Gesteht fast alles, was er weiß. Verrät sofort Ankermann und Grenz. Sitzt in Untersuchungshaft und bohrt gedankenvoll in der deutsch-nationalen Nase.

«Sind das die Früchte seiner tadellosen Erziehung?» fragt der Verteidiger. Sie sind es.

Denn diese Pädagogik, die heute in weiten Kreisen des deutschen Bürgertums betrieben wird, erzieht den jungen Menschen zur Verachtung des Geistes, zur Sturheit und Stumpfheit, zum tobenden Haß auf alles, was den nationalistischen Bezirksverein und den Fußballklub überragt. Gegner Hardens? Aber diese Jammerkapaune, die da drei Tage lang so ungeschickt logen, daß sich Balken und Protokolle bogen, wissen ja nicht, wo Gott wohnt. Sie haben nicht einmal eine Ahnung von den geistigen Problemen, die dieser Politiker sein Leben lang behandelt hat – geschweige denn von seiner Stellungnahme zu ihnen. Für sie genügte: «Es lag Auftrag vor.»

Grenz hatte es mit der Rasse-Reinheit. Bei ihm wurden Nacktfotografien beschlagnahmt, die so scheußlich gewesen sein sollen, daß der Abgeordnete Nuschke im Preußischen Landtag gesagt hat: «Meine Herren, Sie sehen doch, daß diese Rasse durch Juden nur veredelt werden kann!» Soweit Wotan mit dem Hängebauch.

Was den kleinen Weichardt angeht, so hatte er erst im März dieses Jahres zwei Jahre Gefängnis wegen fahrlässiger Tötung bekommen; er hatte mit seinem Revolver hantiert und ein Kind getötet. («Ich habe alles getan, um es wiedergutzumachen. Ich habe die Beerdigungskosten bezahlt!») Er erhielt natürlich eine Bewährungsfrist. Aber nun kam etwas Überraschendes zutage. Ich glaubte erst, nicht recht gehört zu haben – aber der Verteidiger bestätigte es in seinem Plädoyer: Weichardt wollte sich mit der Mordtat bei seiner Familie rehabilitieren! Er wollte seinem lieben Vater eine Freude machen!! «Hier, Papi, bringe ich dir zu Weihnachten den toten Maximilian Harden! Na, wie bin ich?» – «Brav, mein Sohn, brav!» Familienleben im Hause Weichardt.

Für die Mordgesellen traten drei Leumundszeugen an. Diese Germanen hätte man fotografieren sollen. (Aber, Gott behüte, nicht so wie Grenz.) Modelle für Raemaekers. Der ehemalige

Schuldirektor Weichardts sagte aus, daß das gutartige Kind während der Schulzeit niemals auf Spatzen und deutsche Schriftsteller geschossen habe. Der aufgeweckte Knabe hat also den Auftrag für die ‹nationale Sache› nur angenommen, weil er – seffaständlich – dachte, es handle sich um Gefangenenbefreiung oder um Waffenschiebungen, Arbeiten, an denen kein national denkender Mann von heutzutage vorbeigehen sollte.

So standen sie vom zwölften bis zum vierzehnten Dezember vor dem Schwurgericht des Landgerichts III zu Berlin. Solch eine Verhandlung hat die Welt noch nicht gesehen.

Verteidigt wurden die Angeklagten von zwei Rechtsanwälten und dem Vorsitzenden. Der Mann ist Jude. In seinem Unterbewußtsein schlummerte der Wunsch nach ‹Objektivität›, diese grauenhafte Angst vor der ‹Parteilichkeit›. Dieser Herr Rippner war weder in repräsentativer noch in menschlicher Hinsicht den Anforderungen dieser klaren und einfachen Verhandlung gewachsen. Er versagte nicht nur. Er verdarb alles.

Die Atmosphäre im Saal war die eines freundlichen Fünf-Uhr-Tees. Die Angeklagten machten auch nach den fünfzehn Stunden des dritten Tages keineswegs einen ermüdeten Eindruck – sie hatten auch gar keine Veranlassung dazu. Man hatte mit ihnen geplaudert; und nett geplaudert. Keine Vorhaltungen, keine Bedrängungen, kein böses Wort – nichts. In den ersten drei Stunden war nur von Geld die Rede. Später ging man zu andern fesselnden Dingen über: ob die La-Plata-Zeitung nationalistisch sei oder nicht; wie Herr Thimme zu Herrn Harden stehe; ob nicht Herr Harden ein Schädling des deutschen Volkes sei... Von Mord wurde weniger gesprochen. Der Vorsitzende hatte in seinen heftigsten Momenten etwas von einem Oberlehrer, der einem Jungen nachweisen will, daß er eine Fensterscheibe kaputt geschlagen habe. Ich weiß nicht, ob Herr Rippner eine Tochter hat. Wenn er aber eine hat, dann gönne ich ihm nicht, daß er als Nebenkläger einer Verhandlung beiwohnen muß, in der gegen den Vergewaltiger seiner Tochter verhandelt wird, und in der ein solcher Vorsitzender, wie er einer ist, paradiert. Am Ende des zweiten Verhandlungstages sagte Herr Rippner: «Wie ich höre, ist der Gesundheitszustand des Herrn Weichardt nicht ganz zufriedenstellend – wir wollen doch vertagen!» Auf dem Korridor stand das Opfer des Mordanfalls, ein einundsechzigjähriger Mann, der Stunden und Stunden im Gerichtsgebäude zugebracht hatte.

Einen Situationsplan des Tatorts hatten sie. Einen Verhandlungsplan hatten sie nicht. Ich habe so etwas von Prozeß überhaupt noch nicht erlebt.

Zugegeben, daß die Voruntersuchung auf derselben Höhe stand. Aber was dieser Vorsitzende aus dem kümmerlichen Untersuchungsmaterial machte, unterbot doch deren Niveau noch tief. Die Angst vor den Revisionsgründen ist freilich traditionell. Aber dies hier war schmachvoll zu sehen.

Der Vorsitzende hat nicht erkundet, auf welcher geistigen Stufe die Angeklagten standen, um festzustellen, was sie eigentlich von Harden wußten. Der Vorsitzende hat nicht gefragt, auf welchem Postamt Grenz das mysteriöse Schreiben in Frankfurt abgeholt habe, um so vielleicht herauszubekommen, ob er geblufft worden sei. Der Vorsitzende hat bescheiden die Behauptung hingenommen, Grenz sei nur nach München gefahren, «um die Alpen zu sehen». Der Vorsitzende hat nicht aufgeklärt, welche Rolle Weichardt eigentlich am Tatort gespielt hat. Der Vorsitzende hat eine Bardame nach den Zechen der beiden Mörder gefragt. Bevor sie antworten konnte, fiel er ein: «Das wissen Sie wohl nicht mehr?» – «Nein, das weiß ich nicht mehr!» flüsterte sie. Es war nicht die einzige Ausrede, die er zur gefälligen Benutzung herüberreichte. Der Vorsitzende hat nicht die primitivsten Fragen gestellt: wann die merkwürdigen Ratenzahlungen eingelaufen seien, wie das Geld im einzelnen verwandt worden sei – nichts, nichts, nichts.

Erheblich schien ihm, daß der Angeklagte Weichardt einen Brief bekommen hatte, in dem etwas von einem kranken Familienmitglied stand. Nicht erheblich die Frage, ob denn die Angeklagten nicht in allen Zeitungen gelesen hätten, daß Harden seine Amerikareise längst aufgegeben hatte. Erheblich war die Verlesung einer längeren Kriegsstammrolle Weichardts – nicht erheblich war und abgelehnt wurde die Frage, wie denn die Mörder den behaupteten ‹Denkzettel› austeilen wollten: Harden konnte ja gar nicht wissen, daß dieser Überfall eine Warnung wegen der Reise bedeuten sollte. Erheblich waren die Fehler. Nicht erheblich der Vorsitzende. Man gebe ihm seine Ehescheidungskammer. Zu einem Schwurgerichtsvorsitzenden langt es nicht.

Soweit dieser deutsche Richter.

Der Staatsanwalt war nicht vorhanden. An seiner Stelle saß ein älterer Herr, der mit leiser Stimme und freundlichen Allüren hier und da sehr vorsichtig in die Verhandlung eingriff. Einmal, stockend: «Die Mordtaten, wie ich sie nenne...»

In keinem andern Saal des Hauses, darunter, nebenan, ringsherum – in keinem Saal wird solche Behandlung Angeklagter je erlebt. Ich halte es für löblich, Angeklagte nicht wie die Rekruten zu behandeln und ihnen – wie es sich von selbst versteht – die Anrede ‹Herr› zu belassen. Für Moabit ist dieser Brauch etwas ungewöhnlich. Man muß so ein Stück Elend von Proletarier in jenen unzähligen anonymen Prozessen sehen, in denen keine Presse zugegen ist, um die sich kein Mensch kümmert, in deren Verhandlungssälen sich nur ein paar Kriminalstudenten anwärmen – man muß sehen, wie sich da die Katerschnurrbärte sträuben, mit welch apodiktischer Gewißheit die Urteile heruntersausen, wie da Vorsitzender und Staatsanwalt in schöner Gemeinsamkeit auf ihren Opfern herumhacken. «So, Sie wissen nicht mehr, wo Sie in der Nacht jewesen sind? Na, da will ich mal Ihrem Jedächtnis 'n bißchen aufhelfen!» Davon war bei diesem Gericht nichts zu spüren.

Angst? Es wäre keinem zu verdenken.

Aber es war wohl nicht einmal Angst. (Es sei denn jene im Unterbewußtsein des Vorsitzenden schlummernde.)

Hier mag eine Bemerkung eingeschaltet werden. Ich weiß, daß solche Aufschreie in Deutschland nur selten zu einer Besserung führen. Die Folge mag wohl die sein, daß Herr Rippner mit hochrotem Kopf und der ‹*Weltbühne*› zu seinem Landgerichtspräsidenten läuft und in einer längern Konferenz erwägt, ob hier nicht etwas zu ‹machen› sei. Klagt weniger! Reformiert mehr.

Der Angeklagte Harden... Der Nebenkläger Harden konnte sich hier besser wehren als damals auf der Straße, sonst wäre er zum Angeklagten herabgesunken. Dieser stille Vorwurf, daß er noch am Leben sei, diese Frechheit, ein Opfer zu ‹beleuchten›, wo es sich um eine bezahlte Mordtat politischer Tröpfe handelte, diese vollkommene Vernachlässigung der Interessen des Nebenklägers und damit der Gerechtigkeit – das war mein Moabit, das Haus der Lieder! Nichts wurde herausgearbeitet, nichts klargestellt, nichts für die Geschworenen sauber präpariert.

In diesem juristischen Tohuwabohu stand Harden am dritten Tage auf. In diesem Wirbel einer Justiz, die vor lauter Paragraphen das Recht nicht sieht; in diesem Verfahren, in dem ein Opfer nicht genügend Mitleid erweckte, weil es nicht – wie bei den Kriegsmusterungen – mit dem Kopf unterm Arm ankam; in diesem Prozeß, der bewies, wie nötig (und wie schimpflich) das Gesetz zum Schutz der Republik gewesen ist, jenes klarste Mißtrauensvotum gegen die deutschen Richter; in diesem Irrgarten des Rechts, in dem vom ersten ermittelnden Landgendarmen bis herunter zum Staatsanwalt alle, alle mit dem Herzen auf der Seite solcher Mörder stehen – in diesem Gewirr von Unrechtsfragen stand Harden auf. Und hielt die stärkste Rede, die wohl jemals in Moabit gehalten worden ist.

Es sprach unser letzter Europäer von Ruf. Es sprach ein Mann, mit dem noch einmal eine verklungene Welt aufstand, der Repräsentant einer fast verschollenen Epoche, einer, der noch an Recht, an fair play, an Sitte und Anstand auch im Kampf der Meinungen glaubte. «Ich habe den Kaiser immer bekämpft, vom ersten Tage an – aber getötet wurde doch unter seiner Regierung nicht.» Er wuchs weit über sich hinaus. Über die Köpfe dieser Kleinbürger hinweg, die da um ihn herumsaßen, sprach einer, der die Sprache der Welt, nicht die Sprache dieses Deutschland redete. Er sprach davon, wie eine Nation zu seiner Lebensarbeit idiotisch lallend den Refrain «Isidor!» anstimmte. (Und dabei hieß er niemals Isidor, sondern früher einmal Felix.) Er sprach von dem unverjährbaren Delikt seines Judentums und von der unverjährbaren Dummheit eines Regimes. Er focht Schläger, schwere Säbel und zwei Floretthiebe, die eine der unangenehmsten Erscheinungen im Saal pfeifend trafen. Lächelnd zog er zurück. Eine Courtoisie...? Ein Stoß ins Herz. Er forderte die Geschworenen auf, wenigstens offen für Freisprechung zu stimmen, wenn sie der Meinung wären, daß man unbequeme Geistige – und besonders Juden – totschlagen dürfe. Er sprach von der Mordhetze in den nationalen Zeitungen, von dem Unglück, das der Parvenu in Doorn angerichtet hatte – er redete aus einem heißen Herzen und aus einem kalten Verstand.

Und mit Erstaunen und mit Grauen hörtens die Ritter und Edelfrauen. Da saß die alte Scheuerfrau von der ‹*Deutschen Tageszeitung*›, einer von jener Gattung Journalisten, die alle Prämisse zu einer Mordhetze (auch in den Tagen dieses Prozesses!) aufkritzeln, aber den Mord ‹durchaus verurteilen›, zu vorsichtig, die letzte Conclusio: Töte ihn! zu rufen. Es ist erwiesen, daß grade solche Glossen und Aufsätzchen, die strafrechtlich nicht zu fassen sind, diese Mordtaten hervorgerufen haben. Deutsche Männer.

Harden sprach. Wer ein Herz im Leibe hatte, war aufs tiefste erschüttert.

Aber wenn du mit Engelszungen redetest... An den Brillengläsern dieser Geschworenen prallte alles ab: Geschichte, Europäertum, Vernunft und Suggestion, Verstand und die Stimme des Herzens. Eindruck im Ausland? «Wat heißt hier Ausland!» Das muß man gesehen haben.

Da saßen sie. Da saßen jene Zwölf, die das deutsche Volk in einer solchen Sache repräsentieren. Da saßen die erkürten Zwölf, die bei den drei Siebungen – von denen die wenigsten Laien etwas wissen – unten herausgefallen waren: der muffigste Mittelstand, die Untertanen, die kleinen Gewerbetreibenden, die Besitzer, die Steuerzahler. Ich kenne keinen Geistigen, der jemals Geschworener war. Wie die Zuchthäusler sind wir ausgeschaltet. Unbarmherzig wird alles ferngehalten, was einigermaßen nach eignem freiem Urteil schmeckt. Das ist kein Volksgericht.

Man muß diesen Mittelstand kennen, der zur Polizei läuft und flennt, wenn ihm nur eine Spiegelscheibe eingehauen wird. Ein Mordversuch? Der Kerl lebt ja. Bezahlte Mordgesellen? Der Mensch hat ja Artikel geschrieben. Schwere Kopfverletzungen? Isidor! Isidor!

Gewiß: aus dieser miserabel geleiteten Verhandlung konnten die Geschworenen nicht viel entnehmen. Gewiß: man belehrte sie eine Stunde lang umständlich über theoretische Rechtsfragen, deren Abschrift sie während der Belehrung nicht in Händen hatten. Es ist ausgeschlossen, daß sie, die Laien, das verstanden haben, was man ihnen in der Rechtsbelehrung gesagt hat. Gewiß: nach deutschem Recht befinden sie sich nicht während der ganzen Verhandlung in Klausur – drei Tage lang lief ein deutschnationaler Umhängebart umher und bearbeitete die Geschworenen in den Pausen; sicherlich nicht strafbar, sicherlich sehr illoyal. Gewiß: sie beantworteten die Fragen fast ohne Kenntnis der rechtlichen Folgen ihrer Beantwortung. Sie fallen unfehlbar in die Fangnetze der Paragraphen und verzappeln darin. Sodaß also dieselben Richter, zu deren Kontrolle diese sogenannten Volksgerichte eingesetzt sind, ihre Kontrolleure bestimmen, ausschalten, ernennen und sie in jeder Weise beeinflussen können. Volksgericht? Eine Farce.

Die Angeklagten haben das letzte Wort. Ich hebe die Feder, um Weichardts Aussagen zu notieren. Ich lasse sie mutlos wieder sinken: es ist entwaffnend. Der Hütejunge stammelt einiges: er habe nicht gewußt, wer Harden eigentlich sei, und dann: «Ich nehme die Tat mit dem Ausdruck des Bedauerns zurück!» Das kann man nicht erfinden.

Grenz ‹steht zu seiner Sache›. Dieser Provinzhorizont! Diese dürftige Phraseologie! Es geht um einen Mordversuch, und Grenz sagt aus, er habe noch nie ein deutsches Mädchen verführt. Es geht um einen Mordversuch gegen einen politisch Andersdenkenden, und Grenz sagt: «Fünfzig Prozent des deutschen Volkes stehen hinter mir!» Das ist richtig. So verlumpt, so amoralisch, so verkommen ist ein Teil dieser Nation. Er kennt sie. Reue? Noch zuletzt, noch nach diesen Tagen, sagt er «Harden-Witkowski». Und spricht: «Die Geschworenen werden wissen, was sie dem deutschen Volke schuldig sind!»

Sie wußten es. Sie verneinten alle gefährlichen Schuldfragen, sprachen Weichardt mildernde Umstände zu und verknackten den andern nur wegen Anstiftung zu einer gefährlichen Körperverletzung. Es lagen vor: mündliche und schriftliche Geständnisse beider, in denen die Worte ‹Erledigen›, ‹Beseitigen› und ‹Töten› klar und deutlich enthalten sind. Zusammen: ein paar Jahre Gefängnis. Der Angeklagte Harden kann gehen.

Und nun muß das gesagt werden, was mir in der ganzen Verhandlung die Seele abgedrückt hat:

Das ist keine schlechte Justiz. Das ist keine mangelhafte Justiz. Das ist überhaupt keine Justiz.

Dieser Artikel erscheint gleichzeitig im Ausland. Und vor dem Ausland und für die Verständigen im Ausland sage ich:

Es gibt in Deutschland noch eine Reihe Männer, die sich solcher Deutscher, die sich solcher Justiz schämen. Die andrer Meinung sind als jene Zwölf, unter denen sich bestenfalls ein paar Verständige befunden haben, und die doch in ihrer Gesamtheit dem Unrecht zum Sieg verholfen haben – ein wahres Abbild des deutschen Volkes, wie es sich in den Augen des Auslands spiegelt. Es gibt in Deutschland noch Männer, die in unsäglicher Verachtung diesen Praktiken zusehen, wie man Mörder wiederum auf uns losläßt und den deutschen Namen in der Welt schändet. Es gibt hier Männer, die glauben, daß die gutmütig schwabbelnden Demokraten nichts erreichen werden mit ihrer scheinbaren Objektivität, die Hasenfurcht heißt. Es gibt noch eine Reihe Männer, die jedes Vertrauen zur deutschen Strafjustiz in politischen Prozessen verloren haben, und für die diese Sprüche nichts mehr bedeuten. Ich habe Harden vor der Verhandlung geraten, nicht hinzugehen, weil ich Moabit kenne. Ich bedaure, daß er seine Zeit, seine Kraft und seinen Geist an diese Männer, an diese Tage, an diesen Saal gewandt hat. Sie sind es nicht wert gewesen.

Aber in der Welt schwelt der Spruch. Balkan und Südamerika werden sich einen Vergleich mit diesem Deutschland verbitten, wo selbst die 180 Mann starke Fraktion der Sozialdemokraten nichts ausrichten kann. Von dem moralischen Freispruch der Liebknecht-Mörder, über Eisner, Erzberger, Landauer und die Behandlung der Toller und Mühsam bis zu Fechenbach, der für die Verbreitung bekannter Tatsachen elf Jahre Zuchthaus erhielt: eine Kette der Schmach. Schon sind die Einpeitscher für die ‹Große Koalition› am Werke. Und über allem thront dieser Präsident, der seine Überzeugung in dem Augenblick hinter sich warf, als er in die Lage gekommen war, sie zu verwirklichen.

Der Urteilsspruch ist klar. Er bedeutet: «Weitermachen!» Er ist ein Anreiz für den nächsten, wie der ähnliche Spruch gegen den Mordbuben Hirschfeld, der Erzberger anfiel, ein solcher Anreiz gewesen ist.

Reißt dieser Justiz die falsche Binde herunter! Wir haben keine Justiz mehr. Il y avait des juges à Berlin.

[1922]

Brief an einen bessern Herrn

Alle Dienstbriefe beginnen ohne Anreden, Höflichkeitsausdrücke oder Redensarten sofort mit der Sache.

Vorschrift über den Schriftverkehr

Paris, 19. März 1925

[...] Deutschland will keineswegs etwas gegen Frankreich unternehmen. Gegen wen denn –?

Gegen Polen.

Man kann auch auf einem andern Wege als über Belfort der Stadt Paris beikommen – nämlich über Warschau.

Während die deutsche Politik der letzten vierzig Jahre nur auf einer vorhandenen oder herbeigesehnten Uneinigkeit zwischen England und Frankreich aufgebaut war, drehen sich nun die deutschen Außenpolitiker nach der andern Seite und unternehmen das Gefährlichste, weil zunächst Erfolgreiche und dann erst zu einer Katastrophe führende, das es für uns gibt: eine aggressive Ost-Politik. [...]

Die Ostgrenze Frankreichs steht in des Wortes wahrster Bedeutung bombenfest. Hier in Polen sehen Sie ein Loch. Das ist schlau, aber nicht klug.

Sie können fast alles, was nun folgen wird, ohne Mühe erreichen. Ihr Plan gleicht gewissen deutschen Komödien: die ersten beiden Akte sind ausgezeichnet, aber nach der großen Pause wird es nicht weitergehen.

Also zunächst wird alles klappen. Sie können den Anschluß Österreichs erreichen, der für Sie unerläßlich ist, Durchdringung Österreichs mit dem preußischen Schwung. Vorbei ist es dann in Wien mit der republikanischen Reichswehr; vorbei mit gewissen demokratischen Tendenzen, die in diesem Stumpf vorhanden sind. [...]

Die Tschechoslowakei wird nicht so leicht zu fangen sein. Aber das ist auch gar nicht nötig. Dieser Staat, durchsetzt von Leuten, die keine Tschechen sind, oft noch geschüttelt von Nationalitätskämpfen, wenn auch bemerkenswert gut geführt, stellt für Sie, der Sie nicht anders als militärisch denken können, keine erhebliche Gefahr dar. «Mit den Tschechen werden wir schon fertig werden.» Fertig ja – es fragt sich nur, wer am Schluß fertig ist.

Bleibt Polen. Sie kalkulieren so:

Die Polen sind für den Anfang zu überrennen. Dazu ist nötig, daß sie sich vorher mit Rußland verständigen. Nun ist ja den Russen allerlei zuzutrauen – nur nicht, daß sie mit Ihnen gegen Polen und Rumänien dieses große Geschäft machen, bei dem jeder glaubt, den andern hinterher schon betrügen zu können. Das ist die alte deutsche Politik: fremde Völker wie stabile Posten in die Rechnung einzustellen. Manchmal bleibt ein Rest.

Das alte Preußentum hat sich gewandelt, und die neue Republik ist nach rechts gerutscht. Sie haben gewiß schon einmal im haltenden Zug gesessen, während auf dem Nebengleis die Wagen langsam anruckten, Sie kennen diese kleine Augentäuschung, die Ihnen dann imputiert: zu fahren. In der umgekehrten Lage befinden sich Ihre treusten Helfer, die Republikaner: sie rücken immer näher an den alten Imperialismus heran und frohlocken jeden Tag, daß der Abstand immer geringer wird. Das wird er wirklich. Und die Republik, die wir einmal erträumt hatten, auch. [...] Sie werden also Erfolg haben –? Sie werden also Deutschland zu einem mächtigen Staat machen –? Zu dem mächtigsten Ost-Europas, Vor-Asiens –?

Sie werden, glücklicherweise, keinen Erfolg haben.

Der Gedanke, die Deutschen, die im Westen nicht einmal die fünfte Stelle einnehmen können, zu den Engländern des Ostens zu machen, ist nicht so schlecht. Da gibt es viele Klingelleitungen zu legen, viele Fabriken zu errichten, viel zu organisieren. Da kann man noch eine Rolle spielen, Predigten aufsagen, die im Westen keiner mehr wissen will, imponieren, womit man sonst nur Gelächter geerntet hat. Da ist ein weites Feld.

Aber sie kennen die Welt nicht. Sie vergessen, daß die Welt heute noch und in den nächsten zehn Jahren einem großen Saal gleicht, in dem eine mächtige Schlägerei aufgeflammt ist, mit großem Krach, Hinauswurf von hundert Leuten, mit einer Galerie, die eingestürzt ist, und einem Polizeiaufgebot, das Verhaftungen vorgenommen hat. Und weil Sie immer nur in einer (heute erweiterten) Kaste gelebt haben, weil Sie schlau, aber nicht klug sind, gewitzt, aber nicht weise, gerissen, aber nicht vernünftig – deshalb machen Sie sich einen falschen Begriff von den Dingen, die Deutschland schon einmal an den Rand des Untergangs gebracht haben: von den Imponderabilien. Gibt es in diesem Saal jetzt wieder einen Ruhestörer – und sei es selbst einer, der Skandal macht, weil man ihm seine Brieftasche gestohlen hat, also einer, der im Recht ist –: seien Sie überzeugt, daß eine Welt aufsteht und ruft: «Ruhe!»

Halten Sie es für einen Zufall, daß damals aus Kaledonien und Kalifornien die Leute nach Europa gefahren sind, um Sie und Ihresgleichen zur Räson zu bringen? «Propaganda» sagen Sie. Ach, man kann nichts durch Propaganda aus den Menschen herausholen, was nicht in ihnen ist – und davon verstehen Sie nichts. Sie glauben nicht, wie Abneigung eint. Sie glauben nicht, wie heute, heute noch, die absolute, über alle wirtschaftlichen Erwägungen hinauslangende Einheit der ganzen Welt vorhanden ist für den Fall, ‹daß Deutschland wieder anfängt›. [...]

Versuchen Sie den künstlich verstopften Abzug jener entsetzlichen Expansionstüchtigkeit mit Waffengewalt zu öffnen, so werden Sie späterhin das gleiche Weltwunder erleben wie anno 1914. [...]

[1925]

Was nun –?

«Großes Hauptquartier, 25. Februar 1918.
In Brest-Litowsk soll behauptet worden sein, daß ich mich für einen annexionslosen Frieden und das Selbstbestimmungsrecht der Völker erklärt hätte. Indem ich eine derartige Zumutung mit Entrüstung zurückweise, ersuche ich Ew. Hochwohlgeboren...
v. Hindenburg.»

Dem der Krieg wie eine Badekur bekommen ist, der wird Präsident der Deutschen Republik, die es nun wohl nicht mehr lange sein wird. Sie hats verdient. [...] Eine Maske ist von Deutschlands Gesicht gefallen? So feierlich kann ichs gar nicht nehmen: hier gibt es schon lange nichts mehr zu maskieren.

Und was nun –?

Wir dürfen wieder von vorn anfangen. Wir dürfen da anfangen, wo der kaiserliche Hanswurst im Jahre 1914 aufgehört hat – denn seitdem hat sich in Deutschland aktiv-geistig nichts verändert, es sei denn: zum Schlechten. [...]

Es gibt eine Anzahl Deutscher, die zu Hindenburg nicht in Verehrung aufblicken, die in ihm nicht die Idealgestalt unsrer Zeit sehen, die seine Qualitäten nicht schätzen, und die ablehnen, mit diesem Mann in irgendeiner Form identifiziert zu werden. Wir lehnen ihn ab – auch dem Ausland gegenüber. Diese lächerlichen Rücksichten, ‹man dürfe sich nach außen hin nicht kompromittieren›, haben hier aufzuhören. Wenn es unter den Demokraten, den Sozialisten und selbst unter den Pazifisten noch Leute gibt, die für ultraschlau halten, ‹Taktik› mit den vollendet gut informierten Franzosen und Engländern zu treiben, so muß ihnen gezeigt und gesagt werden, daß sie ultradumm sind. Wir pfeifen auf ihr Nationalgefühl – wir sind zunächst einmal für europäische Anständigkeit.

Was nun –? [...]

An eine geschlossene Haltung der Politiker und der Straße gegen den alten Mann ist da nicht zu denken. Ein politisch denkendes Volk zöge die Fensterladen zu, wenn er vorbeiführe, ginge nicht auf die Straße, wenn er Paraden abhielte, weigerte sich, mit dem Mann politisch zusammenzuarbeiten – weil wir nicht zu ihm gehören und er nicht in die Republik, weil er nicht einer der unsern ist, und weil er diesen Krieg geführt, verteidigt und gepriesen hat. Sie werden ihn bestaunen und fotografieren, wenn er, immer mal wieder treu, die Verfassung beschwört – sie werden schmockig registrieren, daß er sich dabei ‹durchaus würdig› benommen und keine Kanone im Sitzungssaal abgefeuert habe, sie werden konstatieren, daß er doch noch recht rüstig, oder daß er alt aussähe – alles, alles: nur ignorieren werden sie ihn nicht. [...]

Was nun –? Nun eine bittere, schreckliche, blutige Lehre. Die tausendfach verdient ist.

Dieser Aufsatz erschien am 5. Mai 1925 in der «Weltbühne», nachdem am 25. April 1925 im 2. Wahlgang Paul von Hindenburg zum Reichspräsidenten gewählt worden war. Er hatte als Kandidat der Rechtsparteien 48,3 Prozent der abgegebenen Stimmen erhalten. Auf Wilhelm Marx, Kandidat von SPD, Zentrum und DDP, waren 45,3 Prozent der Stimmen entfallen, auf Ernst Thälmann für die KPD 6,4 Prozent.

Auf den Kreis von Journalisten und Schriftstellern um die «Weltbühne» wirkte die Wahl Hindenburgs zum Reichspräsidenten als Alarmsignal. Die erste deutsche Republik sei praktisch untergegangen, hieß es, ein «Rat der Republikaner» müsse nach neuen Wegen suchen. Kurt Hiller nahm den Gedanken auf und präzisierte ihn in Richtung auf eine Vereinigung mit dem Namen «Deutsche Linke», die aus entschlossenen Sozialisten und Kommunisten bestehen sollte. Als Programm nannte er unter anderem: «Beseitigung der Profitwirtschaft, Vergesellschaftung der Produktionsmittel... Vernichtung des Klassenstaats.» Anfang 1926 stimmte Tucholsky Hillers Programm zu. Damit änderten sich seine politischen Ziele prinzipiell: Sozialisierung statt Demokratisierung, Klassenkampf statt Gesinnungswechsel propagierte er nunmehr. Jetzt, da er eine Rechtsdiktatur und einen Krieg bevorstehen sah, trat er als Ausweg für eine sozialistische Gesellschaftsordnung ein. Aber «ganz etwas anders» *sei, so schrieb er,* «die Realisierbarkeit des Programms». *Einer neuen Partei «Deutsche Linke» gab er keine Chance:* «Aus Brennholz kann man keinen Ofen bauen.» *Er wollte Schützenhilfe leisten, er nannte die «Deutsche Linke» ein* «Ideenzentrum, das Energien ausstrahlt. Ein Kräftepunkt, von dem aus Männer der befreundeten Lager angefeuert, vor Irrtümern bewahrt bleiben, vorwärts gepeitscht... werden können.» *In diesem Sinne schrieb er seine kämpferisch-polemischen Aufsätze und Gedichte der Jahre 1926 bis 1929.*

Doch die «Männer im befreundeten Lager», *in SPD und KPD, hielten nicht viel von solchem Anfeuern. Als Tucholsky die fehlende Zusammenarbeit zwischen den linken Parteien als die deutsche Tragödie jener Jahre bezeichnet hatte, antwortete ihm die kommunistische Zeitschrift «Die Front»: «Die Tragödie Deutschlands ist nicht zuletzt die jämmerliche Halbheit seiner* *‹linken› Intellektuellen, die da über den Parteien thronen, weil es einem in den Reihen nicht leicht gemacht wird (um mit Kurt Tucholsky zu sprechen). Diese Leute haben 1918 glänzend versagt, sie versagen noch heute.» An aktive politische Mitarbeit in einer Partei freilich dachte Tucholsky auch weiterhin nicht. Er stellte 1928 seine Haltung klar:* «... wer ein Mann der Formulierungen und weniger der Tat ist, der biete seine Hilfe an, tue sein Werk und schweige. Führer sollen andre sein. Ob und wie allerdings diese Hilfe angenommen wird, das ist für Deutschland ein trauriges Kapitel.»

Nach zehn kämpferischen Jahren, 1919 bis 1928, in denen allerdings immer auch Untertöne von Zweifel und Ratlosigkeit angeklungen waren, legte Tucholsky 1929 mit dem Buch ‹Deutschland, Deutschland über alles› *eine* «abschließende Bilanz» *vor. Zumeist enthält das Buch frühere Pressepublikationen, von John Heartfield mit Fotomontagen kombiniert. In Hoffnungslosigkeit und Haß lehnte Tucholsky – nach seinen eigenen Worten –* «diese deutsche Welt, so wie sie da ist, in Bausch und Bogen» *ab.*

Mit Einsicht und Umkehr rechnete er bei den Deutschen nicht mehr. An eine sozialistische Gesellschaftsordnung als Alternative zu den Gefahren von Rechts glaubte er immer weniger. Er wußte keinen Rat mehr. Seine politischen Schriften waren schon seit 1925 mehr und mehr zu Notrufen, zu Kassandra-Rufen, zu «Klagerufen eines Teiresias» *geworden.*

Zwischen zwei Kriegen (Auszüge)

[...] Wir gehen nicht den Weg des Friedens. Es ist nicht wahr, daß freundliche Gespräche am Genfer See den Urgrund künftiger Kriege aus dem Wege räumen werden: die freie Wirtschaft, die Zollgrenzen und die absolute Souveränität des Staates. Die Kinder unsrer bekanntesten Männer haben alle Aussicht, unbekannte Soldaten zu werden. Deutschland hat nicht nötig, sich in eine Monarchie zu verwandeln – diese Republik tut es auch, und viel gefährlicher als bärtige Wotan-Anbeter sind die philo-

sophischen Verfechter eines schwarz-rot-goldenen Befreiungskampfes. Wir stehen da, wo wir im Jahre 1900 gestanden haben. Zwischen zwei Kriegen.
[Aus ‹*Zwischen zwei Kriegen*›, 1925]

[...] Wenn übermorgen wegen des polnischen Korridors oder wegen des Saargebiets oder wegen sonst einer Frage, die für die Nation von Belang sein kann, ein Konflikt ausbricht, so wird diese Art Republikaner, ohne Ausnahme, der Hypnose des Nachrichtendienstes unterliegen, weil keine ideologische Impfung sie davor schützt. Sie werden besinnungslos umknicken.

Und es stehe hier, zum Nachschlagen:

Dieselben Phrasen, mit denen Deutschland 1914 in den Krieg getaumelt ist, werden dann zu lesen und zu hören sein; dieselbe Denkart wird Siege erträumen, wo nur Aktienkonsolidierung und menschliches Elend zu holen ist, Erweiterung der Beamtensphäre und Befriedigung von Kasteneitelkeit – dieselbe falsche Philosophie und wirtschaftliche Ignoranz wird alle zu Etat-Bewilligern machen und noch die widerwärtigsten Militärverbrechen bejahen, weil die ‹dienstlich notwendig› sind. [...]
[Aus ‹*Der Sieg des republikanischen Gedankens*›, 1926]

[...] Jede Nation hat einige Kassandren, die es gleich gesagt haben, die man, weil sie unbequem sind, links liegen läßt, und die sich nicht einmal den kleinen Triumph gönnen dürfen, auf die Erfolge ihrer Prophezeiungen hinzuweisen. Ich gehöre seit dem Jahre 1913 zu denen, die den deutschen Geist für fast unwandelbar vergiftet halten, die nicht an eine Besserung glauben, die die verfassungsmäßige Demokratie für eine Fassade und für eine Lüge halten, und die auch heute noch, entgegen allen Zusicherungen und optimistischen Anwandlungen, einen hohlen Stahlhelm für lange nicht so gefährlich halten wie einen seidigen Zylinder.
[Aus ‹*Stahlhelm oder Filzhut?*›, 1927]

[...] Weil Hindenburg den Eid, den er der Verfassung geschworen, gehalten hat, ist er für sie bereits das Palladium der Demokratie, der Republik, des Fortschritts, des neuen Deutschland. Davon ist keine Rede. [...]

Man braucht nur die Gesichter der empfangenden Gehrocksherren, der Magistratsbeamten, der Offiziere und der ‹Spitzen der Behörden› in den einzelnen Ländern zu sehen, um genau zu wissen, was die Glocke geschlagen hat. Das Deutschland, das diesen Präsidenten feiert, mit stramm zusammengeschlagenen Hacken, mit gedrilltem Kinderspalier, mit der alten Furcht vor der alten Uniform, die der Präsident nach vollem ius noch heute trägt, dieses Deutschland ist ebenso umstritten wie der Gefeierte. [...]

Von Güte; von Herz; von dem, was das Leben lebenswert macht; von tiefem Verständnis für das Irrationale war in diesen Kreisen nichts zu merken und ist nichts zu merken. Man sehe sich daraufhin diese Strafrichter an, einen großen Teil der Gefängnisbeamten, der Soldaten und der ihnen angegliederten herrschenden Kaufleute – man tue einen Blick in diese Gesichter, und man weiß auf Anhieb: hier gibt es keine Verständigung. Es ist eine andre Welt.

Eine, die im besten Begriff ist, Deutschland wieder in dieselbe Situation zu hetzen, in der es ausgeblutet, ausgehungert, halb verkommen ist. «Deutschland», hat Karl Kraus einmal gesagt, «Deutschland, die verfolgende Unschuld.» [...]

[Aus ‹*Die Schweiz und Hindenburg*›, 1927]

[...] Lüge die Mär von der Republikanisierung Deutschlands, wenn man darunter auch nur irgend etwas verstehen will, was mit echter Demokratie, mit Pazifismus, mit Sozialismus auch nur das leiseste zu tun hat; Lüge die Meldungen von der langsamen Besserung, Lüge und schlimmer als das: Blindheit. Man sage doch nicht, daß ‹Deutschland den Krieg nicht wolle›! Erstens gibt es genug Leute, die die Erneuerung dieses Verbrechens wünschen – und zweitens ist es ja grade jener ‹unpolitische› Typus, der so gefährlich ist. Diese ‹Unpolitischen› («Wissen Se – ich kümmer mich nich um Politik! Ich will Ordnung und Ruhe, und jeder soll haben, was ihm zukommt, und bei mir im Geschäft soll

alles klappen!») – grade diese sind Mitläufer, Handlanger und Bejaher der schlimmsten Untaten, wenn sie nur reglementsmäßig geschehen. Und sie geschehen. Wir werden das, zum zweiten Mal, erleben. [...]
[Aus ‹*Mit Rute und Peitsche durch Preußen-Deutschland*›, 1927]

[...] Da gab es vier Jahre lang ganze Quadratmeilen Landes, auf denen war der Mord obligatorisch, während er eine halbe Stunde davon entfernt ebenso streng verboten war. Sagte ich: Mord? Natürlich Mord. Soldaten sind Mörder.

Es ist ungemein bezeichnend, daß sich neulich ein sicherlich anständig empfindender protestantischer Geistlicher gegen den Vorwurf gewehrt hat, die Soldaten Mörder genannt zu haben, denn in seinen Kreisen gilt das als Vorwurf. Und die Hetze gegen den Professor Gumbel fußt darauf, daß er einmal die Abdeckerei des Krieges «das Feld der Unehre» genannt hat. Ich weiß nicht, ob die randalierenden Studenten in Heidelberg lesen können. Wenn ja: vielleicht bemühen sie sich einmal in eine ihrer Bibliotheken und schlagen dort jene Exhortatio Benedikts XV. nach, der den Krieg «ein entehrendes Gemetzel» genannt hat und das mitten im Kriege! [...]
[Aus ‹*Der bewachte Kriegsschauplatz*›, 1931]

Deutsche Richter

[...] Ich fasse zusammen:

Die Kaste, aus der sich der deutsche Richterstand rekrutiert, repräsentiert nicht dasjenige Deutschtum, das etwa von Goethe über Beethoven bis Hauptmann jene Elemente enthält, um derentwillen wir das Land lieben, um derentwillen wir gern deutsch sprechen, um derentwillen wir der geistigen Einheit Deutschland angehören. Der Richterstand, so wie er da ist, repräsentiert nur einen klassenmäßigen Ausschnitt aus dem Lande; er ist das Resultat einer Auswahl von Menschen, die nicht berechtigt sind, im Namen des Volkes Recht zu sprechen: sie sollten es in ihrem eignen tun. Satz für Satz, Begründung für Begründung, Idee für Idee sind ihre in den Urteilen niedergelegten Anschauungen bekämpfenswert, widerlegbar, zu verwerfen. Ihr subjektiv guter Glaube ist in vielen Fällen zuzugeben: die Wirkung ihrer Tätigkeit ist unheilvoll.

Gibt es keine Gegenwehr? Es gibt nur eine große, wirksame, ernste: den antidemokratischen, hohnlachenden, für die Idee der Gerechtigkeit bewußt ungerechten Klassenkampf.

Daneben gibt es einige kleine Mittel, Vorschläge, Pillen und Mixturen für jene unheilbare Krankheit.

An kleinern Mitteln sei genannt:

Schutz durch öffentliche Kontrolle. Diese öffentliche Kontrolle ist zur Zeit dünn. Zunächst setzt die vom Vorsitzenden ausgeübte ‹Sitzungspolizei›, die keine Ausschreitung der Gerichtsdiener, wohl aber das leiseste Wackeln eines Zuschauerkopfes bemerkt, jeden Richter in die Lage, sich unbequeme Publizisten vom Halse zu halten. Beschwerden dagegen werden vom Kollegen, also unsachlich erledigt.

Immerhin wäre die Beaufsichtigung der Gerichtsverhandlungen durch die Presse recht förderlich, besonders in den kleinen Städten. Es ist eine von den Zeitungen aller Schattierungen fast durchgängig vernachlässigte Pflicht, diese Kontrolle durch eigne gesinnungstüchtige und kenntnisreiche Leute ausführen zu lassen – dazu gehören freilich Männer von Menschenkenntnis, juristischer Vorbildung und mit einer Feder versehen, die ein lesbares Deutsch zu schreiben versteht. So aber benutzen fast alle diese Blätter bis herauf zu den größten Tageszeitungen irgendeine Korrespondenz, die, sachlich nicht immer einwandfrei, eine fade und verlogene politische Neutralität aufweist, und die so keine Möglichkeit der Kritik des öffentlichen richterlichen Verhaltens bietet. Auch hat ein gut Teil der Korrespondenzangestellten das Geschäftsinteresse, es mit den Richtern nicht zu verderben.

Ferner ist als mindeste Abschlagszahlung bei der Reformierung unsres minderwertigen Strafprozeßrechts die Öffentlichkeit des Verfahrens zu fordern. Der hilflose Untersuchungsgefangene ist der schlimmsten Willkür ehrgeiziger Kriminalkommissare und Untersuchungsrichter ausgeliefert, die oft Haft verhängen oder aufheben, ohne daß mehr als Vorwände dazu vorhanden sind und die alle von dem fressenden Ehrgeiz passionierter Jäger befallen sind, nicht: die Wahrheit zu suchen, sondern: ein Wild zu jagen. Es erscheint ihnen als eine persönliche Kränkung, wenn der Angeschuldigte unschuldig aus der Sache herauskommt oder wenn er, was sein gutes und bestes Recht ist, lügt, daß sich die Balken biegen. Es ist immer wieder merkwürdig, zu sehen, wie kleine Angestellte großer Organisationen den Gruppenstolz hochhalten, wie sie bei kümmerlichem Gehalt wenigstens für die Ehre ihres Ladens eintreten, und so wird auch das leiseste Symptom von Aufsässigkeit zum Schaden des Angeschuldigten auf das Konto der Sache böse verrechnet. Was in Vorverhandlungen gesündigt wird, weiß der Jurist am besten, er will es aber nicht wissen.

Denn hier im Vorverfahren zeigt sich so recht die Unsicherheit in Rechtssachen, in der man den deutschen Untertan bewußt leben läßt. Fragen Sie unter Ihren Bekannten, ob einer polizeilichen Aufforderung, auf das Revier zu kommen, Folge zu leisten ist und wann: Niemand wird Ihnen über diesen Alltagsfall Bescheid geben können, und niemand weiß, daß, von geringen Ausnahmen abgesehen, die Polizei zu solcher Vorladung im vorbereitenden Verfahren nicht berechtigt ist, und daß ihr gegenüber keine Aussagepflicht besteht. Fragen Sie, ob es eine solche Aussagepflicht von Angeschuldigten im Vorverfahren gibt oder nicht: neunzig von hundert Deutschen werden sich durch einen kleinen Amtsrichter einschüchtern lassen, wenn dieser mit ihnen ein Protokoll aufnehmen will, und keiner wird ahnen, welche Schlingen und Fallen in der Formulierung eines Protokolls stecken können. Davon weiß der Schulunterricht nichts, davon wissen die Fortbildungsschulen nichts. Die kümmerlichen Rechte der Deutschen, die ihnen die sogenannte ‹Verfassung› garantiert, sind so gut wie unbekannt, und wenigen Kautelen, die die Strafprozeßordnung dem Angeklagten reserviert, sind es erst recht. Die deutsche Strafprozeßordnung liest sich im großen ganzen wie die Lieferungsverträge, die sich bei uns eingebürgert haben: was auch immer geschieht, geht zu Lasten des Bestellers, und die ausführende Firma haftet für gar nichts. Genau so ergeht es dem Angeklagten: er wird vom Augenblick der ersten Vernehmung an wie eine Schachbrettfigur im Verfahren hin- und hergeschoben und hat darin nicht viel zu vermelden. Weil aber die regierende Kaste die regierte Schicht gern in Unkenntnis darüber läßt, wie die Ausweismarken von Kriminalbeamten und wie die staatsbürgerlichen Rechte von Steuerzahlern aussehen, um so einer Ausbeuterorganisation den Nebel nationaler Metaphysik zu lassen, deshalb weiß noch nicht der hundertste Deutsche, wie er im Strafverfahren um sein bißchen Recht gebracht wird. Hier tut Aufklärung not.

Da diese Aufklärung freiwillig nicht gewährt werden wird, so ist es Sache der proletarischen Organisationen, vom Klüngel abgesprengte und gesinnungstüchtige Juristen ihren Zwecken dienstbar zu machen und den Arbeitern wenigstens den allernötigsten Rechtsschutz zu gewähren, damit sie nicht ganz ungestählt in den Kampf mit dem bürgerlichen Richter eintreten.

Es täte, beiseite sei es angemerkt, auch gut, wenn fortschrittliche Organisationen ihre Anhänger öfter in die Gerichtsgebäude schickten. Die meisten Leute besuchen keine Strafprozesse, machen sich von der Luft, die da herrscht, keine Vorstellung, und weil es ihnen an juristischer Vorbildung mangelt, sprechen sie bei Diskussionen ins Blaue, ohne den Gegner zu treffen.

Im Kampf gegen die Diktaturjustiz ist ferner wichtig, ihr den kleinen Rest von Vertrauen, den sie hier und da noch genießt, zu nehmen.

Noch immer wird dem Spruch eines Gerichtes, besonders in politischen Strafprozessen, zu großer Wert beigemessen. Diese Aktie ist mitunter über ihrem wahren Wert notiert. Hat ein deutsches Gericht in politischen Strafsachen seinen Spruch abgegeben, so ist es unsre Pflicht, alle tatsächlichen Feststellungen, die dort getroffen worden sind, zu ignorieren. Es ist grundfalsch, irgendwelche Folgerungen an diese Verwaltungsmaßnahmen zu knüpfen. Diese Urteilssprüche zählen nicht.

Ganz besonders gilt das, wenn es sich um Diffamierung oder Freispruch von Angehörigen der herrschenden Klasse handelt. Es ist bedauerlich, daß die SPD und große sogenannte republikanische Verbände nicht den Mut aufbringen, sich den völlig gleichgültigen Anschauungen von Ehre und Patriotenpflicht, die diese Richter proklamieren, zu entziehen. Was diese Richter

Landesverrat nennen, berührt uns nicht. Was sie als Hochverrat ansehen, ist für uns keine unehrenhafte Handlung. Was sie als Meineid, Aktenbeschädigung oder Landfriedensbruch deklarieren, läßt uns völlig kalt. Man sollte die Opfer solcher Rechtssprüche in der Arbeiterbewegung besonders auszeichnen, schon um zu zeigen, daß jene in den Talaren nur physische Gewalt auszuüben vermögen, und auch die nur heute. Als selbstverständliche Voraussetzung, die von den mich zitierenden nationalen Zeitungen fortgelassen werden wird, ist die persönliche Sauberkeit der politischen Kämpfer zu fordern. Und sie sind sauber, wenn sie diese Straftaten lediglich im Interesse des Klassenkampfes begangen haben.

Die moralische Wertung, die der deutsche Richter auch in scheinbar unpolitischen Strafprozessen seinen Opfern angedeihen läßt, ist politisch. Was er schädlich nennt, kann schädlich sein. Gewöhnlich ist es gut. Was er für strafverschärfend hält, ist für uns gleichgültig, meistens ist es strafmildernd. Das moralische Recht, der moralische Fortschritt, die sittliche Erziehung des Volkes werden nicht auf deutschen Universitäten gelehrt, nicht von deutschen Gerichten stabilisiert. Die kalte Härte des Reichsgerichts in allen Sittenfragen, seine völlige Verständnislosigkeit den Forderungen des Lebens gegenüber, seine scheinbare Objektivität, die niemals eine gewesen ist, gibt uns das Recht, dieser Richterkaste jede Qualifikation zur moralischen Erziehung des Volkes abzusprechen. Es ist ja nicht wahr, daß die Reichsgerichtsräte lediglich dem kodifizierten Recht zur Wirkung verhelfen, die Voraussetzungen oben in den Justizapparat werfen und unten auf das Resultat warten: denn es gibt kein Strafverfahren, wo nicht an einem bestimmten Punkt das Gefühl mitspricht, die Erziehung, die Klassengesinnung; und weil in diesem kritischen Augenblick besonders der Reichsgerichtsrat die Nadel nach rechts pendeln läßt, woran er subjektiv unschuldig sein mag, woran aber die Kaste, die ihn hochgepäppelt und eingesetzt hat, schuldig zu sprechen ist –: deshalb lehnen wir die geistige Legitimation dieser Richter zur Erteilung irgendwelchen Rechtes ab und pfeifen auf ihre Richtersprüche.

Es hat immer eine Minorität von anständigen Juristen gegeben, die gegen die Untaten ihrer Kollegen, gegen die offenkundigen Mängel des Systems, gegen ein größenwahnsinnig gewordenes Strafrecht gekämpft haben. Aber mit welchen braven Mitteln! Ich glaube nicht an eine Evolution im Strafrecht. Administrative Evolution ist ein Schlagwort für Ängstliche. Seine Erfolglosigkeit ist durch die Zahl eines Jahres bewiesen, in dem man nicht gewagt hat, diese Beamten und diese Richter auf die Straße zu setzen, ‹weil sie doch die Bestimmungen so schön kannten›: 1918.

Es gibt, um eine Bürokratie zu säubern, nur eines. Jenes eine Wort, das ich nicht hierhersetzen möchte, weil es für die Herrschenden seinen Schauer verloren hat. Dieses Wort bedeutet: Umwälzung. Generalreinigung. Aufräumung. Lüftung.

Erwachsene lernen nicht mehr zu. Zu warten, bis sich die historische Strafrechtsschule, die Universitäten, Hergt und Ebermayer dazu bequemt haben, von der Dreistigkeit zu ‹strafen› abzustehen und nur die Gesellschaft und nicht nur ihre Klasse zu schützen –: das dürfte teuer erkauft sein. Erkauft mit der Qual Zehntausender, die gepeinigt werden, noch unter dem Niveau ihrer Taten, gequält und wehrlos einem schlecht bezahlten oder gar aus höhern Militärkreisen gewählten Gefängnispersonal ausgeliefert. Diese Strafen sind keine Sühne. Das hat kaum einer verdient, was diese Gefangenen heute an moralischer Qual durchmachen müssen. Diese Strafen sind auch keine Abschreckung; das beweist die Praxis. Sie sind keine Besserungsversuche; darüber kann nur ein Pfarrer schwätzen, der nie ein Gefängnis gesehen hat. Sie sind Qual auf der einen Seite – Sadismus, Herrschsucht, Faulheit und Lässigkeit auf der anderen.

Und gegen diese Vereinigung von Menschen, die sich eine Macht anmaßen, die ihnen niemand gegeben hat, gegen diesen Haufen dickköpfiger Burschen, deren Qualifikation einzig darin besteht, daß sie sie zu haben glauben, und deren Gruppenzugehörigkeit man nicht gegen ihren Willen erwerben kann – gegen diese Zahl von Männern, die einen Selbstzweck und eine unsittliche Wirtschaftsform verteidigen, gegen sie gibt es nur eine Waffe, nur ein Mittel, nur ein Ziel.

Die Schande dieser Justiz, die Schande solchen Strafvollzuges –: nieder mit ihnen. Und das Gesetzbuch um die Ohren aller, die sich mit Erwägungen, mit Bedenken und mit wissenschaftlichen Hemmungen dem wichtigsten Ziel entgegenstellen, das einen anständigen Menschen anfeuern kann:

Recht für die Rechtlosen.

[1927]

Dänische Felder

Da liegen sie: sonnenüberglänzter Wind geht drüber hin, die Grasbüschel werden hin- und hergerissen, pflaumenblau ziehen sich da hinten die Wälder entlang. Die Chaussee läuft ein Stückchen bergan, dann ist sie von der Kuppe gerade abgeschnitten und führt in den Himmel. Zwei solcher Treppen gibt es in Versailles…

So hat doch diese dänische Landschaft auch im Jahre 1917 hier gestanden? Natürlich – warum denn nicht? Die da führten keinen Krieg.

Diese Bäume durften Bäume sein – niemand schoß sie zusammen. Über diese Grasflächen stampfte keine lange Schlange von Marschierenden. Die Wege wurden nicht von ratternder, schimpfender, polternder Artillerie aufgeweicht und verdorben. Diese Landschaft war reklamiert.

Herrgott in Dänemark, welch ein Wahnsinn! Hier war Mord Mord; dort war Mord ein von den Schmöcken, den Generalen und den Feldpredigern besungenes Pflichtereignis. Hier durfte man nicht – dort mußte man.

Und so selbstverständlich, wie die Mücken tanzen, so selbstverständlich ist den Mördern und ihren Kindern Untat, Fortsetzung der Untat und Propagierung der Untat. Es geschieht so wenig gegen den nächsten Krieg, bei dem euch die Gedärme, so zu hoffen steht, auch in den Städten über die Stuhllehne hängen werden. Jeden Abend müßte in den Kinos zu sehen sein, wie sie wirklich gestorben sind.

Möge das Gas in die Spielstuben eurer Kinder schleichen. Mögen sie langsam umsinken, die Püppchen. Ich wünsche der Frau des Kirchenrats und des Chefredakteurs und der Mutter des Bildhauers und der Schwester des Bankiers, daß sie einen bittern qualvollen Tod finden, alle zusammen. Weil sie es so wollen, ohne es zu wollen. Weil sie herzensträge sind. Weil sie nicht hören und nicht sehen und nicht fühlen. Leider trifft es immer die Falschen.

Wer aber sein Vaterland im Stich läßt in dieser Stunde, der sei gesegnet. Er habe seine schönsten Stunden in einer dänischen Landschaft.

[1927]

Briefe an einen Fuchsmajor

> «Meiningen hat ganz recht. Wir kommen schon von selbst in unsre Positionen, die ein für allemal für uns da sind. Wir übernehmen dazu einfach die bewährten Grundsätze, die Verwaltungsmaximen unsrer Väter. Wir wollen von gar nichts anderm wissen.
> Wozu –?» ... Der junge Reisleben begann jetzt zu kotzen. Leben und Treiben der Saxo-Borussen, aus Harry Domela: ‹*Der falsche Prinz*›

Im fröhlichen Herbst, als ich mit unserm Carl von Ossietzky in Würzburg bei schwerem Steinwein saß, fiel mein Blick auf eine kleine Broschüre ‹*Briefe an einen Fuchsmajor, von einem alten Herrn*›. (Verlag Franz Scheiner, Graphische Kunstanstalt, Würzburg.) Ich habe das Heftchen erstanden und muß dem anonymen Verfasser danken: außer dem ‹*Untertan*› und den gar nicht genug zu empfehlenden Memoiren Domelas ist mir nichts bekannt, was so dicht, so klar herausgearbeitet, so sauber präpariert die studentische Erziehung der jungen Generation aufzeigt.

[...]

Wenn man bedenkt, daß Zehntausende junger Leute so, sagen wir immerhin: denken wie das hier (und man sehe sich die Fotografie an, die dem Buch voranprangt) – wenn man bedenkt, daß das unsre Richter von 1940, unsre Lehrer von 1940, unsre Verwaltungsbeamten, Polizeiräte, Studienräte, Diplomaten von

1940 sind, dann darf man wohl diesen Haufen von verhetzten, irregeleiteten, mäßig gebildeten, versoffenen und farbentragenden jungen Deutschen als das bezeichnen, was er ist: als einen Schandfleck der Nation, dessen sie sich zu schämen hat bis ins dritte und vierte Glied.

[...]

Diese Melodie ist nicht aktuell, sie war es im Jahre 1920, und sie wird es im Jahre 1940 wieder sein – wenns so lange dauert. Es ist ein hohler Raum entstanden, in dem die Klagerufe eines Teiresias überlaut widerhallen; billig zu sagen: «Es wird halb so schlimm sein!» Es ist achtfach so schlimm.

Denn das Schauerliche an dieser Geistesformung ist doch, daß sie den Deutschen bei seinen schlechtesten Eigenschaften packt, nicht bei seinen guten; daß sie das anständige, humane Deutschland niedertrampelt; daß sie sich an das Niedrige im Menschen wendet, also immer Erfolg haben wird; daß sie mit Schmalz arbeitet und einem Zwerchfell, das sich atembeklemmend hebt, wenn das Massengefühl geweckt ist. Und daß sie kopiert wird.

Diese Studenten sind Vorbild für alle jungen Leute, die keinen sehnlicheren Wunsch haben, als an möglichst universitätsähnlichen Gebilden zu studieren und es denen da gleichzutun, mit hochgeröteten Köpfen den Korpsier zu markieren und einer im tiefsten Grunde feigen Roheit durch das Gruppenventil Luft zu schaffen. Der Abort als Vorbild der Nation.

Und der da soll im Jahre 1940 Arbeiter richten dürfen? Ein solches Biergehirn, in dem auch nicht ein Gedanke über den sauren Muff seiner Kneipe reicht, entscheidet über Leben und Tod? Über Jahre von Gefängnis und Zuchthaus? Das will Provinzen verwalten? Ein solch minderwertiges Gewächs vertritt Deutschland im Ausland? verhandelt mit fremden Staaten? wird gefragt, wenns ernst wird? hat zu bestimmen, wenns ernst wird?

Das ist der Boden, auf dem die Blüten des deutschen Richterstandes gedeihen, welche Blumenlese! Man wundert sich bei Gerichtsverhandlungen und bei der Lektüre von Urteilsbegründungen oft, woher nur diese abgestandenen Vorurteile, die unhonorige Art der Verhandlungsführung, die überholten Anschauungen einer kleinbürgerlichen Beamtenschaft stammen mögen. Hier, auf den Universitäten, ist der Boden, in dem eine Wurzel dieser Produkte steckt. Niemand reißt sie aus.

Denn diese setzen sich durch. Die herrschen. Die kommen dran. Ich kann beim besten Willen nicht sehen, wo die aufhebende Wirkung der vielgerühmten Jugendbewegung ist, die Ignorieren für Kampf hält; wo das Gegengewicht steckt, wo die andre Hälfte der Nation bleibt, jenes andre Deutschland, das es ja immerhin auch noch gibt. Wenns zum Klappen kommt, ist es nicht vorhanden. Ungleichmäßig sind bei uns Gehirn und Wille verteilt: der eine hat den Kopf, und der andre den Stiernacken. Es gibt kaum eine intelligente Energie. Sie haben nicht nur das größere Maul, die dickern Magenwände, die bessern Muskeln, die niedrigere und frechere Stirn: sie haben mehr Lebenskraft.

Kein Gegenzug hält sie in Schach. Keine deutsche Jugend steht auf und schüttelt diese ab. Keine Arbeiterschaft hat zur Zeit die Möglichkeit, die Herren dahin zu befördern, wohin Rußland sie befördert hat. Sie herrschen, und sie werden unsre Kinder und Kindeskinder quälen, daß es nur so knackt. Diesem Land ist immer nur ein Heil widerfahren, und was nicht von innen kommt, mag getrost von außen kommen. Niederlage auf Niederlage, Klammer auf Klammer – Napoleon hat mehr für die deutsche Freiheit getan als alle deutschen Saalrevolutionen zusammen. Aber manchmal tuns auch die Niederschläge nicht, kein fremder Imperialismus hilft gegen den eignen. So tief ist das Laster eingefressen, daß der begreifliche Wunsch derer, die ihre Heimat lieben und ihren Staat hassen, umsonst getan ist.

Deutschland ist im Aufstieg begriffen. Welches Deutschland? Das alte, formal gewandelte; eins, das mit Recht nach seinen bösen Handlungen und nicht nach seinen guten Büchern beurteilt wird, und das bis ins republikanische Herz hinein frisch angestrichen ist, umgewandelt und ungewandelt: die wahrste Lüge unsrer Zeit. Das Deutschland jener jungen Leute, die schon so früh ‹Alte Herren› sind, und die für ihr Land einen Fluch darstellen, einen Albdruck und die Spirochäten der deutschen Krankheit.

[1928]

Was würden Sie tun, wenn Sie die Macht hätten?

Für *wen* habe ich die Macht –?

Eine persönliche Diktatur gibt es nicht; sie ist ein Bürgertraum.

Hätte ich die Macht mit den kommunistischen Arbeitern und für sie, so scheinen mir dies die Hauptarbeiten einer solchen Regierung zu sein:

Sozialisierung der Bergwerke;
Sozialisierung der Schwerindustrie;
Aufteilung des Großgrundbesitzes;
Absetzung der Länderbürokratie;
radikale Personalreform in der Justizverwaltung;
Personalreform auf Schulen und Universitäten;
Abschaffung der Reichswehr;
Schaffung eines sittlichen Strafgesetzes an Stelle jenes in Vorbereitung befindlichen kulturfeindlichen Entwurfs;
Steuerliche Erfassung der Bauern.

Ich glaube, daß im Volk viele Kräfte schlummern, die heute von den Juristen und den uns regierenden Bürovorstehern abgetötet und in der Entwicklung gehemmt werden – mit diesen unverbrauchten Kräften ist auch dann viel zu erreichen, wenn sie ‹die Bestimmungen nicht kennen›, was ihre Kraft ausmacht.

Die von mir genannten Ziele, die heute verlacht werden, weil sie die Wahrheiten von morgen sind, lassen sich nicht auf evolutionärem Wege erreichen – nötig wäre dazu die Revolution, deren Terminologie heute kompromittiert sein mag.

Ihre Idee ist unbesiegbar.

[Antwort auf eine Rundfrage der Zeitschrift ‹Die Literarische Welt›, erschienen am 9. November 1928]

Die Frau mit den Fähnchen

In einem großen Kaufhaus zu Stockholm sitzt eine charmante Dolmetscherin, eine ältere Dame, sie spricht das Deutsch mit jenem singenden, leicht schleifenden Akzent der Balten... Und plaudert englisch und französisch und russisch und hat demgemäß auf ihrem Kleid eine ganze kleine Galerie von Emaillefähnchen stecken: eine französische Fahne und eine englische und eine schwarz-weiß-rote, also keine deutsche... Ich frage. «Ja –» sagt die Dame...

«Ja, ich bin aus der guten, alten Zeit – ich trage noch die Fahne, die Deutschland geführt hat, als mein Mann da herüberkam... sehen Sie, mit den Fahnen, das ist nicht einfach.» Das ist nicht einfach, sage ich. «Da ist zum Beispiel die russische», sagt die Dolmetscherin. «Die alte kaiserliche Zarenfahne kann ich nicht führen – denn es verkehren hier die Mitglieder der Sowjet-Botschaft. Nun, und eine rote Fahne mag ich nicht tragen – ja.» Es ist nicht so einfach mit den Fahnen.

Denn was soll ich nun tun? Der Frau klarmachen, daß die einzig wahre Fahne Deutschlands die der Republik ist: schwarz-rot-gold? Das ist leider nicht ganz richtig. Was soll ich tun? Für die Republik kämpfen? Für welche? Für diese da –?

Die will das ja offenbar gar nicht. Die deckt ja ihre Anhänger nicht einmal. Sie wagt es ja nicht. Sie traut sich nicht, ihre Richter hinauszuwerfen, die sich offen über sie lustig machen, weil sie wissen, daß ihnen nichts geschehen kann, denn wir haben die Unabhängigkeit der Arbeit vom Verdienst – ja, was hätte ich tun sollen?

Der Frau sagen: «Dies ist nicht mehr die Flagge meiner Heimat? Diese Flagge gibt es nicht mehr, so wie es die dahinter flatternde Gesinnung nicht mehr gibt – wir haben uns gewandelt, weil wir gelernt haben?» Das soll ich sagen? Das wäre gelogen.

Sie haben sich gewandelt, aber sie sind dieselben geblieben. Die Form haben sie gewechselt – kaum mehr. Die Armee, ohne deren Wespentaille kein besserer Deutscher denkbar gewesen ist... heute sind die Störenfriede, die unerwünschten Elemente, die Industriearbeiter und die paar Intellektuellen aus der Armee heraus, und Herren und Bauernknechte sind unter sich –: sie rüsten für den nächsten Frieden. Die Richter – das muß man gesehen haben. Die Beamten mehren sich wie die Sandflöhe am Meer – was soll ich hier verteidigen...?

Vielleicht jene Republik, die ihr im Munde führt und deren Embleme nun überhaupt nichts mehr bedeuten? Was heißt denn das: «Ich bin Republikaner!» Damit kann man vielleicht einen amerikanischen Wahlkampf machen, eine jener Volksvergnügungen, an die kaum noch die Unbeteiligten glauben, ein Jahrmarktsfest der Politik!

‹Republikanisch› – das heißt allein noch gar nichts. Portugal ist eine Republik, und die Vereinigten Staaten von Amerika sind eine, und Sowjet-Rußland ist eine, und Deutschland auch – ‹republikanisch› ist heute so wenig ein politisches Programm wie der Monarchismus noch eines ist. Das ist vorbei. Zeige mir deine Wirtschaftsform, und ich werde dir sagen, wer du bist – die fliegenbeschmutzten Bilder in den Stuben deiner lebenslänglichen Angestellten interessieren keinen Kenner.

Wißt ihr ganz genau und bestimmt, wodurch sich eigentlich Reichsbanner und Jungdo unterscheiden? Höchstens doch durch den Grad ihrer Energie: der redseligen Schlappheit von links steht der zielbewußte Kleinkampf von rechts gegenüber, der im Boykott ein wirksames Mittel sieht – die Weltpolitik dieser politischen Heilsarmee endet gewöhnlich in einem Stammtischcoup... Was soll ich der Frau sagen –? Daß es zwei Deutschlands gebe – – liebe Frau!

Ich habe ihr gar nichts gesagt, denn man hat mich schließlich nicht ausgeschickt, um ‹Kulturpropaganda› zu machen; das mögen die Botschaften tun, die Hosen voller Taktik und die Dächer voller schwarz-weiß-roter Fahnen – was geht uns das noch an! Ich habe der Dolmetscherin nichts gesagt. Nicht einmal, daß es niedlich ist, wie sie Rußland ignorieren möchte, einem nicht unähnlich, der nicht an Eisenbahnen glaubt – ich habe ihr nichts gesagt.

Denn ich hätte ihr die Wahrheit sagen müssen, und die geht sie nichts an; ein Kaufhaus ist keine Volksversammlung. Die Wahrheit, daß es unsereinem ziemlich gleich sein kann, wer von diesen beiden die Oberhand gewinnt: der ohne Visier oder der mit Visier, der kostümierte oder der in Zivil, der offene oder der versteckte, der Herr der Untertanen oder der freigelassene Untertan, der eine oder der andre. Die Entwicklung wird über beide hinweggehen, und bestimmt nicht durch die sanft liberale Mitte.

Dies, im Jahre 1945 nachgelesen, wird sehr wahr sein.

[1929]

Wer hat die Frontsoldaten «Schweine» genannt – ?

Das *‹Andere Deutschland›* hat in *‹Fragen und Antworten›* erzählt, wie ein Gesinnungsfreund einen Nazi damit abgeführt habe, daß er ihn in einer Versammlung aufforderte, dies zu unterschreiben:

«Ignaz Wrobel hat neulich in Wiesbaden öffentlich ohne erläuternden und einschränkenden Vor- und Nachsatz erklärt:

Alle Frontsoldaten waren Schweine.»

Das war sogar dem Nazi zu dumm. Er unterschrieb nicht. Aber ich will den wackern Knaben gern auf die gewickelten Beine helfen.

Zunächst habe ich, wenn mich meine Notizen nicht täuschen, in Wiesbaden überhaupt keine meiner Arbeiten vorgelesen, aus denen man durch Fälschung den obigen Satz herausholen könnte. Ich las das Gedicht *‹Der Graben›*, das zuerst im *‹Andern Deutschland›* erschienen ist – ich las andres …, aber von Schweinen war nicht die Rede. In Wiesbaden nicht. Aber anderswo. Nämlich im Kriege.

Und da gebe ich denn zu, diese Dinge bei ihrem wahren Namen genannt zu haben. Es heißt in einem Gedicht *‹Drei Minuten Gehör!›*:

> Ihr wurdet geschliffen. Ihr wurdet gedrillt.
> Wart ihr noch Gottes Ebenbild?
> In der Kaserne – im Schilderhaus
> wart ihr niedriger als die schmutzigste Laus.
> Der Offizier war eine Perle,
> aber ihr wart nur ‹Kerle›!
> Und noch im Massengrab wart ihr die Schweine,
> die Offiziere lagen alleine.

Man muß schon von Hitler mit einem Industrie-Scheck vor den Kopf gehauen sein, um nicht zu begreifen, was hier gesagt ist.

Ihr wart die Schweine –
nämlich für die, die euch so genannt haben!

Und wer hat euch so genannt?

Die deutschen Offiziere.

Nicht einer, Hundert, Tausend, Zehntausend... für sie gehörte es zum guten Ton, von den ‹Kerlen›, den ‹Schweinen› zu sprechen.

Ich halte mit meinen pazifistischen Gesinnungsfreunden die Bezeichnung ‹Frontsoldat› an sich noch für keinen Ehrentitel. Die Frontsoldaten aller Nationen haben sich ihr schreckliches und sinnloses Erlebnis nicht ausgesucht; man hat sie mit einer Gewalt dazu gepreßt, die, kommt sie von den Bolschewiken, die Welt aufheulen läßt. Es gab unter diesen Frontsoldaten: echte Helden, nachgemachte Helden, anständige Kerle, Stumpfböcke, Verbrecher, verkleidete Fabrikbesitzer, arme Luder – alles gab es.

Aber Deutsche, die so auf Deutschen herumhacken, wie das die Nazis in die deutsche Politik eingeführt haben (denn sie haben es getan und nicht die Kommunisten) – so etwas hats nicht gegeben.

In Wiesbaden bin ich nach der Vorlesung an den Nazis vorbeigefahren; sie standen da und stießen ihren Original-Schlachtruf aus: «Huuu –!» und sie warfen mit Steinen und alten Brocken und waren überhaupt furchtbar mutig. Ich war nämlich einer und sie waren eine Herde. Ich sah in ihre Augen: verhetzt, verdummt, verbrüllt... und keine Idee dahinter.

Jedem Pazifisten die Ehre abschneiden; hinter den Republikanern her sein wie die Wölfe; das politische Leben vergiften; Minister mit Personalstunk bekämpfen; Straßen durchbrüllen und Fensterscheiben zerschmeißen; nach einem mißglückten Putsch von nichts wissen und alles abschwören; vor Gericht kneifen... wie nennt man solche Leute –?

Was die deutschen Frontsoldaten angeht –: *sie* sind keine Schweine gewesen.

[1930]

Die deutsche Pest

> «Es ist aber merkwürdig, wie leicht und glatt dieselben ‹korrekten› Historiker und Publizisten, welche das ganze Zeter-Alphabet und Flüchewörterbuch erschöpfen, um den rot-republikanischen Schrekken zu verdonnern, über die Abscheulichkeiten und Gräßlichkeiten hinwegschlüpfen, welche der weiß-royalistische Schrecken von 1794-95 in Szene gesetzt hat. Natürlich übrigens! Für Thron und Altar ist ja alles erlaubt. Mag jedoch der Grundsatz mit so schamloser Offenheit gepredigt und geübt werden, wie in unsrer niederträchtigen Zeit geschieht, immerhin gibt es noch einen über die trübe Sphäre der Knechtseligkeit, über die wüste Region zügelloser Parteileidenschaft hocherhabenen Standpunkt der Sittlichkeit, von welchem herab die echte und rechte Seherin Historia den Wahrspruch tut –: Die roten Schreckensmänner handelten sittlicher als die weißen, denn jene standen in Bann und Zwang einer großen Idee, während diese nur von der gemeinsten Selbstsucht getrieben wurden.»
>
> Johannes Scherr:
> *‹Menschliche Tragikomödie›*

Die Schande des neuen Republikschutz-Gesetzes, das noch den kleinsten Schreiber, wenn er nur pensionsberechtigt ist, zu einer Rechtsperson höheren Grades erhebt und die unbequemen Links-Oppositionellen rechtlos läßt, wird Wahrheit werden. Die Stagnation der öffentlichen Moral ist vollkommen; kaum ein Windhauch geht über diese scheinbar so bewegte Fläche. Deutschland ist ein lautes Land – aber die Massen treten an Ort. Was das neue Gesetz uns bieten wird, geht aus der jetzigen Lage klar hervor.

So instinktlos diese Republik ist, die sich noch niemals gegen ihre wirklichen und gefährlichen Gegner zu schützen gewußt hat, weil sie gar nicht geschützt sein will – in einer Beziehung haben Verwaltung und Rechtsprechung den richtigen Instinkt. Das zeigt sich in der Behandlung der Nationalsozialisten.

Die behaupten, ‹revolutionär› zu sein, wie sie denn überhaupt der Linken ein ganzes Vokabular abgelauscht haben: ‹Volkspartei› und ‹Arbeiterpartei› und ‹revolutionär›; es ist wie ein Konkurrenzmanöver. Daß bei der herrschenden Arbeitslosigkeit des Landes und der Direktionslosigkeit der bürokratisierten Sozialdemokratie die Arbeiter scharenweise zu den Nazis laufen, darf uns nicht wundern.

Revolutionär sind die nie gewesen. Die Geldgeber dieser Bewegung sind erzkapitalistisch, der Groll, der sich in den Provinzzeitungen der Partei, in diesen unsäglichen ‹Beobachtern› ausspricht, ist durchaus der von kleinen Leuten: Erfolg und Grundton dieser Papiere beruhen auf Lokalklatsch und übler Nachrede. «Wir fragen Herrn Stadtrat Normauke, ob er die Lieferungen an die Stadt nicht durch Fürsprache seines Schwagers erhalten hat, der seinerseits dem Oberbürgermeister...» Das freut die einfachen Leute; es zeigt ihnen, daß sich die Partei ihrer Interessen annimmt, es befriedigt ihre tiefsten Instinkte – denn der Kleinbürger hat drei echte Leidenschaften: Bier, Klatsch und Antisemitismus. Das wird ihm hier alles reichlich geboten: Bier in den Versammlungen, Klatsch in den Blättern und Radau-Antisemitismus in den großmäuligen Parolen der Partei. Was ist nun an diesem Getriebe revolutionär?

Junge Leute, die tagaus, tagein im Büro sitzen; Studenten, die mit ihren paar Groschen kaum das Brotstudium bezahlen können, von echtem Studium ist schon lange nicht mehr die Rede; Arbeitslose, denen jede Abwechslung recht ist... aus solchen Menschen setzen sich die ‹Sturm-Abteilungen› zusammen, die vor Gericht nicht einmal soviel Mut haben, auch nur den Namen aufrechtzuerhalten. «Wir SA-Leute sind Sportabteilungen... was dachten Sie?»

Die Deutschen sind stets ein Gruppenvolk gewesen; wer an diesen ihren tiefsten Instinkt appelliert, siegt immer. Uniformen; Kommandos; Antreten; Bewegung in Kolonnen... da sind sie ganz. Der Zulauf zu diesen sehr risikolosen und romantisch scheinenden Unternehmungen ist groß; das moderne Leben mechanisiert die Menschen, das Kino allein kann das Bedürfnis nach Abwechslung nicht befriedigen. Also rauf auf die Lastwagen!

Wenn diese nationalsozialistische Bewegung eine echte Volksbewegung, eine revolutionäre Bewegung wäre, wenn eine rechte Revolution alte Rechtsbegriffe hinwegschwemmte und zur Durchsetzung ihres Systems eine Diktatur errichtete – so könnte man das sauber bekämpfen. Wer für den Klassenkampf eintritt, kann sich nicht grundsätzlich gegen Diktaturen wenden, höchstens gegen die Ziele, für die sie eingesetzt werden. Ein Belagerungszustand kann unter Umständen politisch zu bejahen sein – es kommt auf die Idee an, die ihn geboren hat.

Von einer revolutionären Idee ist jedoch bei den Nazis nicht das Leiseste zu bemerken. Ich nehme hier ausdrücklich die ihnen nicht unmittelbar angeschlossenen und noch sehr einflußlosen Gruppen aus, die zunächst im geistigen Kampf stehen: die Handvoll Leute um Jünger, Schauwecker und die andern. Ich kann zwar nicht sehen, was damit gewonnen ist, daß man mit Ausdrücken wie ‹magisch› und ‹mitteleuropäischer Raum› um sich wirft... auch die Vokabel ‹Fronterlebnis› wird ja wohl nicht über die wahnwitzige Güterverteilung der kapitalistischen Gesellschaftsunordnung hinweghelfen – Romantiker glauben immer, wenn sie bewegt seien, bewegten sie auch schon dadurch die Welt. Selbst echte seelische Erschütterung ist noch kein Beweis für die Nützlichkeit und den Wert einer Idee.

Die Straßennazis lassen von dieser Geistigkeit auch nicht einen Hauch verspüren. Politische Kinder... «Politische Kinder», heißt es einmal bei Scherr, «welchen man ja, vorab in Deutschland, bis zur Stunde einbilden, einpredigen, einschwindeln konnte und kann, Revolutionen würden willkürlich gemacht, von Sprudel- und Strudelköpfen, von Habenichtsen und Taugenichtsen, von einer Handvoll ‹Literaten, Advokaten und Juden›, willkürlich gemacht und aus purem Mutwillen.» Und nun tobt das gegen einen ‹Bolschewismus›, der nicht einmal da ist; denn die Arbeiter sind gespalten, und die typische Angestelltengesinnung haben die Kommunisten, von Moskau leider sehr falsch belehrt, in Deutschland niemals zu erfassen vermocht. Dergleichen ist wohl auch unvorstellbar für ein russisches Gehirn, aber nicht minder real. Die kommunistischen Parolen holen vielleicht die Arbeiter aus den Betrieben, niemals aber die Angestellten aus den Büros. Und ohne die kann man keine Revolution machen.

Die Nazis terrorisieren viele kleine und manche Mittelstädte, und zwar tun sie das mit der Miene von Leuten, die ungeheuer viel riskieren; sie machen immer ein Gesicht, als seien sie und ihre Umzüge wer weiß wie illegal. Sie sind aber durchaus legal, geduldet, offiziös. Und hier beginnt die Schuld der Republik: eine Blutschuld.

Polizei und Richter dulden diese Burschen, und sie dulden sie in der durchaus richtigen Anschauung: «Mitunter ist es ja etwas reichlich, was hier getrieben wird. Keinen Totschlag! Nicht immer gleich schießen... Aber, trotz allem: Diese da sind Blut von unserm Blut, sie sind nicht gegen, sondern für die Autorität – sie sind, im allertiefsten Grunde, für uns, und sie sind nur deshalb nicht ganz und gar für uns, weil wir ihnen nicht stramm genug sind und zu sehr republikanisch. Wir möchten ja auch gerne... aber wir dürfen nicht... Diese lächerlichen republikanischen Minister... die Geheimräte da oben am grünen Tisch... wir möchten ja ganz gerne. Und tun unser Möglichstes. Zurücktreten! Nicht stehen bleiben! Na ja... aber es sind unsre, unsre, unsre Leute.» Es sind ihre Leute.

Es sind so sehr ihre Leute, daß die verschiedenartige Behandlung, die Kommunisten und Nationalsozialisten durch Polizei und Rechtsprechung erfahren, geradezu grotesk ist.

Man stelle sich einmal vor, was geschähe, wenn in der ‹*Weltbühne*› stände, man müsse den Führer der Zentrumspartei zum ‹Schweigen bringen... Nie davon sprechen – immer daran denken› –: zwölf Juristen erster Klasse zerbrächen sich die Dialektik, um aus diesen Sätzen herauszulesen, was sie für eine Verurteilung brauchten, und die Urteilsbegründung wäre eine reine Freude für jeden Kandidaten der großen Staatsprüfung. Man stelle sich vor, was geschähe, wenn – wie es umgekehrt in Schweidnitz geschehen ist – ein jüdischer Angeklagter in einem Strafprozeß die Geschmacklosigkeit besäße zu sagen: «Der Regierungsvertreter lächelt mich dauernd so hämisch an, wie das nur Gojims zu tun pflegen» – mit Recht ließe der Vorsitzende den Sprecher abführen, und der Prozeß ginge, was ja zulässig ist, ohne den Angeklagten zu Ende. Und man stelle sich vor, was geschähe, wenn der Vorsitzende dies zu tun unterließe. Aufforderung zur Berichterstattung an den Aufsichtführenden, Bericht ans Justizministerium, ‹anderweitige Verwendung› des Richters und wahrscheinlich unter Anwendung der üblichen Mittel: Pensionierung. Linksleute sind vogelfrei.

Führen die Arbeiter einen der ihren zu Grabe, den üble Gefängnisärzte zu Tode gequält haben, dann stürzen sich hundert Polizisten dazwischen, «unter Anwendung des Gummiknüppels», wie es in den polizeiseligen Blättern der Mitte heißt. Die scheuen sich, die Wahrheit zu sagen: es wird geprügelt, wie die Kosaken nicht saftiger geprügelt haben. Brüllen die Nationalsozialisten die Straßen entlang, so wird zwar von den Polizeibeamten nicht grade salutiert, aber sie lassen den Zug lächelnd passieren. Jugend muß sich austoben... Hiervon gibt es nur sehr wenige Ausnahmen. Auf den Straßen fließt Blut, und die Republik unternimmt nichts, um dem Einhalt zu tun.

Von Mordandrohungen schon gar nicht zu sprechen.

Nach dem neuen Schutzgesetz, das diese Republik nötig hat, kann jeder satirische Vers gegen den Portier des Reichskanzlerpalais einem Staatsanwalt die Karriere verbessern; auf der andern Seite können die Nazis gegen ‹nichtbeamtete› Publizisten Drohungen ausstoßen, die selbst unter dem Seligen klar und eindeutig unter den § 111 des Strafgesetzbuches gefallen wären (Aufforderung zur Begehung strafbarer Handlungen). Heute geht das als Redeblümchen und Würze der Propaganda glatt durch. Und kommt es selbst einmal zu einem Prozeß: wie beschämend sehen diese Prozesse aus!

Die Zeugen sind, wenn sie vom Reichsbanner oder gar aus Arbeiterkreisen kommen, die wahren Angeklagten, die Anwälte der Nazis treten wie die Staatsanwälte auf, und die Staatsanwälte sind klein und häßlich und kaum zu sehen. Die Richtersprüche entsprechend. Das große Wort vom ‹Landfriedensbruch› hat hier keine Geltung; und wenn eine ganze Stadt von den Hitlerbanden auf den Kopf gestellt wird, so erscheint das in den Begründungen der Freisprüche als harmlose Bierhausprügelei. Kein Wunder, wenn diesen Knaben der Kamm schwillt: sie riskieren ja nichts.

Um so mehr riskiert der Arbeiter. Eifrige Polizeipräsidenten verhängen über ihren Machtbereich jedesmal einen kleinen privaten Belagerungszustand, wenn es bei einem Fabrikstreit Randal gibt, und wie da gehauen, geprügelt, verhaftet wird, daran ändert auch das Vokabular nichts, das dann von ‹zwangsgestellt› spricht. Der Zörgiebels gibt es viele im Reich, und alle, alle sehen nur nach links. Von rechts her scheint keine Gefahr zu drohen.

Die Redakteure der ‹*Roten Fahne*› verfügen über ein reiches Schimpfwörterbuch, die Hitlergarden verfügen über Waffen, Autos und Geld... das ist der Unterschied. Der Landfrieden aber wird bei uns nur von links her gebrochen.

Es ist eine Schande. Solange solche Männer wie Klausener in den preußischen Ministerien, wo es noch am liberalsten zugeht, die Personalpolitik machen, kann das nicht besser werden. Einen deutschen Landfrieden gibt es nicht mehr.

Stände heute ein Erzberger oder ein Maximilian Harden auf und sprächen sie in den Mittelstädten der Provinz und nun gar in Sachsen und Bayern: sie würden abermals niedergeschlagen werden. Vielleicht machte die Ortspolizei schwache Versuche, sie zu schützen; vor den Richtern kämen die Mörder mit einer vergnügten Verhandlung davon. Kein Wunder. Man höre sich die Vorlesungen der Universitäten an, man sehe die dort von den Behörden geduldeten Umtriebe, und man wird sich nicht wundern, daß eine so vorgebildete Richterschaft die Verbrechen der Nationalsozialisten im Herzen und im Grunde bejaht. Diese Unabsetzbaren halten derartige Morde für den Ausfluß des Volkswillens. Strafen? Die sind für die Arbeiter.

Was die öffentliche Meinung anlangt, so geht sie mit den Völkischen zu milde um. Es liegt das zunächst an dem berliner Aberglauben, der Kurfürstendamm sei die Welt, und solange eine Reinhardt-Premiere nicht gestört würde, könne das Ganze doch unmöglich so schlimm sein. Die sehen die Gefahr immer erst, wenn ihnen die Gegner auf den Teppich des Eßzimmers spucken. Siegfried Jacobsohn hat mir einmal von Konrad Haenisch erzählt, wie er den in der Nacht vor dem Kapp-Putsch im Theater traf: der Gute lächelte und winkte auf alle Fragen beschwichtigend ab... Am nächsten Tage saßen die Herren im Auto, und Berlin wehrte sich allein.

An dem völkischen Teil der deutschen Industrie hängt der Vorwurf, daß sie Mörder finanziert; sie wird diesen Vorwurf lächelnd einstecken wie ihre Tantiemen. Denn noch nie haben sich diese Menschen ein Geschäft durch die ‹Moral› verderben lassen. So wird unsre Luft verpestet.

Und wenn wir uns diese einseitig geschützte Republik ansehen, diese Polizeibeamten und diese Richter, dann entringt sich unsern Herzen ein Wunsch:

Gebt uns unsern Kaiser wieder!

[1930]

Ein älterer, aber leicht besoffener Herr

– Wie Sie mich hier sehn, bin ick nämlich aust Fensta jefalln. Wir wohn Hochpachterr, da kann sowat vorkomm. Es ist wejn den Jleichjewicht. Bleihm Se ruhich stehn, lieber Herr, ick tu Sie nischt – wenn Se mir wolln mah aufhehm … so … hopla … na, nu jeht et ja schon. Ick wees jahnich, wat mir is: ick muß wat jejessen ham …!

Jetrunken? Ja, det auch … aber mit Maßen, immer mit Maßen. Es wah – ham Sie 'n Auhrenblick Sseit? – es handelt sich nämlich bessüchlich der Wahlen. Hips … ick bin sossusahrn ein Opfer von unse Parteisserrissenheit. Deutschland kann nich untajehn; solange es einich is, wird es nie bebesiecht! Ach, diß wah ausn vorjn Kriech … na, is aber auch janz schön! Wenn ick Sie 'n Sticksken bejleiten dürf … stützen Sie Ihnen ruhig auf mir, denn jehn Sie sicherer!

Jestern morjen sach ick zu Elfriede, wat meine Jattin is, ick sahre: «Elfriede!» sahr ick, «heute is Sonntach, ick wer man bißken rumhörn, wat die Leite so wählen dhun, man muß sich auf den laufenden halten», sahr ick – «es is eine patt … patriotische Flicht!» sahr ick. Ick ha nämlich 'n selbständjen Jemieseladn. Jut. Sie packt ma 'n paar Stulln in, und ick ßottel los.

Es wücht ein ja viel jebotn, ssur Sseit … so ville Vasammlungen! Erscht war ich bei die Nazzenahlsosjalisten. Feine Leute. Mensch, die sind valleicht uffn Kien! Die janze Straße wah schwarz … un jrien … von de Schupo … un denn hatten da manche vabotene Hemden an … dies dürfen die doch nich! «Runta mit det braune Hemde!» sachte der Wachtmeister zu ein.

«Diß iss ein weißes Hemde!» sachte der. «Det is braun!» sachte der Jriene. Der Mann hat ja um sich jejampelt mit Hände und Fieße; er sacht, seine weißen Hemden sehn imma so aus, saubrer kann a nich, sacht a. Da ham sen denn laufen lassen. Na, nu ick rin in den Saal. Da jabs Brauselimmenade mit Schnaps. Da ham se erscht jeübt: Aufstehn! Hinsetzn! Aufstehn! Hinsetzn! weil sie denn nämlich Märsche jespielt ham, und die Führers sind rinjekomm – un der Jöbbels ooch. Kenn Sie Jöbbels? Sie! Son Mann is det! Knorke. De ham die jerufen: «Juden raus!» un da habe ick jerufen: «Den Anwesenden nadhierlich ausjenomm!» un denn jing det los: Freiheit und Brot! ham die jesacht. Die Freiheit konnte man jleich mitnehm – det Brot hatten se noch nich da, det kommt erscht, wenn die ihr drittes Reich uffjemacht ham. Ja. Und scheene Lieda ham die –!

Als die liebe Morjensonne
schien auf Muttans Jänseklein,
zoch ein Rejiment von Hitla
in ein kleines Städtchen ein...!

Na, wat denn, wat denn... man witt doch noch singen dürfn! Ick bin ja schon stille – ja doch. Und der Jöbbels, der hat ja nich schlecht jedonnert! Un der hat eine Wut auf den Thälmann! «Is denn kein Haufen da?» sacht er – «ick willn iebern Haufn schießen!» Und wir sind alle younge Schklavn, hat der jesacht, und da hat er ooch janz recht. Und da war ooch een Kommenist, den ham se Redefreiheit jejehm. Ja. Wie sen nachher vabundn ham, war det linke Oohre wech. Nee, alles wat recht is: ick werde die Leute wahrscheinlich wähln. Wie ick rauskam, sachte ick mir: Anton, sachte ick zu mir, du wählst nazzenahlsosjalistisch. Heil!

Denn bin ick bei die Katholschen jewesn. Da wollt ick erscht jahnich rin... ick weeß nich, wie ick da rinjekomm bin. Da hat son fromma Mann am Einjang jestandn, der hatte sich vor lauter Fremmichkeit den Krahrn vakehrt rum umjebunden, der sacht zu mir: «Sind Sie katholischen Jlaubens?» sacht er. Ick sahre: «Nich, daß ick wüßte...» – «Na», sacht der, «wat wollen Sie denn hier?» – «Jott», sahre ick, «ick will mir mal informieren», sahre ick. «Diß is meine Flicht des Staatsbirjers.» Ick sahre:

«Einmal, alle vier Jahre, da tun wa so, als ob wa täten... diß is ein scheenet Jefiehl!» – «Na ja», sacht der fromme Mann, «diß is ja alles jut und scheen... aber wir brauchen Sie hier nich!» – «Nanu...!» sahre ick, «sammeln Sie denn keene Stimm? Wörben Sie denn nich um die Stimm der Stimmberechtichten?» sahre ick. Da sacht er: «Wir sind bloß eine bescheidene katholische Minderheit», sacht er. «Und ob Sie wähln oder nich», sacht er, «desderwejn wird Deutschland doch von uns rejiert. In Rom», sacht er, «is et ja schwierijer... aber in Deutschland...» sacht er. Ick raus. Vier Molln hak uff den Schreck jetrunken.

Denn wak bei die Demokratn. Nee, also... ick hab se jesucht... durch janz Berlin hak se jesucht. «Jibbs denn hier keene Demokraten?» frahr ick eenen. «Mensch!» sacht der. «Du lebst wohl uffn Mond! Die hats doch nie jejehm! Und nu jippse iebahaupt nich mehr! Jeh mal hier rin», sacht er, «da tacht die Deutsche Staatspachtei – da is et richtich.» Ick rin. Da wah ja so viel Jugend... wie ick det jesehn habe, mußt ick vor Schreck erscht mal 'n Asbach Uralt trinken. Aber die Leute sinn richtich. Sie – det wa jroßachtich! An Einjang hattn se lauter Projamms zu liejn... da konnt sich jeder eins aussuchen. Ick sahre: «Jehm Sie mir... jehm Se mia ein scheenet Projamm für einen selbständigen Jemieseladen, fier die Interessen des arbeitenden Volkes», sahre ick, «mit etwas Juden raus, aber hinten wieder rin, und fier die Aufrechterhaltung der wohlerworbenen Steuern!» – «Bütte sehr», sacht det Frollein, wat da stand, «da nehm Sie unsa Projramm Numma siemundfürrssich – da is det allens drin. Wenn et Sie nicht jefällt», sacht se, «denn kenn Siet ja umtauschn. Wir sind jahnich so!» Diß is eine kulante Pachtei, sahre ick Ihn! Ick werde die Leute wahrscheinlich wähln. Falls et sie bei der Wahl noch jibbt.

Denn wak bei die Sozis. Na, also ick bin ja eijentlich, bei Licht besehn, ein alter, jeiebter Sosjaldemokrat. Sehn Se mah, mein Vata war aktiva Untroffssier... da liecht die Disseplin in de Familie. Ja. Ick rin in de Vasammlung. Lauta klassenbewußte Arbeita wahn da: Fräser un Maschinenschlosser un denn ooch der alte Schweißer, der Rudi Breitscheid. Der is so lang, der kann aus de Dachrinne saufn. Det hat er aba nich jetan – er hat eine Rede jehalten. Währenddem daß die Leute schliefen, sahr ick zu ein

Pachteigenossn, ick sahre: «Jenosse», sahre ick, «woso wählst du eijentlich SPD –?» Ick dachte, der Mann kippt mir vom Stuhl! «Donnerwetter», sacht er, «nu wähl ick schon ssweiunsswanssich Jahre lang diese Pachtei», sacht er, «aber warum det ick det dhue, det hak ma noch nie iebalecht! – Sieh mal», sachte der, «ick bin in mein Bessirk ssweita Schriftfiehra, un uff unse Ssahlahmde is det imma so jemietlich; wir kenn nu schon die Kneipe, un det Bier is auch jut, un am erschten Mai, da machen wir denn 'n Ausfluch mit Kind und Kejel und den janzen Vaein... und denn ahms is Fackelssuch... es is alles so scheen einjeschaukelt», sacht er. «Wat brauchst du Jrundsätze», sacht er, «wenn dun Apparat hast!» Und da hat der Mann janz recht. Ick werde wahrscheinlich diese Pachtei wähln – es is so ein beruhjendes Jefiehl. Man tut wat for de Revolutzjon, aber man weeß janz jenau: mit diese Pachtei kommt se nich. Und das is sehr wichtig fier einen selbständjen Jemieseladen!

Denn wah ick bei Huchenberjn. Sie... det hat ma nich jefalln. Wer den Pachteisplitter nich ehrt, is det Janze nich wert – sahr ick doch imma. Huchenberch perseenlich konnte nich komm... der hat sich jrade jespaltn. Da hak inzwischen 'n Kimmel jetrunken.

Denn wak noch bei die kleinern Pachteien. Ick wah bei den Alljemeinen Deutschen Mietabund, da jabs hellet Bia; und denn bei den Tannenberchbund, wo Ludendorff mitmacht, da jabs Schwedenpunsch; und denn bei die Häußerpachtei, die wähln bloß in Badehosn, un da wah ooch Justaf Nahrl, der is natürlicher Naturmensch von Beruf; und denn wak bei die Wüchtschaftspachtei, die sind fier die Aufrechterhaltung der pollnschen Wüchtschaft – und denn wark blau... blau wien Ritter. Ick wollt noch bei de Kommenistn jehn... aber ick konnte bloß noch von eene Laterne zur andern Laterne... Na, so bink denn nach Hause jekomm.

Sie – Mutta hat valleicht 'n Theater jemacht! «Besoffn wie son oller Iiiijel –!» Hat se jesacht. Ick sahre: «Muttacken», sahre ick, «ick ha det deutsche Volk bei de Wahlvorbereitung studiert.» – «Besoffn biste!» sacht se. Ick sahre: «Det auch...» sahre ick. «Aber nur nehmbei. Ick ha staatspolitische Einsichten jewonn!» sahre ick. «Wat wißte denn nu wähln, du oller

Suffkopp?» sacht se. Ich sahre: «Ick wähle eine Pachtei, die uns den schtarkn Mann jibt, sowie unsan jeliebtn Kaiser und auch den Präsidenten Hindenburch!» sahr ick. «Sowie bei aller Aufrechterhaltung der verfassungsjemäßichten Rechte», sahr ick. «Wir brauchen einen Diktator wie Maxe Schmeling oder unsan Eckner», sahre ick. «Nieda mit den Milletär!» sahre ick, «un hoch mit de Reichswehr! Und der Korridor witt ooch abjeschafft», sahre ick. «So?» sacht se. «Der Korridor witt abjeschafft? Wie wißte denn denn int Schlafzimmer komm, du oller Süffel?» sacht se. Ick sahre: «Der Reichstach muß uffjelöst wern, das Volk muß rejiern, denn alle Rechte jehn vom Volke aus. Na, un wenn eener ausjejang is, denn kommt a ja sobald nich wieda!» sahre ick. «Wir brauchen eine Zoffjett-Republik mit ein unumschränkten Offsier an die Spitze», sahre ick. «Und in diesen Sinne werk ick wähln.» Und denn bin ick aust Fensta jefalln.

Mutta hat ohm jestanden und hat jeschimpft...! «Komm du mir man ruff», hat se jebrillt. «Dir wer ick! Du krist noch mal Ausjang! Eine Schande is es –! Komm man ja ruff!» Ick bin aba nich ruff. Ick als selbstänjdja Jemieseladen weeß, wat ick mir schuldich bin. Wollen wa noch ne kleene Molle nehm? Nee? Na ja... Sie missn jewiß ooch ze Hause – die Fraun sind ja komisch mit uns Männa! Denn winsch ick Sie ooch ne vajniechte Wahl! Halten Sie die Fahne hoch! Hie alleweje! Un ick wer Sie mal wat sahrn: Uffjelöst wern wa doch... rejiert wern wa doch...

Die Wahl is der Rummelplatz des kleinen Mannes! Det sacht Ihn ein Mann, der det Lehm kennt! Jute Nacht –!

[1930]

Blick in ferne Zukunft

...Und wenn alles vorüber ist –; wenn sich das alles totgelaufen hat: der Hordenwahnsinn, die Wonne, in Massen aufzutreten, in Massen zu brüllen und in Gruppen Fahnen zu schwenken, wenn diese Zeitkrankheit vergangen ist, die die niedrigen Eigenschaften des Menschen zu guten umlügt; wenn die Leute zwar nicht klüger, aber müde geworden sind; wenn alle Kämpfe um den

Faschismus ausgekämpft und wenn die letzten freiheitlichen Emigranten dahingeschieden sind –:

dann wird es eines Tages wieder sehr modern werden, liberal zu sein.

Dann wird einer kommen, der wird eine gradezu donnernde Entdeckung machen: er wird den Einzelmenschen entdecken. Er wird sagen: Es gibt einen Organismus, Mensch geheißen, und auf den kommt es an. Und ob der glücklich ist, das ist die Frage. Daß der frei ist, das ist das Ziel. Gruppen sind etwas Sekundäres – der Staat ist etwas Sekundäres. Es kommt nicht darauf an, daß der Staat lebe – es kommt darauf an, daß der Mensch lebe.

Dieser Mann, der so spricht, wird eine große Wirkung hervorrufen. Die Leute werden seiner These zujubeln und werden sagen: «Das ist ja ganz neu! Welch ein Mut! Das haben wir noch nie gehört! Eine neue Epoche der Menschheit bricht an! Welch ein Genie haben wir unter uns! Auf, auf! Die neue Lehre –!»

Und seine Bücher werden gekauft werden oder vielmehr die seiner Nachschreiber, denn der erste ist ja immer der Dumme.

Und dann wird sich das auswirken, und hunderttausend schwarzer, brauner und roter Hemden werden in die Ecke fliegen und auf den Misthaufen. Und die Leute werden wieder Mut zu sich selber bekommen, ohne Mehrheitsbeschlüsse und ohne Angst vor dem Staat, vor dem sie gekuscht hatten wie geprügelte Hunde. Und das wird dann so gehen, bis eines Tages...

[1930]

Bauern, Bonzen und Bomben

> Wer, um sich oder einem Dritten einen rechtswidrigen Vermögensvorteil zu verschaffen, einen andern durch Gewalt oder Drohung zu einer Handlung, Duldung oder Unterlassung nötigt...
>
> § 253 StGB

Ein politisches Lehrbuch der Fauna Germanica, wie man es sich nicht besser wünschen kann:

‹Bauern, Bonzen und Bomben› von Hans Fallada (erschienen bei Ernst Rowohlt in Berlin). [...]

Falladas Buch ist die beste Schilderung der deutschen Kleinstadt, die mir in den letzten Jahren bekannt geworden ist. Der Verfasser hat einen Bauernroman schreiben wollen – wohl anknüpfend an die Vorgänge in Neumünster in Holstein, wo Bauernführer im Sinne Klaus Heims und, unabhängig von ihm, die Nationalsozialisten die vorhandene Unzufriedenheit der Bauern benutzten, um gegen das, was sie die Republik nennen, vorzugehen. [...]

Gezeigt wird das politische Leben einer kleinen Provinzstadt; ihre Intrigen und ihre Interessenten; ihre Stammtische und ihre Weiberkneipen; ihr Rathaus und ihre Polizeiwache... es ist schmerzhaft echt. Das hat einer geschrieben, der diese Umwelt wie seine Tasche kennt, einer, der sich aber doch so viel Distanz dazu bewahrt hat, sie schildern zu können. [...]

Und wenn man das alles gelesen hat, voller Spannung, Bewegung und ununterbrochen einander widerstreitender Gefühle: dann sieht man die immense Schuld jener Republik, die wir einmal gehabt haben und die heute zerbrochen ist an der Schlappheit, an der maßlosen Feigheit, an der Instinktlosigkeit ihres mittlern Bürgertums, zu dem in erster Linie die Panzerkreuzer bewilligenden Führer der Sozialdemokratie zu rechnen sind. Der Lebenswille der andern war stärker; und wer stärker ist, hat das Anrecht auf einen Sieg. Beklagt euch nicht.

Hier, in diese kleinen Städte, ist der demokratische, der republikanische Gedanke niemals eingezogen. Man hat – großer Sieg! – auf manchen Regierungsgebäuden Schwarz-Rot-Gold geflaggt; die Denkungsart der breiten Masse hat die Republik nie erfaßt. Nicht nur, weil sie maßlos ungeschickt, ewig zögernd und energielos zu Werke gegangen ist; nicht nur, weil sie 1918 und nach dem Kapp-Putsch, nach den feigen Mordtaten gegen Erzberger und Rathenau alles, aber auch alles versäumt hat – nein, weil der wirkliche Gehalt dieses Volkes, seine anonyme Energie, seine Liebe und sein Herz nicht auf solcher Seite sein können. Die Sozialdemokratie ist geistig nie auf ihre Aufgabe vorbereitet gewesen; diese hochmütigen Marxisten-Spießer hatten es alles schriftlich, ihre Theorien hatten sich selbständig gemacht, und in der Praxis war es gar nichts. Das Volk versteht das meiste falsch; aber es fühlt das meiste richtig. Daß nun dieses richtige Grundgefühl heute von den Schreihälsen der Nazis mißbraucht wird, ist eine andre Sache.

Hier ist eine Blutschuld der nicht mehr bestehenden Republik. Aus keinem Buch wird das deutlicher als aus diesem, der Verfasser hat es uns vielleicht gar nicht zeigen wollen – die These springt aber dem Leser in die Augen. Was war hier zu machen –! Und was hat man alles nicht gemacht –! Zu spät, zu spät. [...]
[1931]

Schnipsel

Wegen ungünstiger Witterung fand die deutsche Revolution in der Musik statt.

Deutschland ist eine anatomische Merkwürdigkeit. Es schreibt mit der Linken und tut mit der Rechten.

Das schauerlichste Wort, das uns der marxistische Slang beschert hat, ist das Wort von der «richtigen» Politik. Sie wissen es ganz genau.

Wenn ich so die unentwegten Marxisten lese, dann frage ich mich immer: Wird eigentlich in Rußland auch gestorben? Und was ist der Tod bei denen? Ein Betriebsunfall? Ein kleinbürgerliches Vorurteil?

Jede Glorifizierung eines Menschen, der im Kriege getötet worden ist, bedeutet drei Tote im nächsten Krieg.

KPD. «Schade, daß Sie nicht in der Partei sind – dann könnte man Sie jetzt ausschließen!»

Von allen Ländern, die ich kenne, ist Deutschland dasjenige, das am besten über Rußland informiert ist und in dem man am vorurteilslosesten über Rußland spricht und sprechen kann. Ich bin kein Kommunist, aber man könnte einer werden, wenn man den geistigen Zustand der europäischen Bourgeoisie betrachtet.

Es ist ein Unglück, daß die SPD Sozialdemokratische Partei Deutschlands heißt. Hieße sie seit dem 1. August 1914 Reformistische Partei oder Partei des kleinern Übels oder Hier können Familien Kaffee kochen oder so etwas –: vielen Arbeitern hätte der neue Name die Augen geöffnet, und sie wären dahingegangen, wohin sie gehören: zu einer Arbeiterpartei. So aber macht der Laden seine schlechten Geschäfte unter einem ehemals guten Namen.

Es ist die Aufgabe des historischen Materialismus, zu zeigen, wie alles kommen muß – und wenn es nicht so kommt, zu zeigen, warum es nicht so kommen konnte.

Wie rasch altern doch die Leute in der SPD –! Wenn sie dreißig sind, sind sie vierzig; wenn sie vierzig sind, sind sie fünfzig, und im Handumdrehn ist der Realpolitiker fertig.

Warum soll Hitler nicht im Rundfunk sprechen? Natürlich nur dann, wenn man Thälmann sprechen läßt – paritätisch gehts schon. Wobei, wie bei jeder Demokratie, der Gedanke auftaucht, wie denn das nun ist: Muß sich die Demokratie gefallen lassen, daß jemand ihre Meinungsfreiheit benutzt, um sie zu unterdrücken? Meiner Ansicht nach muß sie das nicht – aber soweit sind wir noch gar nicht. Vielmehr: Wir sind schon viel weiter – denn sie hat es sich wonneschauernd gefallen lassen und geht daran auch rechtens zugrunde.

Satire hat eine Grenze nach oben: Buddha entzieht sich ihr. Satire hat auch eine Grenze nach unten. In Deutschland etwa die herrschenden faschistischen Mächte. Es lohnt nicht – so tief kann man nicht schießen.

Kerle wie Mussolini oder der Gefreite Hitler leben nicht so sehr von ihrer eignen Stärke wie von der Charakterlosigkeit ihrer Gegner.

Um mich herum verspüre ich ein leises Wandern. Sie rüsten zur Reise ins Dritte Reich.
[1930–32]

Briefauszüge

[...] Das Würdeloseste ist doch [...] der kleine Mittelstand. Nicht etwa, weil er *jetzt* nichts tut – jetzt kann man nichts tun. Wenn man uns den Revolver an die Stirn hält, die Wohnungen zerhaut, uns einsperrt und verprügelt und bedroht –: was sollten wir denn da tun! Aber daß er nichts getan hat, als wir ihn gewarnt haben.
[An Walter Hasenclever am 17. Mai 1933]

[...] Stütze der Sache: die widerwärtigsten Kleinbürger. Stütze der SA: massenhaft Kommunisten, die da hereingegangen sind. Dazu die Berührung der äußersten Flügel: Bombenbauern und SA. Nach wie vor trotz gelegentlicher Anfälle, halte ich das Ganze für stabil. Die Anfälle habe ich nämlich: das wackelt, das bildet sich um... aber dann ist es doch nichts.
[An Walter Hasenclever am 18. Juni 1933]

[...] Ich glaube nicht, daß Hitler kippt. Warum auch; Europa sieht, wie gelähmt, zu, wie der neue Krieg vorbereitet wird – die Kriegsindustrie hat zu tun, Herr Daladier ist taktvoll, das Foreign Office eiskalt, und so kommen die drei Jahre zustande, die jenner braucht, um loszulegen. Meine Überzeugung, daß er diesen Krieg gewinnt, wächst immer mehr.
[An Walter Hasenclever am 17. August 1933]

[...] Spitzel? Wissen Sie, in meinen Briefen steht nichts mehr drin – wenn ich das alles so lese, habe ich das Gefühl, wie nach bestandenem Abitur oder in jener Epoche, wenn wir acht Wochen vor Ostern wußten: «Wir bleiben ja doch sitzen – nun hat es keinen Zweck mehr!» *Ich habe das nicht mehr auf* – das ist mein Eindruck. Und daß die Kerle einen ermorden lassen, halte ich zunächst für unwahrscheinlich. Wenn es ihnen Freude macht, mir straßauf, straßab nachzugehn – mir solls recht sein.
[An Walter Hasenclever am 29. August 1933]

[...] Ist mir denn Unrecht geschehn? Krieg ist Krieg – ich halte alle Maßnahmen, die gegen mich gerichtet sind, für revolutionär erlaubt. Es ist nur schade, daß wir sie nicht angewandt haben. Ganz etwas anders ist es mit den Lagern und den Judenverfolgungen, sowie mit der ekelhaften Demütigung gegen Leute, die einmal anderer Gesinnung gewesen sind. Das ist unsittlich, was da gemacht wird. Aber welcher Gerichtshof sollte da entscheiden? Solange die Staaten (inkl. Rußland) an der absoluten Souveränität festhalten, was sie mehr als je tun, so lange ist gar nichts zu machen. Es gibt ja keinen internationalen Gerichtsvollzieher. Die Bourgeoisien aller Länder sind an der kommenden Aufrüstung viel zu interessiert, sie werden Deutschland nicht hindern, diesen Krieg da vorzubereiten. Im Gegenteil. Daher die Gelähmtheit, die Angst, die Mattigkeit – die Arbeiter sind müde, und die Bürger sind im allertiefsten Grunde auf Hitlers Seite.
[An Fritz Tucholsky am 31. August 1933]

[...] Das ist Deutschland. Die Uniform paßt ihnen – nur der Kragen ist ihnen zu hoch. Etwas unbequem – etwas störend – so viel Pathos und so wenig Butter – aber im übrigen? Wie sagt Alfred Polgar: «Der Umfall beginnt damit, daß man hört: Eines muß man den Leuten lassen...» Und sie lassen ihnen das eine und das andere und dann alles.

Das ist bitter, zu erkennen. Ich weiß es seit 1929 – da habe ich eine Vortragsreise gemacht und «unsere Leute» von Angesicht zu Angesicht gesehen, vor dem Podium, Gegner und Anhänger, und da habe ich es begriffen, und von da ab bin ich immer stiller geworden. Mein Leben ist mir zu kostbar, mich unter einen Apfelbaum zu stellen und ihn zu bitten, Birnen zu produzieren. Ich nicht mehr. Ich habe mit diesem Land, dessen Sprache ich so wenig wie möglich spreche, nichts mehr zu schaffen. Möge es verrecken – möge es Rußland erobern – ich bin damit fertig. [...]

Man muß von vorn anfangen.

Man muß ganz von vorn anfangen. – «Ford, c'est Descartes descendu dans la rue» heißt eine der Formeln Dandieus – (Er ist leider, viel zu jung, mit 36 Jahren gestorben.) Man muß von vorn anfangen – nicht auf diesen lächerlichen Stalin hören, der seine Leute verrät, so schön, wie es sonst nur der Papst vermag – nichts davon wird die Freiheit bringen. Von vorn, ganz von vorn.

Wir werden das nicht erleben. Es gehört dazu, was die meisten Emigranten übersehen, eine Jugendkraft, die wir nicht mehr haben. Es werden neue, nach uns, kommen. – So aber gehts nicht. Das Spiel ist aus. [...]

[Aus einem Brief an Arnold Zweig vom 15. Dezember 1935. Am 21. Dezember 1935 schied Kurt Tucholsky durch Gift aus dem Leben.]

Küßt die Faschisten

Verse

«Es hat zu allen Zeiten eine Sorte Lyrik gegeben, bei der die Frage nach dem Kunstwert eine falsch gestellte Frage ist: ich möchte diese Verse ‹Gebrauchs-Lyrik› nennen. Nur scheinbar hebt hier ein Begriff den andern auf. Der politische, ethische oder religiöse Zweck benutzt, um auf die Massen zu wirken, die Formen der Kunst, deren nicht alltägliche Ausdrucksformen ihm sehr gelegen kommen. Die Wirkung soll sofort erfolgen, sie soll unmittelbar sein, ohne Umschweife – die These passiert also nicht die Kunst, sie wird nirgends sublimiert, sondern unmittelbar, in literarischer Maskerade, vorgeführt.» *Diese Definition, die Tucholsky 1928 gab, trifft für die meisten seiner eigenen Verse zu. Er kommentierte in der «Weltbühne» (und in den Jahren 1918 bis 1920 auch im «Ulk», Wochenbeilage des «Berliner Tageblatts») die Tagesereignisse polemisch oder satirisch in Gedichtform.* «Wochengedichte» *nannte er diese Arbeiten und schrieb dazu:* «Der politische Versemacher hats nicht leicht. Er soll jede Woche seinen Purzelbaum schlagen, und ich glaube, daß das Wochengedicht dann, wenn es das Thema der Woche behandelt, ein purer Schwindel ist. Es gibt fast niemals nur ein Thema – es gibt immer sechs.»

Über seine Vorbilder für diese Gedichte sagte er: «Wirklich neu ist die Gattung nicht, der alte Ludwig Thoma hat dergleichen auch schon ganz hübsch gemacht, und manchmal ganz prachtvoll. Auch Doktor Owlglass wäre als Papa zu nennen.» *Beide Autoren gehörten zu den Mitarbeitern der Münchner satirischen Zeitschrift «Simplicissimus», die vor dem Ersten Welt-*

krieg, als Tucholsky zu schreiben begann, ein Forum für zeitkritische Gedichte war. Tucholsky hat Thoma auch an anderer Stelle als einen der Autoren angeführt, von denen er gelernt habe. Mit Dr. Owlglass (Pseudonym von Hans Erich Blaich, Autor und Redakteur des «Simplicissimus») stand er bis 1920 in freundschaftlicher Verbindung. Kritiker zogen bei den Gedichten gern Vergleiche zwischen Tucholsky und Heinrich Heine; Tucholsky rückte solche Einstufungen zurecht: «Das Genre ist nicht groß. Daher denn auch alle Kritiker, die uns in die Finger bekommen, jeden, aber auch ausnahmslos jeden von uns mit Heine vergleichen. Das stimmt, für die Art – das stimmt gar nicht, im Größenverhältnis... Es ist nicht mal ein Kompliment, (uns) mit Heine zu vergleichen – es ist einfach ein Zeichen literarischer Unbildung. Herr Kästner und Herr Tiger sind Talente; Heinrich Heine aber ist ein Jahrhundertkerl gewesen.»

Tucholsky verfaßte neben der politischen «Gebrauchslyrik» zarte und verspielte Chansons, erotische und sentimentale Gedichte sowie sehr persönliche und bekenntnishafte Verse. Der Name Theobald Tiger diente als Pseudonym lediglich für die Form Gedicht, den Inhalt bestimmten Ignaz Wrobel oder Peter Panter oder Kaspar Hauser oder Kurt Tucholsky. Das Gedicht ‹Mutterns Hände› *zeichnete er als eines von sehr wenigen mit seinem Namen.*

Rote Melodie

Für Erich Ludendorff
Gesungen von Rosa Valetti

Die Frau singt:
Ich bin allein.
Es sollt nicht sein.
Mein Sohn stand bei den Russen.
Da fuhr man sie,
wies liebe Vieh,
zur Front – in Omnibussen.
Und da – da blieb die Feldpost weg –
Haho! Er lag im Dreck.
Die Jahre, die Jahre,
sie gingen träg und stumm.
Die Haare, die Haare
sind grau vom Baltikum...
General! General!
Wag es nur nicht noch einmal!
Es schrein die Toten!
Denk an die Roten!
Sieh dich vor! Sieh dich vor!
Hör den brausend dumpfen Chor!
Wir rücken näher ran – Kanonenmann!
Vom Grab – Schieb ab –!

Ich sah durchs Land
im Weltenbrand –
da weinten tausend Frauen.
Der Mäher schnitt.
Sie litten mit
mit hunderttausend Grauen.
Und wozu Todesangst und Schreck?
Haho! Für einen Dreck!

Die Leiber – die Leiber –
sie liegen in der Erd.
Wir Weiber – wir Weiber –
wir sind nun nichts mehr wert...
  General! General!
  Wag es nur nicht noch einmal!
  Es schrein die Toten!
  Denk an die Roten!
  Sieh dich vor! Sieh dich vor!
  Hör den brausend dumpfen Chor!
  Wir rücken näher ran, Kanonenmann,
  zum Grab! – Schieb ab –!

In dunkler Nacht,
wenn keiner wacht –:
dann steigen aus dem Graben
der Füselier,
der Musketier,
die keine Ruhe haben.
Das Totenbataillon entschwebt –
Haho! zu dem, der lebt.
Verschwommen, verschwommen
hörst dus im Windgebraus.
Sie kommen! Sie kommen!
und wehen um sein Haus...
  General! General!
  Wag es nur nicht noch einmal!
  Es schrein die Toten!
  Denk an die Roten!
  Sieh dich vor! Sieh dich vor!
  Hör den unterirdischen Chor!
  Wir rücken näher ran – du Knochenmann! –
  im Schritt!
        Komm mit –!

[1922]

Letzte Fahrt

An meinem Todestag – ich werd ihn nicht erleben –
da soll es mittags Rote Grütze geben,
mit einer fetten, weißen Sahneschicht...
Von wegen: Leibgericht.

Mein Kind, der Ludolf, bohrt sich kleine Dinger
aus seiner Nase – niemand haut ihm auf die Finger.
Er strahlt, als einziger, im Trauerhaus.
Und ich lieg da und denk: «Ach, polk dich aus!»

Dann tragen Männer mich vors Haus hinunter.
Nun faßt der Karlchen die Blondine unter,
die mir zuletzt noch dies und jenes lieh...
Sie findet: Trauer kleidet sie.

Der Zug ruckt an. Und alle Damen,
die jemals, wenn was fehlte, zu mir kamen:
vollzählig sind sie heut noch einmal da...
Und vorne rollt Papa.

Da fährt die erste, die ich damals ohne
die leiseste Erfahrung küßte – die Matrone
sitzt schlicht im Fond, mit kleinem Trauerhut.
Altmodisch war sie – aber sie war gut.

Und Lotte! Lottchen mit dem kleinen Jungen!
Briefträger jetzt! Wie ist mir der gelungen?
Ich sah ihn nie. Doch wo er immer schritt:
mein Postscheck ging durch sechzehn Jahre mit.

Auf rotem samtnen Kissen, im Spaliere,
da tragen feierlich zwei Reichswehroffiziere
die Orden durch die ganze Stadt
die mir mein Kaiser einst verliehen hat.

Und hinterm Sarg mit seinen Silberputten,
da schreiten zwoundzwonzig Nutten –
sie schluchzen innig und mit viel System.
Ich war zuletzt als Kunde sehr bequem.

Das Ganze halt! Jetzt wird es dionysisch!
Nun singt ein Chor: Ich lächle metaphysisch.
Wie wird die schwarzgestrichne Kiste groß!
Ich schweige tief.
Und bin mich endlich los.
[1922]

Park Monceau

Hier ist es hübsch. Hier kann ich ruhig träumen.
Hier bin ich Mensch – und nicht nur Zivilist.
Hier darf ich links gehn. Unter grünen Bäumen
sagt keine Tafel, was verboten ist.

Ein dicker Kullerball liegt auf dem Rasen.
Ein Vogel zupft an einem hellen Blatt.
Ein kleiner Junge gräbt sich in der Nasen
und freut sich, wenn er was gefunden hat.

Es prüfen vier Amerikanerinnen,
ob Cook auch recht hat und hier Bäume stehn.
Paris von außen und Paris von innen:
sie sehen nichts und müssen alles sehn.

Die Kinder lärmen auf den bunten Steinen.
Die Sonne scheint und glitzert auf ein Haus.
Ich sitze still und lasse mich bescheinen
und ruh von meinem Vaterlande aus.
[1924]

Olle Germanen

Papa ist Oberförster,
Mama ist pinselblond;
Georg ist Klassen-Oerster,
Johann steht an der Front
    der Burschenschaft
    ‹Teutonenkraft›.
Bezahlen tut der Olle.
Was Wotan weihen wolle!

Verjudet sind die Wälder,
verjudet Jesus Christ.
Wir singen über die Felder,
wie das so üblich ist,
    in Reih und Glied
    das Deutschland-Lied.
Nachts funkelt durch das Dunkel
Frau Friggas Frost-Furunkel.

Die Vorhaut, die soll wachsen,
in Köln und Halberstadt;
wir achten selbst in Sachsen,
daß jeder eine hat.
    Ganz zudenrein
    muß Deutschland sein.
Und haben wir zu saufen:
Laß Loki luhig laufen!

Wer uns verlacht, der irrt sich.
Uns bildet früh und spät
für 1940
die Universität.
  Wer waren unsre Ahnen?
  Kaschubische Germanen.
  Die zeugten zur Erfrischung
  uns Promenadenmischung.

Drum drehten wir
zum Beten hier
die nationale Rolle.
Was Wotan weihen wolle –!

[1925]

Der Graben

Mutter, wozu hast du deinen aufgezogen?
Hast dich zwanzig Jahr mit ihm gequält?
Wozu ist er dir in deinen Arm geflogen,
und du hast ihm leise was erzählt?
Bis sie ihn dir weggenommen haben.
Für den Graben, Mutter, für den Graben.

Junge, kannst du noch an Vater denken?
Vater nahm dich oft auf seinen Arm.
Und er wollt dir einen Groschen schenken,
und er spielte mit dir Räuber und Gendarm.
Bis sie ihn dir weggenommen haben.
Für den Graben, Junge, für den Graben.

Drüben die französischen Genossen
lagen dicht bei Englands Arbeitsmann.
Alle haben sie ihr Blut vergossen,
und zerschossen ruht heut Mann bei Mann.
Alte Leute, Männer, mancher Knabe
in dem einen großen Massengrabe.

Seid nicht stolz auf Orden und Geklunker!
Seid nicht stolz auf Narben und die Zeit!
In die Gräben schickten euch die Junker,
Staatswahn und der Fabrikantenneid.
Ihr wart gut genug zum Fraß für Raben,
für das Grab, Kamraden, für den Graben!

Werft die Fahnen fort!
Die Militärkapellen
spielen auf zu euerm Todestanz.
Seid ihr hin: ein Kranz von Immortellen –
das ist dann der Dank des Vaterlands.

Denkt an Todesröcheln und Gestöhne.
Drüben stehen Väter, Mütter, Söhne,
schuften schwer, wie ihr, ums bißchen Leben.
Wollt ihr denen nicht die Hände geben?
Reicht die Bruderhand als schönste aller Gaben
übern Graben, Leute, übern Graben –!

[1926]

Haben Sie schon mal …?

Für Ernst Toller

Haben Sie schon mal, Herr Landgerichtsdirektor,
als Gefangener eine Nacht durchwacht?
Haben Sie schon mal vom Herrn Inspektor
einen Tritt bekommen, daß es kracht?
Standen Sie schon mal, total verschüchtert,
vor dem Tisch, wo einer untersuchungsrichtert?
Ihnen ist das bis zum Ruhestand
dienstlich nicht bekannt.

Haben Sie schon mal acht heiße Stunden
ein Verhör bestanden, das Sie nicht verstehn?
Haben Sie schon mal die Nachtsekunden
an der Zellenwand vorüberlaufen sehn?
Oben dämmert ein Quadrat mit Gittern;
unten liegt ein Tier und darf nur zittern …
Diese kleinen Züge sind in Ihrem Stand
dienstlich nicht bekannt.

Aber Kommunistenjungen jagen,
wegen Hochverrat ins Loch gesperrt;
vor Gericht die Spitzel mild befragen,
Saal geräumt, wenn eine Mutter plärrt;
  Fememörder sanft verschoben,
  mit dem leisen Schleierblick nach oben,
  Existenzen glatt vernichtet,
  die von Waffenplätzen was berichtet...
Unglück rings verbreitet, Not und Qual –:
  Ja, das haben Sie schon mal –!
[1926]

Wenn die Igel in der Abendstunde

Für achtstimmigen Männerchor

Wenn die Igel in der Abendstunde
still nach ihren Mäusen gehn,
hing auch ich verzückt an deinem Munde,
und es war um mich geschehn –
    Anna-Luise –!

Dein Papa ist kühn und Geometer,
er hat zwei Kanarienvögelein;
auf den Sonnabend aber geht er
gern zum Pilsner in'n Gesangverein –
    Anna-Luise –!

Sagt' ich: «Wirst die meine du in Bälde?»,
blicktest du voll süßer Träumerei
auf das grüne Vandervelde,
und du dachtest dir dein Teil dabei,
    Anna-Luise –!

Und du gabst dich mir im Unterholze
einmal hin und einmal her,
und du fragtest mich mit deutschem Stolze,
ob ich auch im Krieg gewesen wär...
    Anna-Luise –!

Ach, ich habe dich ja so belogen!
Hab gesagt, mir wär ein Kreuz von Eisen wert,
als Gefreiter wär ich ausgezogen,
und als Hauptmann wär ich heimgekehrt –
    Anna-Luise –!

Als wir standen bei der Eberesche,
wo der Kronprinz einst gepflanzet hat,
raschelte ganz leise deine Wäsche,
und du strichst dir deine Röcke glatt,
    Anna-Luise –!

Möchtest nie wo andershin du strichen!
Siehst du dort die ersten Sterne gehn?
Habe Dank für alle unvergesserlichen
Stunden und auf Wiedersehn!
    Anna-Luise –!

Denn der schönste Platz, der hier auf Erden mein,
das ist Heidelberg in Wien am Rhein,
    Seemannslos.
Keine, die wie du die Flöte bliese...!
Lebe wohl! Leb wohl.
    Anna-Luise –!
[1928]

Berliner Herbst

Für Paul Graetz

Denn, so um'm September rum,
denn kriejn se wacklije Beene –
die Fliejen nämlich. Denn rummeln se so
und machen sich janz kleene.
Nee –
fliejn wolln se nich mehr.

Wenn se schon so ankomm, 'n bisken benaut...
denn krabbeln se so anne Scheihm;
oda se summ noch 'n bisken laut,
aba mehrschtens lassen ses bleihm...
Nee –
fliejn wolln se nich mehr.

Wenn se denn kriechen, falln se beinah um.
Un denn wern se nochmal heita,
denn rappeln se sich ooch nochmal hoch,
un denn jehts noch 'n Sticksken weita –
Aba fliejn... fliejn wolln die nich mehr.

Die andan von Somma sind nu ooch nich mehr da.
Na, nu wissen se – nu is zu Ende.
Manche, mit so jelbe Eia an Bauch,
die brumm een so über de Hände...
A richtich fliejn wolln se nich mehr.

Na, und denn finnste se morjens frieh,
da liejen se denn so hinta
de Fenstern rum. Denn sind se dot.
Und wir jehn denn ooch in'n Winta.
Wie alt bist du eijentlich –?

– «Ick? Achtunnfürzich.»
– «Kommst heut ahmt mit, nach unsan Lokal –?»
– «Allemal.»
[1928]

Mutterns Hände

Hast uns Stulln jeschnitten
un Kaffe jekocht
  un de Töppe rübajeschohm –
un jewischt und jenäht
un jemacht und jedreht...
  alles mit deine Hände.

Hast de Milch zujedeckt,
uns Bobongs zujesteckt
  un Zeitungen ausjetragen –
hast die Hemden jezählt
und Kartoffeln jeschält...
  alles mit deine Hände.

Hast uns manches Mal
bei jroßen Schkandal
  auch 'n Katzenkopp jejeben.
Hast uns hochjebracht.
Wir wahn Sticker acht,
sechse sind noch am Leben...
  Alles mit deine Hände.

Heiß warn se un kalt.
Nu sind se alt.
  Nu bist du bald am Ende.
Da stehn wa nu hier,
und denn komm wir bei dir
  und streicheln deine Hände.

[1929]

Geduld

Die großen, sanften Augen der Bauernpferde, die
still trottend ziehn; auf den Augenrändern
und in den Augenwinkeln sitzt es schwarz vor Fliegen...
Geduld –

Der wie ein Paket geschnürte Hund, dem der Professor
Curare eingespritzt hat, nun kann er sich nicht bewegen, nur
noch fühlen;
sie haben ihm die Harnleiter durchgeschnitten, da liegt er.
Studenten umgeben das prächtige Bild...
Geduld –

Der verheiratete Angestellte, der vor dem brummigen Chef
steht, zitternd, die Kündigung an den Kopf geworfen zu
bekommen;
der Mann hinter dem Schreibtisch fühlt sich: er hat auf einmal
zwei Leben: das eigne und das des andern...
Geduld –

Der Proletarier im Holzschrein vor Gericht, wo unaufhörlich
die dreisten Ermahnungen des Richters kalt-spöttisch auf ihn
heruntersausen...
Geduld –

Das Fürsorgekind, das einer verwitweten Megäre in die
Anstaltsfinger gefallen ist; die braucht bei Männern keine Lust
zu suchen,
sie hat die Kinder...
Geduld –

Läutert Leiden? Welchen Sinn hat es?
Was haben sie getan, mein Gott: das Pferd, der Hund,
der Angestellte, der Proletarier, das Fürsorgekind –?

Sind sie schuld?
Woran sind sie schuld?

Nimm ihnen die Geduld!
Nimm ihnen die Geduld!
Nimm ihnen die Geduld –!

[1929]

Ideal und Wirklichkeit

In stiller Nacht und monogamen Betten
denkst du dir aus, was dir am Leben fehlt.
Die Nerven knistern. Wenn wir das doch hätten,
was uns, weil es nicht da ist, leise quält.
Du präparierst dir im Gedankengange
das, was du willst – und nachher kriegst dus nie...
Man möchte immer eine große Lange,
und dann bekommt man eine kleine Dicke –
C'est la vie –!

Sie muß sich wie in einem Kugellager
in ihren Hüften biegen, groß und blond.
Ein Pfund zu wenig – und sie wäre mager,
wer je in diesen Haaren sich gesonnt...
Nachher erliegst du dem verfluchten Hange,
der Eile und der Phantasie.
Man möchte immer eine große Lange,
und dann bekommt man eine kleine Dicke –
Ssälawih –!

Man möchte eine helle Pfeife kaufen
und kauft die dunkle – andere sind nicht da.
Man möchte jeden Morgen dauerlaufen
und tut es nicht. Beinah... beinah...
Wir dachten unter kaiserlichem Zwange
an eine Republik... und nun ists die!
Man möchte immer eine große Lange,
und dann bekommt man eine kleine Dicke –
Ssälawih –!

[1929]

Das dritte Reich

Es braucht ein hohes Ideal
der nationale Mann,
daran er morgens allemal
ein wenig turnen kann.
    Da hat denn deutsche Manneskraft
    in segensreichen Stunden
    als neueste Errungenschaft
    ein Ideal erfunden:
Es soll nicht sein das erste Reich,
es soll nicht sein das zweite Reich...

Das dritte Reich?
Bitte sehr! Bitte gleich!
Wir dürfen nicht mehr massisch sein –
wir müssen durchaus rassisch sein –
und freideutsch, jungdeutsch, heimatwolkig
und bündisch, völkisch, volkisch, volkig...
und überhaupt.
        Wers glaubt,
wird selig. Wer es nicht glaubt, ist
ein ganz verkommener Paz- und Bolschewist.

Das dritte Reich?
Bitte sehr! Bitte gleich!

Im dritten Reich ist alles eitel Glück.
Wir holen unsre Brüder uns zurück:
die Sudetendeutschen und die Saardeutschen
und die Eupendeutschen und die Dänendeutschen...
Trutz dieser Welt! Wir pfeifen auf den Frieden.
Wir brauchen Krieg. Sonst sind wir nichts hienieden.
Im dritten Reich haben wir gewonnenes Spiel.
Da sind wir unter uns.
Und unter uns, da ist nicht viel.
Da herrscht der Bakel und der Säbel und der Stock –
da glänzt der Orden an dem bunten Rock,

da wird das Rad der Zeit zurückgedreht –
wir rufen «Vaterland!», wenns gar nicht weiter geht...
Da sind wir alle reich und gleich
im dritten Reich.
Und wendisch und kaschubisch reine Arier.

Ja, richtig... Und die Proletarier!
Für die sind wir die Original-Befreier!
Die danken Gott in jeder Morgenfeier –
 Und merken gleich:
Sie sind genau so arme Luder wie vorher,
genau solch schuftendes und graues Heer,
genau so arme Schelme ohne Halm und Haber –
  Aber:
 im dritten Reich.

Und das sind wir.
Ein Blick in die Statistik:
Wir fabrizieren viel. Am meisten nationale Mistik.
[1930]

Stationen

Erst gehst du umher und suchst an der Frau
das, was man anfassen kann.
Wollknäul, Spielzeug und Kätzchen – Miau –
du bist noch kein richtiger Mann.
 Du willst eine lustig bewegte Ruh:
 sie soll anders sein, aber sonst wie du...
  Dein Herz sagt:
   Max und Moritz!

Das verwächst du. Dann langts nicht mit dem Verstand.
Die Karriere! Es ist Zeit...!
Eine kluge Frau nimmt dich an die Hand
in tyrannischer Mütterlichkeit.

Sie paßt auf dich auf. Sie wartet zu Haus.
Du weinst dich an ihren Brüsten aus...
Dein Herz sagt:
Mutter.

Das verwächst du. Nun bist du ein reifer Mann.
Dir wird etwas sanft im Gemüt.
Du möchtest, daß im Bett nebenan
eine fremde Jugend glüht.
Dumm kann sie sein. Du willst: junges Tier,
ein Reh, eine Wilde, ein Elixier.
Dein Herz sagt:
Erde.

Und dann bist du alt.
Und ist es soweit,
daß ihr an der Verdauung leidet –:
dann sitzt ihr auf einem Bänkchen zu zweit,
als Philemon und Baucis verkleidet.
Sie sagt nichts. Du sagst nichts, denn ihr wißt,
wie es im menschlichen Leben ist...
Dein Herz, das so viele Frauen besang,
dein Herz sagt: «Na, Alte...?»
Dein Herz sagt: Dank.

[1930]

An die Republikaner

Hast du noch einen deutschen Paß,
Republikaner –?
Schadet er dir oder nützt er dir was,
Republikaner –?
Kannst du mit ihm unter Fremde gehn?
Wie wirst du von ihnen angesehn?
Bleibst du damit an der Ecke stehn?
Was bist du, Deutschland –?

Hast du die wahre Macht im Staat,
    Republikaner –?
Du oder jeder Reichswehrsoldat,
    Republikaner –?
  Du oder jeder, der Blut verspritzt?
  Du oder der Richter, der über dir sitzt
  und dich widerwillig und gar nicht schützt…
    Was bist du, Deutschland –?

Bist du Demokratie? Ist das dein Land,
    Republikaner –?
Hast du nichts als dein Fahnenband,
    Republikaner –?
  Sie schlagen dir den Schädel ein.
  Du vertraust auf London und brüllst übern Rhein
  die alten Phrasen und Kinderein…
  Wie – wie wird deine Zukunft sein?
    Armes Deutschland.

[1930]

Joebbels

Wat wärst du ohne deine Möbelpacker!
Die stehn, bezahlt un treu, so um dir rum.
Dahinter du: een arma Lauseknacker,
een Baritong fort Jachtenpublikum.
  Die Weiber – hach – die bibbern dir entjejen
  un möchten sich am liebsten uffn Boden lejen!
  Du machst un tust und jippst da an…
    Josef, du bist 'n kleener Mann.

Mit dein Klumpfuß – seh mal, bein andern
da sacht ick nischt; det kann ja jeda ham.
Du wißt als Recke durch de Jejend wandern
un paßt in keen Schützenjrahm?

In Sportpalast sowie in deine Presse,
da haste eine mächtich jroße Fresse.
Riskierst du wat? – De Schnauze vornean.
Josef, du bist 'n kleener Mann.

Du bist mit irgendwat zu kurz gekomm.
Nu rächste dir, nu lechste los.
Dir hamm se woll zu früh aus Nest jenomm!
Du bist keen Heros, det markierste bloß.
Du hast'n Buckel, Mensch – du bist nich richtich!
Du bist bloß laut – sonst biste jahnich wichtig!
Keen Schütze – een Porzellanzerschmeißer,
keen Führer biste – bloß 'n Reißer,
Josef,
du bist een jroßer Mann –!

[1931]

Rosen auf den Weg gestreut

Ihr müßt sie lieb und nett behandeln,
erschreckt sie nicht – sie sind so zart!
Ihr müßt mit Palmen sie umwandeln,
getreulich ihrer Eigenart!
Pfeift euerm Hunde, wenn er kläfft –:
Küßt die Faschisten, wo ihr sie trefft!

Wenn sie in ihren Sälen hetzen,
sagt: «Ja und Amen – aber gern!
Hier habt ihr mich – schlagt mich in Fetzen!»
Und prügeln sie, so lobt den Herrn.
Denn Prügeln ist doch ihr Geschäft!
Küßt die Faschisten, wo ihr sie trefft.

Und schießen sie –: du lieber Himmel,
schätzt ihr das Leben so hoch ein?
Das ist ein Pazifisten-Fimmel!
Wer möchte nicht gern Opfer sein?

Nennt sie: die süßen Schnuckerchen,
gebt ihnen Bonbons und Zuckerchen ...
Und verspürt ihr auch
in euerm Bauch
den Hitler-Dolch, tief, bis zum Heft –:
Küßt die Faschisten, küßt die Faschisten,
küßt die Faschisten, wo ihr sie trefft –!
[1931]

Media in vita

Die läuft rum, die mir die Augen zudrückt:
eine Krankenpflegerin.
Ordnet noch die Fläschchen auf dem Nachttisch,
wenn ich schon hinüber bin.
Leise kreuzt sie meine Hände übern Bauch.
Das ist ein Beruf wie andre auch.

Jeden Morgen, wenn ich mich rasiere,
denk ich in dem Glanz des Lampenscheins,
während ich mich voller Seife schmiere:
jetzt sinds nur noch x-mal minus eins.
Und da steh ich voller Schaum und Frömmigkeit,
und ich tu mir außerordentlich leid.

Da, wo sich die Parallelen
schneiden, fliege ich dann hin.
Ach, ich werde mir doch mächtig fehlen,
wenn ich einst gestorben bin.
Andern auch –? Wer seine Augen aufmacht, sieht:
Sterben ist, wie wenn man einen Löffel aus dem Kleister
zieht.
[1931]

Die Gefangenen

Hörst du sie schlucken, Herrgott?
Sie sitzen muffig riechend und essen ein muffiges Essen,
holen es mit dem Blechlöffel aus den amtlichen Gefäßen
und führen es in ihren privaten Mund.
  Der Körper verdaut es,
und es ist ganz sinnlos, was sie da tun.
  Hörst du sie schlucken, Herrgott?

  Siehst du sie im Hof trotten, Herrgott?
Man bewegt sie wie die Pferde, damit sie nicht frühzeitig
  sterben –
sie sollen leidensfähig erhalten werden,
und im Schubkasten des Gefängnispastors liegt eine Bibel.
Daraus liest er ihnen von Zeit zu Zeit etwas vor und glaubt
  wirklich,
er sei besser als sie.
  Siehst du sie in ihrer Kirche sitzen, Herrgott?

  Fühlst du sie leiden?
Nachts bedrängen sie wüste Träume;
ihre innere Sekretion ist nicht in Ordnung,
sie sehen riesige Geschlechtsteile auf Beinen
und zupfen an sich herum...
  Fühlst du sie leiden?

Ja, sie haben gefehlt – das ist wahr.
Doch kann kein Mensch den andern bestrafen, er kann ihn nur
  quälen.
Denn Schuld und Strafe kommen niemals zusammen.
Ja, sie haben gefehlt, das ist wahr.
  Da sitzen sie und leiden:
    Weil sie gestohlen haben;
      weil ihre Eltern nur einen verwüsteten Körper zeugen
        konnten;
        weil sie in Spanien eine Republik haben wollten;
          weil sie Stalins Politik nicht billigen;

weil sie den Duce nicht lieben;
weil sie in Amerika Gewerkschaften gründen wollten...
Sie sind Späne des irdischen Sägewerks.
Die Gerechten können nicht sein, wenn die Ungerechten nicht wären.
Ja, sie haben gefehlt – das ist wahr.

Und so ist es eingeteilt:
Sie haben gesündigt.
Andre haben sie verurteilt.
Wieder andre vollstrecken das Urteil.
Was haben diese drei Dinge miteinander zu tun?

Gott, du siehst es –!
Erbarme, erbarme dich der Gefangenen!
Der Mensch, der da richtet, erbarmt sich nicht.
Man müßte ihn quälen, wiederum,
und wiederum wäre nichts damit getan.
Hörst du sie, siehst du sie, fühlst du sie,
die Gefangenen –?
[1931]

Nachher

Dialoge im Jenseits

Unter dem Titel «Nachher» veröffentlichte Kurt Tucholsky zwischen dem 7. Juli 1925 und dem 19. Juni 1928 in der «Weltbühne» zwanzig Texte. Er zeichnete sie mit Kaspar Hauser. Unsere Auswahl bringt neun dieser Texte.

Nachher

Wir schaukelten uns auf den Wellen – kurze und lange umhauchten uns, die Sendestationen der Planetenkugeln versorgten uns damit, uns, im jenseitigen Herrenbad. Aus den Familienkabinen drang leises Kreischen.

«Welches war eigentlich Ihr schlimmster Eindruck hier bei uns?» fragte er. Ich sagte:

«Der erste Tag im Empfangssaal – das war gräßlich. Daran mag ich gar nicht zurückdenken. Gräßlich war das.»

«Warum?» fragte er. Ich sagte: «Zweiundsiebzig Jahre auf der Erde, das bedeutet: neunundsechzig Jahre lang gelogen, Empfindungen versteckt, geheuchelt; gegrinst, statt zu beißen; geschimpft, wo man geliebt hat... Manchmal dämmert eine Ahnung auf, das vielleicht lieber doch zu unterlassen. ‹Gewissen› sagen die Kultusbeamten. Es ist aber nur das matte Versickern des Gefühls, daß die, die vor uns gestorben sind, uns durchschauen, von oben her. Denken Sie doch: die ganze Lüge offenbar! Wenn ich das gewußt hätte! Ich kam in den Empfangssaal» – aber jetzt schienen sie drüben im Familienbad geradezu auf den Köpfen zu gehen –, «und ich glaubte vor Scham in die Erde sinken zu müssen. Es war aber keine da. Schrecklich – nie in meinem ganzen Leben habe ich mich so geschämt, so schrecklich geschämt. Und das allerschlimmste war: sie sahen mich nur an. Sie sahen mich alle nur an. Niemand kam auf die peinlichen Dinge zurück – aber ich wußte das doch, daß sie alles wußten! Ich war klein wie eine Maus – so jämmerlich. Ich würde nie mehr lügen.»

«Der alte Mann», sagte er, «der das arrangiert, hätte diese Zeremonie des Empfangssaals vorher legen sollen, vor unser Leben. Vielleicht...» – «Ja», sagte ich.

«Aber dann wäre es nicht so schön gewesen», sagte er.

«Nein», sagte ich.

Jetzt kam eine große Welle, eine von den langen, starken, und warf uns mit den Beinen aneinander, daß wir lachen mußten. [1925]

Wir saßen auf der Wolke und ließen die Beine baumeln.

«Am liebsten», sagte ich zu ihm, «waren mir zeitlebens die Betriebe, die ein wenig verfault waren. Da arbeitete ich so gern. Der Chef schon etwas gaga, wie die Franzosen das nennen, mümmlig, nicht mehr ganz auf dem Trab, vielleicht Alkoholiker; sein Stellvertreter ein gutmütiger Mann, der nicht allzuviel zu sagen hatte. Niemand hatte überhaupt viel zu sagen – der Begriff des Vorgesetzten war eingeschlafen. Auch Vorschriften nahm man nicht so genau – sie waren da, aber sie bedrückten keinen. Diese Läden hatten immer so etwas von Morbidität, es ging zu Ende mit ihnen, ein leiser Verfall. Wissen Sie: man arbeitete, man faulenzte nicht, hatte Beschäftigung – aber es war im großen ganzen doch nur die Geste der Arbeit. Haben Sie mal in einer Posse eine Choristin die Möbel abpuscheln sehen? So etwas Ähnliches war es. Schrecklich, wenn der Betrieb etwa aufgefrischt werden sollte, wenn ein neuer Mann kam, der gleich am ersten Tag erklärte: ‹Die Schweinerei hört jetzt auf!› Wie lange es immer dauerte, bis sich auch der neue eingewöhnt hatte! Denn Verfall steckt an – unweigerlich. Ich bin zweiundsiebzig Jahre alt geworden: mir ist kein Fall bekannt, wo er nicht angesteckt hätte. Ja. Es gab viele Stätten solcher Art. Beim Militär habe ich sie gefunden, in der Industrie; auf dem Lande lagen solche Güter – Operettenbetriebe. Hübsch, da zu arbeiten. Sehr nett. Und immer so eine leise kitzelnde Angst vor dem Ende, denn einmal mußte es ja kommen, das Ende – immer konnte es nicht so weitergehen.»

«Nein», antwortete er, «immer konnte es natürlich nicht so weitergehen. Kommen Sie übrigens heute nachmittag zum lieben Gott?» – «Wer wird da sein –?» sagte ich. Er antwortete: «Gandhi, Alfred Polgar, einer von den unbekannten Soldaten und dann irgendein Neuer.»

«Ich mag die Neuen nicht», sagte ich. «Sie kommen sich so feierlich vor. Wie finden Sie übrigens den lieben Gott?»

«Sehr sympathisch», sagte er. «Er erinnert ein wenig an das, wovon Sie eben sprachen.» – «Ja», sagte ich.

Dann ließen wir wieder die Beine baumeln.

[1925]

Wir standen in der Luft, ein Vergnügen, dessen man nicht satt wird, am Anfang. Es war einsam um uns, einmal hastete ein Geist an uns vorüber, im Frack; vielleicht war er zu einer spiritistischen Sitzung geladen.

«Haben Sie das auch bemerkt», sagte er, «das mit den sieben Jahren –?»

«Ja», sagte ich. «Sie meinen, daß es alle sieben Jahre wiederkam, alles miteinander –?»

«Ja», sagte er. «Alle sieben Jahre. Bei mir war es ziemlich regelmäßig. Bei Ihnen auch? Sie waren länger am Leben als ich. Zweiundsiebzig Jahre...»

«Es war ziemlich lächerlich, auf die Dauer», sagte ich. «Alle sieben Jahre. So um das sechste Jahr herum fing es immer an, sich zu rühren, ich wußte es schon, wenn es so weit war. Meine Verhältnisse besserten sich, ich bekam Geld in die Finger, im siebenten Jahr war der Höhepunkt. Dann kam langsam der Abstieg. Das Glück versandete, es ging einem so gut, daß es langweilig wurde. Gewöhnlich war es eine Art reibungslosen Dahinlebens, ein Glück, das nur im Negativen bestand: keine Nervenschmerzen, kein Schnupfen, keine Geldsorgen, keine Frauenzimmergeschichten. Ein Glück, das man erst nachher voll erfaßte; erst nachher, wenn es vorbei war, begriff man, wie gut es einem gegangen war. Dann wurde der Horizont langsam dunkler, Wolken kamen, man zappelte sich ab, bis man eines Tages wieder drin war im schönsten Tohuwabohu. Und dann fing es wieder von vorne an. Alle sieben Jahre.»

«Ich habe Ihn so oft gefragt», sagte er, «was denn nun das Ganze zu bedeuten hätte – das mit den ständigen Wiederholungen und den sieben Jahren... Er schweigt.»

Wir nannten nicht gern Seinen Namen. Wir liebten Ihn nicht.

«Und grade sieben...» fing er wieder an.

«Er soll so eine Art heilige Zahl sein», sagte ich. «Genaues weiß man darüber nicht. Kannten Sie den Doktor Fließ –?»

«Nein», sagte er.

«Er muß längst hier sein», sagte ich. «Aber ich habe ihn noch nie getroffen. Wahrscheinlich rechnet er jetzt die himmlischen Gesetze aus. Aber es ist da etwas daran, mit Wachstum der Pflanze, einer Art männlicher Periode... etwas sehr Gelehrtes.

Zehnmal habe ich das also mitgespielt – etwa neunmal weiß ich davon. Gut, daß die Menschen nicht noch älter werden. Haben Sie sich nie gelangweilt –?»

«Nein. Nie», sagte er.

«Ich ziemlich», sagte ich. «Aber wie haben Sie das gemacht? Womit haben Sie sich so intensiv beschäftigt, daß Sie sich nicht langweilten –?»

«Mit dem Leben», sagte er. «Ich hatte reichlich zu tun, zu leben. Die Frage ‹Warum?› ist dem Ding angeklebt. So dürfen Sie nicht fragen.»

«Ich habe mich gelangweilt», murmelte ich leise und sah einer dekolletierten Geisterdame nach, die sich besonders schön unheimlich geputzt hatte. «Ich fand es nicht so sehr vergnüglich. Zehn Mal sieben Jahre... Warum...? Sagen Sie mir: warum –?»
[1925]

«Er ist ein Pedant, ein ganz lächerlicher Pedant!» sagte er.

«Weißt du, wieviel Sternlein stehen...?» sagte ich. «Gott der Herr hat sie gezählet...»

«Er hat alles gezählet!» schimpfte er. «Gezählet – das feierliche e, das schon Liliencron nicht leiden konnte, genau so lächerlich wie dieser ganze alte Mann. Alles hat Er gezählet... Haben Sie einmal in unser Lebensbuch hineingesehen –?»

«Es war die größte Überraschung, die ich jemals erlebt – nein, die ich jemals gehabt habe», sagte ich. «Das ist denn doch die Höhe.»

«Nicht wahr? Aufzuschreiben, wie oft man jede einzelne Handlung begangen hat: es ist ja – geisteskrank ist das, das ist ja... das übersteigt denn doch alles an Greisenhaftigkeit, was je...» – «Sie lästern», sagte ich. «Sie müssen Ihn nicht lästern, dann kann dieses Buch nicht erscheinen. Gott ist groß.»

«Gott ist...»

«Nicht, nicht. Natürlich ist es lächerlich. Denken Sie sich: ich habe neulich einmal einen ganzen Nachmittag auf der Bibliothek verbracht und meinen Band durchgeblättert. Er ist sehr exakt geführt, das muß man schon sagen. Manches hätte ich nicht für möglich gehalten – summiert sieht es doch anders aus als damals, als man es tat.

Schlüssel gesucht: 393mal. Zigaretten geraucht: 11876. Zigarren: 1078. Geflucht: 454mal. (Bei uns ist erlaubt, zu fluchen – daher kann ich es nicht so gut. Ich bin kein Engländer.) An Bettler gegeben: 205mal. Nicht viel. Nugat gegessen – ist ein Mensch je auf den Gedanken gekommen, derartiges aufzuschreiben...! Nugat: 3mal. Ich habe keine Ahnung, was Nugat ist. Die Handschrift des Buchhalters ist aber so ordentlich, daß es schon stimmen wird. Übrigens: die letzten tausend Seiten sind mit einer Buchhaltungsmaschine geschrieben. Man modernisiert sich.»

«Er zählt alles», grollte er. «Er zählt Verrichtungen, die ein anständiger Mensch...»

«...non sunt turpia», sagte ich. «Ich habe demnach, sah ich an jenem Nachmittag, recht mäßig gelebt, in Baccho et in Venere... recht mäßig. Ich mag Ihnen die Zahl nicht nennen – aber es grenzt schon an Heiligkeit. Jetzt tut es mir eigentlich leid... Das merkwürdigste ist –»

«Was?» fragte er.

«Das merkwürdigste ist», sagte ich, «zu denken, daß man dies oder jenes zum letztenmal in seinem Leben getan hat. Einmal muß es doch das letztemal gewesen sein. Am vierzehnten Februar eines Jahres hat man zum letztenmal ein Automobil bestiegen... Und man ahnt das natürlich nicht. Finales gibt es ja doch nur in den Opern. Man steigt ganz gemütlich in ein Automobil, fährt, steigt aus – und weiß nicht, daß es das letztemal gewesen sein soll. Denn dann kam vielleicht die Krankheit, die lange Bettlägerigkeit... nie wieder ein Automobil. Zum letztenmal in seinem Leben Sauerkraut gegessen. Zum letztenmal: telefoniert. Zum letztenmal: geliebt. Zum letztenmal: Goethe gelesen. Vielleicht lange Jahre vor dem Tode. Und man weiß es nicht.»

«Aber es ist gut, daß man es nicht weiß», sagte er; «wie?»

«Vielleicht», sagte ich. «Man sollte aber bei jeder Verrichtung denken: Tu sie gut. Gib dich ihr ganz hin. Vielleicht ist es das letztemal.»

«Aber Er ist doch ein gottverdammter Pedant...!» fuhr er auf.

«Nennen Sie nicht Seinen Namen!» sagte ich. «Er ist ein göttlicher Pedant.»

[1925]

Er pfiff – das tat er so selten. «Sie sind sehr vergnügt –?» fragte ich. «Sie müssen hingehn!» sagte er. «Sie müssen auf alle Fälle hingehn! Es ist ganz großartig. Ganz großartig ist es!» – «Was?» fragte ich. «Einweihung eines neuen Planeten? Schlußfest auf einem Trabantenmond? Maskenball in der Milchstraße?» Er wehrte mit einer Handbewegung ab. «Nicht doch!» sagte er. «Das O hat mir das Erdkino gezeigt! Sie müssen hingehn!»

Wer das O war, wußte ich – aber was war ein Erdkino? Ich fragte ihn. Er nahm einen Meteorstein in die Hand und schickte ihn auf die Reise, nach unten. «Das Erdkino?» sagte er.

«Das O hat die Erde aufgenommen – nun, das ist nichts Neues. Aber es hat die Bilder aneinandergesetzt, flächig aneinandergepappt, verkleinert, wieder vergrößert, ich bin kein Techniker und habe seine Erklärung kaum verstanden. Es sagt etwas von Zeitraffer... Es kann die Menschen auf den Filmen löschen – man sieht nur die Sachen.» – «Was für Sachen?» sagte ich. «Sachen!» sagte er. «Kleider, Anzüge, Hutnadeln, Schränke, Bücher, Dampfer, Laternen, Papier, Antennen, was Sie wollen. Das sieht man. Nun setzt es sich in den Fabriken zusammen, die Menschen sind nicht zu sehen, verstehen Sie? Es setzt sich allein zusammen, wächst, aus dem Boden, in Werkstätten, in Ateliers, lackiert sich, prangt und spreizt sich in Neuheit... Dann wird es benutzt, die Schranktüren klappen auf und zu, Papier wendet sich, Hutnadeln hängen in der Luft, Bilder leuchten, Anzüge wandeln, drehen sich, liegen über Stühlen... wie sind die Sachen fleißig! Wie dienen sie! Wie sind sie tätig! Wie leben sie mit! Welch ein Leben!» Seine Augen leuchteten. «Und dann?» fragte ich. «Und dann werden die Sachen müde, immer seltener stülpt sich der Hut auf eine unsichtbare Form, immer wackliger fällt der Vorhang, immer bröckliger klappt die Zauntür... Und dann gibt es einen Ruck, Holz wird zerschlagen – man sieht nicht, von wem –, alte Kissen fliegen durch den Raum, Schnur schnurrt zusammen und rollt sich ab – und dann sinken die Sachen auf die Erde. Ganz langsam sinken sie nieder, da liegen sie. Und dann werden sie immer unkenntlicher, sie werden wohl zu neuen Klumpen gekocht, zusammengeschweißt, ich verstehe mich nicht so darauf. Und viele werden wieder Erde. Und dann fängt es wieder von vorn an.»

«Und das gibt es da alles zu sehen?» sagte ich. «Das und noch viel mehr», stimmte er begeistert zu. «Noch mehr?» fragte ich. «Was tun denn die Sachen noch?» – «Die Sachen tun nichts!» sagte er. «Es gibt einen andern Film; da hat das O die Sachen ausgelöscht, man sieht nur die Menschen – und es hat auch einen Teil der Menschen ausgelöscht und nur diejenigen mit der gleichen Betätigung übriggelassen.» Ich sagte: «Wie das...?» Er sagte:

«Es hat Kontinente fotografiert, auf denen man nur trinkende Menschen sieht. Hören Sie? Nur Trinkende. Geöffnete Münder, gespitzte Lippen, hastige Durstende und abschmeckende Genießende – Todschlaffe über Pfützen und spielende Kinder, die an Tröpfchen saugen, Kinder an der Mutterbrust und heimlich saufende Ammen... Und einmal: nur Lesende. Von allen Graden. Und einmal: nur Rauchende. Und einmal... Ja.»

«Was – und einmal?» fragte ich.

«Und einmal nur Liebende», sagte er leise. «Das war nicht schön. Hören Sie: das war ekelhaft. Welch ein Puppenspiel. Was treibt sie? Es ist, als bewegten sie sich nicht, als bewegte es sie. Das sind nicht mehr sie, die dieses Auf und Ab vollführen – das ist ein andres. Sie sehen es tausend und tausendmal beim O – schließlich scheint es eine zeremonielle Förmlichkeit, man möchte rufen: Aber so wechselt doch einmal! Tut doch einmal etwas andres! Nein – das Repertoire ist so klein... Sie nähern sich einander, gehen umeinander herum, lächelnd, und dann immer dasselbe, immer dasselbe... Sagen Sie: Haben wir uns auch so albern benommen, damals?»

«Sie wären sonst nicht hier», sagte ich.

«Aber das ist ja... ich bitte Sie: so albern. Und immer wieder –?»

«Man muß wohl an das Einmalige glauben», sagte ich. «Sonst kann man es nicht tun. Sähe man wirklich alles und alle – man könnte wohl nicht bleiben, da unten. Das O soll weiter fotografieren; sie werden es zum Glück nie zu sehen bekommen.»

«Doch. Nachher», sagte er. Wir schwiegen und schämten uns.
[1925]

«Wieviel Uhr...» – aber schon sank die Hand schlaff herunter. «Ach so –», sagte er. Ich lächelte doch. Als ich den Ausdruck seiner Augen bemerkte, stellte ich die Lachfalten wieder gerade. «Keine Zeit», flüsterte er. «Sich daran zu gewöhnen, daß es keine Zeit mehr gibt. Ja, die guten Aprioristiker...» Ich bog ab. «Haben Sie sich da unten die Zeit auch geometrisch vorgestellt?» sagte ich. «Nein, wie...» sagte er. «Als lebe man im Raum vorwärts», sagte ich. «Als könne man im Raum der Zeit auf- und abrutschen, vorwärts und rückwärts, mit allen Spielen im Raum: wer da hinten auftaucht, ist noch klein, er kommt auf uns zu, wird immer größer, dann nimmt seine Gestalt ab, verschwindet, wissen Sie?» – «Das kenne ich nicht», sagte er. «Nicht?» sagte ich. «Es ist so:

Das kleine Haus, in dem ich einmal gewohnt habe, steht unbeweglich. Nun setzt es sich in Bewegung; nachts, wenn wir nicht einschlafen können, hört man, was es macht. Es fährt durch die Zeit. Vorn, am Bug schäumt das Zeitwasser hoch auf, mit solcher Geschwindigkeit geht es vorwärts, es zerteilt die Zeit, sie gleitet rechts und links am Haus vorbei, da rauscht sie auf, überall, und wir liegen in der kleinen Bettschublade und werden davongetragen, wehrlos, machtlos, weiter und immer weiter. Manchmal streckt sich eine Hand aus solch einem Bett, sie hängt laß herunter und bewegt sich – zurück? Da gibt es kein Zurück. Manchmal schaudert der Schlafende vor dem, was nun kommt – aber sie fahren mit ihm. Ahnungen helfen nicht. Morgens früh, wenn du aufwachst, hält das Haus schon anderswo.»

«Ja – etwas Ähnliches habe ich doch wohl schon empfunden», sagte er. «Man ist übrigens nicht sehr glücklich dabei.»

«Nein», sagte ich. «Man ist nicht sehr glücklich dabei. Zum Schluß bleibt die etwas trübe Empfindung von einer Masse Eindrücke; es wäre ein herzhafter Spaß, wenn man den Zeitraffer anbringen könnte und das ganze Leben, das man zu führen verurteilt ist, donnerte mit einem Male herunter. Aber das war nicht zu machen.»

«Haben Sie sich sehr gesehnt, zu... hierher zu kommen?» sagte er.

«Oft», sagte ich. «Hunger habe ich alle meine Lebtage gehabt. Hunger nach Geld, dann: Hunger nach Frauen, dann, als das vorbei war: Hunger nach Stille. Oh, solchen Hunger nach Ruhe. Mehr: Hunger nach Vollendung. Nicht mehr müssen – nicht mehr durch die Zeit fahren müssen –.»

«Man geht spurlos dahin –», sagte er.

«Nein», sagte ich. «Man geht nicht spurlos dahin. Ach, denken Sie nicht an Denkmäler – das ist ja lächerlich. Und ich weiß schon, was Sie jetzt sagen wollen: unsterbliche Werke. Ich bitte Sie... Nein, etwas anderes. Ich habe etwas dort gelassen, ja, ich habe etwas dort gelassen.»

«Was?» sagte er, ein wenig ironisch.

«Ich habe den Dingen etwas gelassen», sagte ich. «Seit jenem Tage, wo ich den greisen Klavierspieler in Paris wiedersah, den mein Vater zwanzig Jahre vorher in Köln gesehen hatte. Er spielte noch dieselben Stücke, der Wandervirtuose – noch genau dieselben. Und da war mir, als grüßte durch ihn mein toter Vater. Auch ich habe den Dingen etwas gesagt. Ich habe an vieles, was längere Dauer hat als ich und Sie, Grüße befestigt. Ich habe hier einen Gruß angeheftet und da einen Kranz, hier einen Fluch und da ein abwehrendes Schweigen... und als ich das tat, da merkte ich, daß die Dinge schon voll waren von solchen Grüßen Verstorbener. Fast alle hatten sich an die Materie gehalten, hatten Spuren hinterlassen; wenn man vorüberstrich, bat, flehte, beschwor, fluchte und segnete es von diesen Sachen herunter, die die Menschen tot nennen. Ich bin nicht spurlos dahingegangen. Nur –»

«Nur –?» sagte er.

«Nur –», sagte ich. «Die Menschen sind Analphabeten. Sie können es nicht lesen.»

Er sah mich an und tastete an die Stelle, wo einmal seine Uhr gesteckt hatte. «Kommen Sie!» sagte er. «Wir wollen zum Nachmittagskaffee.»

[1926]

Das mittlere Feld war gesperrt, weil ein Meteorregen niedergehen sollte – obgleich uns der gar nichts antun konnte, hatte der alte Herr mit vertatterten Händen die Sperrung angeordnet. Wir krochen vier Zeitlosigkeiten hindurch am Rande des Feldes entlang, dann setzten wir uns, um den Regen mitanzusehen, wenn er zu regnen anhübe. Mir paßte die Absperrung nicht, und ich fluchte leise vor mich hin.

«Haben Sie einmal einen Märtyrer gesehen?» sagte er. Mir blieb ein ellenlanger und herrlicher Fluch, den mich einst ein Matrose in Dänemark gelehrt hatte, im Halse stecken. «Einen Märtyrer?» sagte ich. «Einen, der seine unbefriedigte Eitelkeit hinter eine Sache steckt und nun plötzlich dasteht, lichtumflossen – ja, ich kenne das.» – «Wenn Sie das kennen», sagte er, «dann wissen Sie auch, was man mit so einem macht?» – «Sie... man gibt ihm wenig zu essen, die Kinder auf der Straße und die Professoren rufen hinter ihm her, er sei unfruchtbar und hätte keinen Kontakt mit der Wirklichkeit.» – «Das auch», sagte er. «Aber ich habe einmal etwas gesehen, lange nach meinem Tode, etwas viel Merkwürdigeres.

Da kriecht in der zweiten Hyperbel ein Ding herum, es ist noch kein rechter Planet, es will erst einer werden. Dort habe ich einmal zur Frühstückszeit geangelt. Und da hatten sie einen Kerl gefangen, der wollte ihnen den ganzen Ball umkrempeln, ein Heiliger, ein Vorwärtsrufer – in die Einzelheiten habe ich mich nicht gemischt, es ging mich ja nichts an. Den hatten sie also beim Kragen, und da haben sie ihn dann beendigt.»

«Nun ja», sagte ich. «Das kommt vor. Das ist doch nichts Außergewöhnliches. Einer opfert sich auf, weil er muß; er brächte ein Opfer, wenn ers nicht täte; er horcht, wie es in den andern weint, dann wühlt er sich durch, bis er zu dieser Stimme gelangt, quält sich und wird gequält, und dann kommt er zu uns. Gewiß, ja.»

«Das war es nicht», sagte er. «Wie sie es taten... Welch ein Hohn! Sie berieten lange, wie es zu tun wäre. Nun muß da eine Infektion stattgefunden haben – einer schlug vor, ihn zu kreuzigen.» Ich sah jetzt aufmerksam auf das Meteorfeld – es war nicht grade neu, daß einer gekreuzigt werden sollte. Er fuhr ruhig fort.

«Sie führten ihn also zur Kreuzigung hinaus, vor die große Stadt, auf ein Feld. Der Zug näherte sich dem Hinrichtungsplatz – der Heiland, ein gedrungener, dunkler Mann, sah sich ungeängstigt, aber erschreckt um. Da war kein Kreuz.» Ich sah auf. «Was heißt das: da war kein Kreuz?» sagte ich.

«Da war kein Kreuz», sagte er. «Eine lange, hohe Stange stand da, wo das Kreuz zu stehen hatte. Und der Anführer der Rotte trat vor und sagte zum dortigen Heiland: ‹Du bist nicht einmal wert, daß man dich kreuzigt. Du bist nicht einmal ein Kreuz wert. Zwei Balken sind zu viel für dich, du Beglücker. Hier ist eine Stange, die genügt.› Und dann kreuzigten sie ihn.»

«Sie konnten ihn doch gar nicht kreuzigen», sagte ich. «Sie hatten kein Kreuz.»

«Sie nagelten ihn an die Stange», sagte er. «Sie war breit genug... Sie nagelten ihn so: den einen Arm, den linken, senkrecht hoch erhoben, am linken Ohr vorbei, und den rechten glatt herunterhängend, an der rechten Hüfte. Da hing er, ein blutender Strich. Er schrie nicht.»

«Das – Sie haben das selbst gesehen?» sagte ich.

«Ich habe das gesehen», sagte er. «Wie ein Finger ragte er in den Himmel. Er lebte achtzehn Stunden, davon nur eine halbe ohne Bewußtsein. Es war ein Christus ohne Kreuz. Er sah so unbedingt aus – kein Querbalken strich wieder durch, was das lange Holz einmal ausgesagt hatte. Es starrte nach oben wie ein schneidendes Ausrufungszeichen, den Blitz herausfordernd. Aber es kam kein Blitz. Und ich sage Ihnen: die Leute haben recht getan. Wieviel Holz braucht der Mensch? Zwei Balken? Einer genügt. Sie sind ihren Weg zu Ende gegangen, wie der seinen zu Ende gegangen ist. Man soll bis ans Ende gehen. Die himmlische Güte...»

«Der Meteorregen ...!» rief ich. Wir sahen angestrengt zum angekündigten Ereignis hinüber; es verlief matt und etwas eindruckslos, wie alles, wovon Er sich so viel verspricht.
[1926]

Er ist fort. Ich kann das noch gar nicht glauben.

Die ganze letzte Zeit hatte er schon immer so schwermütig gesprochen, hatte dunkle Andeutungen von sich gegeben, vom «männlichen Glück, vorhanden zu sein», von einer «schönen Sinnlosigkeit der Existenz» und andre beunruhigende Sätze. Ich hatte dem keine Bedeutung beigelegt. Jeder hat schließlich seinen eigenen Cafard. Und auf einmal war er fort.

Am Morgen, als die Zentral-Sonne mit majestätischem Rollen durch den Raum gewitterte, war er zu mir gekommen, schleichender, merkwürdiger denn je. Er hatte geschluckt. «Wir... wir werden uns vielleicht...» Dann hatte er sich abgewandt. Mir ahnte nichts Gutes. Nachmittags war er weg.

Ich fand ihn nicht. Beim Alpha war er nicht, beim Silbergreis nicht, auf seinem Angelplaneten nicht, nirgends, nirgends. Ich ging zum O, mir blieb gar nichts andres übrig. Ich hasse das O, es ist gelehrt, kalt, klug, scheußlich. Das O lächelte unmerklich, bastelte an seinen Apparaten, sah mich an, ließ mich heran...

Pfui Teufel. Ah, pfui Teufel.

Das O hatte den Zeitraffer gestellt, die alten Strahlen noch einmal zurückgeholt, ein fauler Witz, den es sich da macht. Und ich sah.

Den dicken gerundeten Bauch der Mama; es war, als hätte sie sich zum Spaß ein Kissen vorgebunden. Sie ging langsam, vorgestreckten Leibes. Und dann sah ich ihn, oder doch das Ding, in das er gefahren war.

Er lag auf einem Anrichtetischchen und wurde grade gepudert. Er zappelte mit den kleinen Beinchen und bewegte sich, blaurot vor Schreien. Sein Papa stand leicht geniert daneben und machte ein dummes Gesicht. Die Kindswärterin hantierte mit ihm eilfertig und gewohnheitsmäßig, in routinierter, gespielter Zärtlichkeit. Ich sah alle Einzelheiten, seine unverhältnismäßig großen Nasenlöcher, den Badeschwamm...

Zwei Städte weiter saß ein kleines Mädchen auf dem Fußboden und warf Stoffpuppen gegeneinander, das war seine spätere Frau; ein rothaariger Bengel schaukelte unter alten Bäumen: das war sein bester Freund; in einer Hundehütte jaulte ein Köter, der Großvater dessen, der ihn einst beißen würde; ein Haustor glänzte: die Stätte seiner größten Niederlage. Er wußte von alledem nichts, brüllte und war sehr glücklich. Neben mir kicherte leise das O.

Da liegt er im Leben. Er fängt wieder von vorn an. Er will auf eine Reitschule gehen und sich die Beine brechen; er will den Erfolg schmecken, den in Geschäften und den in der Fortpflanzung; er wird den Kopf in die Hände stützen, oben, in einem vierten Stock, und über die Stadt mit den vielen schwarzen Schornsteinen sehen, auch in den Himmel... Dabei wird ihm etwas einfallen, eine Art Erinnerung, aber er wird nicht wissen, woran. Er wird seine Jugend verraten und das Alter ehren. Er wird Gallensteine haben und Sodbrennen, eine Geliebte und ein Konversationslexikon. Alles, alles noch einmal von vorn.

Und ich werde mich hier oben zu Tode langweilen, wenn das möglich wäre – ich werde mir einen neuen Freund suchen müssen, mit dem ich auf den Wolken sitzen und mit den Beinen baumeln kann ... Eine homöopathische Dosis von Neid ist in meinem Seelenragout zu schmecken, nicht eben viel, nur so, als sei jemand mit einer Neidbüchse vorbeigegangen ... Was hat ihn nur gezogen? Was zieht sie nur alle, die wieder herunter müssen ins Dasein –? Schmerz? Hunger? Sehnsucht? Und vielleicht gerade die Sinnlosigkeit, der Satz vom unzureichenden Grunde, die Unvollkommenheit, die kleinen Hügelchen, die es zu überwinden gibt, und die man nachher so reizend leicht herunterfahren kann? Aber er kennt das doch alles, er kennt es doch, wir haben es uns oft genug erzählt ... Und wie hat er sich darüber lustig gemacht!

Eidbruch. Fahnenflucht. Verrat! Ich komme mir schrecklich überlegen vor, ein Philosoph. Ich habe recht. Er hat unrecht.

Aber er lebt. Er atmet, mit jenem Minimum an Erkenntnis, das das Atmen erst möglich macht; er ersetzt beständig seine Zellen, schon morgen ist er nicht mehr derselbe wie gestern, und heute ist er glücklich, weil er nichts mehr von alledem weiß, was er hier gewußt hat; er verschwimmt nicht mehr im All, er ist ein einziges Ding, Grenzen sind die Merkmale seines Wesens, und gäbe es außer ihm keine andern, er wäre nicht. Seine Mutter liebt ihn, weil er ist; sein Vater wird ihn später einmal lieben, weil er so ist und nicht anders. Manchmal ist er glücklich, unglücklich sein zu können.

Er ist fort. Und ich bin ganz allein.

[1926]

Er schämte sich über die Maßen, als er wieder da war. «Sie sind lange fortgewesen –», sagte ich. «Wir wollen doch die Sache beim Namen nennen», sagte er. «Ich habe Sie plötzlich allein gelassen; so, wie es da unten welche gibt, die aus dem Leben scheiden, aus Sehnsucht nach dem Tode – so habe ich das Umgekehrte getan. Nun –» Ich schwieg. Dann:

«Es hat Ihnen gefallen?» sagte ich harmlos. Er sah mich aufmerksam an. «Ironie verkaufe ich allein», sagte er. «Aber ich kann es ja ruhig sagen: Nein – es hat mir nicht gefallen.» – «Und warum nicht?» sagte ich. «Weil –», sagte er. «Ich will Ihnen etwas erzählen:

Oft habe ich Ihnen hier oben nicht geglaubt; Sie haben so niederdrückende Sachen über die da gesagt – Sie sind ein Dyskolos.» Ich nickte freundlich. Namen treffen nie, besonders nicht, wenn man selbst gemeint ist. «Ein Dyskolos», sagte er. «Sie essen die Trübsalsuppe mit großen Löffeln – Ihnen ist nicht wohl, wenn Ihnen wohl ist – Sie müssen so eine Art bösen Gewissens haben, wenns Ihnen gut geht. Es hat mir übrigens wirklich nicht gefallen.» Oben links ging die Erde auf, o du mein holder Abendstern!

«Sehen Sie das?» sagte er. «Sehen Sie das? Geht es da armselig zu! Welcher Reichtum an Armut! Welcher Überfluß an Nutzlosem! Welch Schema des Eigenartigen! Ich war entsetzt. Dieses Mal bin ich nicht alt geworden.» – «Aber Sie hatten doch Freude, wieder da zu sein …?» sagte ich vorsichtig.

«Es wird alles in Serien hergestellt», sagte er. «Ich hatte Freude – eine Minute: die erste. Aber ich hatte vergessen, meine Rückerinnerung bei Ihnen zu lassen – ich wußte alles. Herr, ich wußte alles, was kam. Mein erstes Kinderschuhchen, Elternfreude und Mutterliebe und die kleine Schulmappe … Und die ersten Pubertätspickel und die Gedichte, die junge Liebe und die vernünftige Heirat. Ja. Aber am schlimmsten –» – «Am schlimmsten –?» sagte ich.

«Am schlimmsten war es später», sagte er. «Die Abgenutztheit des Originellen – die Tradition der Individualität – die Maschinerie des Außergewöhnlichen: es war nicht zum Aushalten. Ah, ich bin nicht Phileas Fogg, der Exzentriks sucht – ich weiß, daß man nicht mit beiden Beinen auf einer Lampe sitzen kann – aber welche Armut! Welche Dürftigkeit in den Ausdrucksmöglichkeiten, in der Perversität noch, im Leiden selbst. Es ist immer dasselbe – es ist immer dasselbe. Und jeder tut so, als begegne einem das zum erstenmal, wenn es ihm zum erstenmal begegnet.»

«Sie sagten vorhin», sagte ich, «daß Sie so ins Leben hineingerutscht seien, wie manche herausgehen: aus Sehnsucht nach dem

Tode. Gibt es das: Sehnsucht nach dem Tode –?» – «Nein», sagte er. «Nein: nicht Sehnsucht nach dem Tode. Nur: Müdigkeit. Da liegen nun sechsunddreißig Kalender auf dem Tisch, jeder mit Neujahr, Hundstagen und Silvester, und das muß alles noch gelebt werden – welche Aufgabe! Das mag man mitunter nicht. Wirst du ohne Hunger durchkommen? Ohne Syphilis? Ohne Kinderkatastrophen? Nur Blinde sind kräftig – Schwäche macht sehend. Die Chancen sind ungleich verteilt. Ich wußte zuviel. Und sehen Sie: da kleben sie und gehen nicht weg und gehen nicht weg. Was mag sie wohl halten –?» Er sah auf die Erde.

Der kleine blitzende Punkt stand jetzt im Zenit, unter tausend andern, die leuchteten wie er.

Keiner leuchtete wie er.

[1926]

Eigenhändige Vita Kurt Tucholskys

für den Einbürgerungsantrag zur Erlangung der schwedischen Staatsbürgerschaft

Dr. iur. Kurt Tucholsky Hindås, 22-1-34

Kurt Tucholsky wurde am 9. Januar 1890 als Sohn des Kaufmanns Alex Tucholsky und seiner Ehefrau, Doris, geborene Tucholski, in Berlin geboren. Er besuchte Gymnasien in Stettin und in Berlin und bestand im Jahre 1909 die Reifeprüfung. Er studierte in Berlin und in Genf Jura und promovierte im Jahre 1914 in Jena cum laude mit einer Arbeit über Hypothekenrecht.

Im April 1915 wurde T. zum Heeresdienst eingezogen; er war dreieinhalb Jahre Soldat (die Papiere über seine Militärzeit liegen bei). Zuletzt ist T. Feldpolizeikommissar bei der Politischen Polizei in Rumänien gewesen.

Nach dem Kriege war T. unter Theodor Wolff, dem Chefredakteur des *Berliner Tageblatt*, Leiter der humoristischen Beilage dieses Blattes, des *Ulk*, vom Dezember 1918 bis zum April 1920.

Während der Inflation, als ein schriftstellerischer Verdienst in Deutschland nicht möglich gewesen ist, nahm T. eine Anstellung als Privatsekretär des früheren Finanzministers Hugo Simon an (in der Bank Bett, Simon & Co. in Berlin).

Im Jahre 1924 ging T. als fester Mitarbeiter der berliner Wochenschrift *Die Weltbühne* und der *Vossischen Zeitung* nach Paris, wo er sich bis zum Jahre 1929 aufhielt. Er ist dort Mitglied der «Association Syndicale de la Presse étrangère» gewesen. Seine Carte d'identité liegt bei.

Nachdem T. bereits als Tourist längere Sommeraufenthalte in Schweden genommen hatte (1928 in Kivik, Skåne, und fünf Monate im Jahre 1929 bei Mariefred), mietete er im Sommer 1929 eine Villa in Hindås, um sich ständig in Schweden niederzulassen. (Der Mietvertrag liegt bei.) Er bezog das Haus, das er ab 1. Oktober 1929 gemietet hat, im Januar 1930 und wohnt dort ununterbrochen bis heute. Er hat sich in Schweden schriftstellerisch oder politisch niemals betätigt. Zahlreiche Reisen, die zu seiner Information und zur Behebung eines hartnäckigen Halsleidens dienten, führten ihn nach Frankreich, nach England (Papier anliegend), nach Österreich und nach der Schweiz. Sein fester Wohnsitz ist seit Januar 1930 Hindås gewesen, wo er seinen gesamten Hausstand und seine Bibliothek hat.

T. hat im Jahre 1920 in Berlin Fräulein Dr. med. Else Weil geheiratet; die Ehe ist am 14. Februar 1924 rechtskräftig geschieden. Am 30. August 1924 hat T. Fräulein Mary Gerold geheiratet; die Ehe ist am 21. August 1933 rechtskräftig geschieden. T. hat keine Kinder sowie keine unterstützungsberechtigten Verwandten, die seinen Aufenthalt in Schweden gesetzlich teilen könnten.

Tucholsky hat zu den bestbezahlten deutschen Journalisten gehört. Seit dem Jahre 1931 hat er so gut wie nichts publiziert. Seine in Deutschland befindlichen Vermögenswerte sind laut Bekanntmachung im *Deutschen Reichsanzeiger* vom 25. August 1933 beschlagnahmt worden (Verlagsrechte, Honorare pp.). T. hat ein Konto bei der Skandinaviska Kredit A. B. in Göteborg, seit er in Schweden ist, und ein Konto bei der Schweizerischen Kredit-Anstalt in Zürich, um über Geld auf Reisen verfügen zu können. Er hat keinerlei Schuldverpflichtungen, wie auch die Göteborger Firmen bezeugen können, bei denen er die Einrichtung seiner Wohnung vorgenommen hat und bei denen er seinen Hausbedarf deckt.

Daß T. Angebote von Verlagen und Zeitschriften zur Zeit abgewiesen hat, hängt mit seiner literarischen Entwicklung zusammen.

Tucholsky hat seine literarische Tätigkeit mit einer kleinen Geschichte «Rheinsberg – ein Bilderbuch für Verliebte» begonnen, das im Jahre 1912 in Berlin erschienen ist und heute im 120. Tausend vorliegt. An Büchern hat er bis heute ferner erscheinen lassen:

«Der Zeitsparer». 1913. Vergriffen
«Fromme Gesänge». 1920. Vergriffen

«Träumereien an preußischen Kaminen». 1920. Vergriffen
«Ein Pyrenäenbuch». 1927. 11. Auflage
«Mit 5 PS». 1925. 26. Auflage
«Das Lächeln der Mona Lisa». 1928. 26. Auflage
«Deutschland, Deutschland über alles». 1929. 50. Auflage
«Schloß Gripsholm. Eine Sommergeschichte». 1931. 50. Auflage
«Lerne lachen ohne zu weinen». 1931. 20. Auflage.

Das «Deutschland»-Buch ist im Neuen Deutschen Verlag in Berlin erschienen; «Rheinsberg» bei der Singer A. G. in Berlin – alle anderen Werke bei Ernst Rowohlt in Berlin.

Im Jahre 1913 hat Tucholsky seine feste Mitarbeit an der berliner Wochenschrift *Die Weltbühne* begonnen, die damals noch *Die Schaubühne* hieß; diese Mitarbeit erstreckte sich bis zum Jahre 1931. Dem im Jahre 1926 verstorbenen Herausgeber des Blattes, Siegfried Jacobsohn, verdankt Tucholsky alles, was er geworden ist. Nach dem Tode Jacobsohns hat er das Blatt kurze Zeit selber herausgegeben, um es dann seinem Gesinnungsfreunde Carl von Ossietzky abzutreten.

T. hat sich ferner als freier Mitarbeiter für den sozialdemokratischen *Vorwärts* in Berlin, für die sozialdemokratische *Freiheit*, den *Simplicissimus* und die *Arbeiter-Illustrierte Zeitung* betätigt; er hat gelegentlich im Verlage Ullstein am *Uhu*, an der *Berliner Illustrirten Zeitung* und an der *Dame* mitgearbeitet.

Neben der literarischen Arbeit hat sich T. vom Jahre 1913 bis zum Jahre 1930 als Pazifist schärfster Richtung in Deutschland betätigt. Seine Betätigung in dieser Richtung bewegte sich im Rahmen der Gesetze – er ist nicht bestraft. T. hat in Deutschland und in Frankreich durch zahlreiche Vorträge für die deutsch-französische Verständigung zu wirken versucht; er hat gegen die Kriegshetzerei gearbeitet, wo er nur konnte: mit feinen und leisen Mitteln in der Kunst und mit den gröbsten für die Massen. In diesem Kampfe ist es ihm um die Wirkung zu tun gewesen, und diese Wirkung ist bei Freund und Feind gleich stark gewesen. Da die öffentliche Meinung, wenn die Geschäfte nicht gut gehn, gern alles, was ihr nicht paßt, als «bolschewistisch» ansieht, so wurde T. mitunter als Kommunist bezeichnet. Das ist unrichtig: er war nach dem Kriege Mitglied der unabhängigen sozialdemokratischen Partei, und nach deren Verschmelzung mit der sozialdemokratischen Partei Mitglied der SPD. Andern Partein hat er nicht angehört.

Solange sich T. an Deutschland gebunden fühlte, hat er als Deutscher und in Deutschland das, was er dort für nicht gut hielt, kritisiert. Seine publizistische Tätigkeit hat im Jahre 1931, also lange *vor* der Machtergreifung der Nationalsozialisten, ihr vorläufiges Ende gefunden. Trotzdem wurde ihm zwei Jahre später die deutsche Staatsangehörigkeit aberkannt. Die Aberkennung erfolgte wegen der pazifistischen Tätigkeit Tucholskys; sie hat ihren Grund ferner in einem Angriff, den T. im Jahre 1931 in Versen gegen einen der Führer der Nationalsozialisten gerichtet hat. Die Aberkennung geschah unter Angriffen des deutschen Propagandaministeriums auf Tucholsky, die jedes Maß, das unter zivilisierten Menschen üblich ist, überschritten haben. Eine Antwort auf diese Angriffe ist von seiten Tucholskys nicht erfolgt.

Die Aberkennung der Staatsangehörigkeit beruft sich auf ein Reichsgesetz vom 14. Juli 1933. T. hat sich weder seit diesem Tage noch überhaupt zur Machtergreifung durch die Nationalsozialisten öffentlich geäußert. Die Aberkennung der Staatsangehörigkeit, die als Strafe gedacht ist, stellt also einen Rechtsbruch dar, einen Bruch des obersten Grundsatzes aller Strafjustiz: nulla poena sine lege.

Dr. Tucholsky ist im Begriff, seine schwedischen Sprachkenntnisse zu vervollkommnen. Er hat den Wunsch, die schwedische Staatsangehörigkeit zu erwerben, falls dies zulässig ist.

Kurt Tucholskys Lebensdaten

1890	9. Januar. Kurt Tucholsky als Sohn von Alex Tucholsky, Direktor der Berliner Handelsgesellschaft m. b. H. und der Firma Lenz & Co., in Berlin geboren
1899–1903	Besuch des Französischen Gymnasiums in Berlin
1903–1907	Auf dem Königlichen Wilhelms-Gymnasium in Berlin
1907	Erste Veröffentlichung: das *Märchen* im «Ulk»
1909	21. September. Reifeprüfung als Externer nach privater Vorbereitung
1909–1912	Juristisches Studium an der Universität Berlin, im Sommersemester 1910 in Genf
1912	*Rheinsberg* erscheint
1913–1915	In der Redaktion der «Schaubühne» tätig
1914	19. November. Tucholsky besteht die juristische Doktorprüfung
1915–1918	Militärdienst im Osten, 1917 an der Artillerie-Fliegerschule Ost in Kurland, 1918 in Rumänien. Tucholsky war zuletzt Vizefeldwebel
1918–1920	Chefredakteur des «Ulk»
1923	Volontär im Bankhaus von Bett, Simon & Co.
1924	April. Als Korrespondent der «Weltbühne» und der «Vossischen Zeitung» in Paris. Fortan nur noch besuchsweise in Deutschland
1926	7. Dezember. Nach Siegfried Jacobsohns Tod zehn Monate Herausgeber der «Weltbühne»
1929	Tucholsky siedelt nach Schweden über. Er wohnt bis zu seinem Tode in Hindås bei Göteborg
1933	23. August. Tucholsky wird ausgebürgert. Seine Bücher waren verboten und von den Nazis verbrannt worden
1935	21. Dezember. Tucholsky nimmt sich in Hindås das Leben. Er wird auf dem Friedhof Mariefred bei Schloß Gripsholm beigesetzt

Quellenhinweise

Wenn nicht anders angegeben, beziehen sich Bandnummer und Seitenzahl auf Kurt Tucholsky, Gesammelte Werke, Hg. von Mary Gerold-Tucholsky und Fritz J. Raddatz, Reinbek 1960. © 1960 Rowohlt Verlag GmbH, Reinbek bei Hamburg. Diese Ausgabe liegt, um einen Anhang erweitert, als Taschenbuchkassette in 10 Bänden vor. (Reinbek bei Hamburg, 1975)

Vermerkt ist, wo und unter welchem Namen Kurt Tucholsky den Text jeweils veröffentlichte. (K. H. Kaspar Hauser, P. P. Peter Panter, Th. T. Theobald Tiger, K. T. Kurt Tucholsky, I. W. Ignaz Wrobel)
Außerdem werden folgende Abkürzungen verwendet:

A. B.	Kurt Tucholsky, Ausgewählte Briefe. Hg. von Mary Gerold-Tucholsky und Fritz J. Raddatz. Reinbek bei Hamburg 1962 © Rowohlt Verlag GmbH, Reinbek bei Hamburg. 1962
AIZ	Arbeiter Illustrierte Zeitung, Berlin
DAD	Das andere Deutschland, Hagen / W. und Berlin
Frei	Freiheit, Berlin, Organ der Unabhängigen Sozialdemokraten Deutschlands
D. T.	Kurt Tucholsky, Deutsches Tempo. Gesammelte Werke, Ergänzungsband 1911 bis 1932. Hg. von Mary Gerold-Tucholsky und Fritz J. Raddatz. Reinbek bei Hamburg 1985 Copyright © 1985 by Rowohlt Verlag GmbH, Reinbek bei Hamburg
Lit.	Die literarische Welt, Berlin
Pr.Tg.	Prager Tagblatt
S. B.	Die Schaubühne
Tem.	Tempo, Berlin, Verlag Ullstein
U. U. L.	Unser ungelebtes Leben. Briefe an Mary. Hg. von Fritz J. Raddatz. Reinbek bei Hamburg 1982 Copyright © 1982 by Rowohlt Verlag GmbH, Reinbek bei Hamburg
Voss.	Vossische Zeitung, Berlin, Verlag Ullstein
WaM	Die Welt am Montag, Berlin
W. B.	Die Weltbühne

Allegro, Scherzo und ein bezauberndes Andante
Feuilletons

Dämmerung K. T., W. B. 11.3.20 / I 608
Die Familie, P. P., W. B. 12.1.23 / I 1081
Bergner! Bergner! P. P., W. B. 10.5.23 / I 1094
Morgens um acht I. W., W. B. 28.6.23 / I 11

Vision P. P., W. B. 7. 8. 24 / I 1212
Der Linksdenker P. P., W. B. 9. 10. 24 / I 1248
Herr Wendriner betrügt seine Frau K. H., W. B. 6. 10. 25 / II 235
Traum K. H., W. B. 17. 8. 26 / II 480
Kleine Station P. P., W. B. 31. 8. 26 / II 488
Brot mit Tränen K. H., W. B. 9. 11. 26 / II 540
Einer aus Albi P. P., aus: *Ein Pyrenäenbuch*, Verlag Die Schmiede, Berlin 1927 / II 577
Man sollte mal... P. P., Voss. 23. 1. 27 / II 713
Ich bin ein Mörder I. W., W. B. 6. 11. 28 / II 1299
Wenn der Henker Wohnung sucht P. P., Tem. 23. 1. 29 / D. T. 653
Frommer Wunsch P. P., Voss. 21. 4. 29 / D. T. 678
Mir fehlt ein Wort P. P., W. B. 17. 9. 29 / III 189
Erfüllung K. H., W. B. 24. 9. 29 / III 196
Die fünfte Jahreszeit K. H., W. B. 22. 10. 29 / III 223
Leere K. H., W. B. 29. 4. 30 / III 433
Das Stimmengewirr P. P., Voss. 25. 5. 30 / III 453
Zur soziologischen Psychologie der Löcher K. H., W. B. 17. 3. 31 / III 804
Es gibt keinen Neuschnee K. H., W. B. 7. 4. 31 / III 826
Ein Ehepaar erzählt einen Witz P. P., Voss. 29. 9. 31 / III 952

Lesen, staunen, danken
Über Bücher und Autoren

Büchner K. T., S. B. 16. 10. 13 (*«Zwei Hundertjährige»*) / I 95
Drei neue Bücher (Franz Kafka) K. T., Pr. Tg. 27. 1. 13 / D. T. 49
In der Strafkolonie P. P., W. B. 3. 6. 20 / I 664
Der Prozeß P. P., W. B. 9. 3. 26 / II 372
Auf dem Nachttisch (Amerika) P. P., W. B. 26. 2. 29 / III 43
Thomas Mann (Briefauszug) U. U. L. 109
Der Untertan I. W., W. B. 28. 3. 19 / I 383
Oskar Panizza I. W., Frei. 11. 7. 20 / I 696
Gallettiana P. P., W. B. 3. 8. 22 / I 1023
Hermine P. P., W. B. 5. 7. 23 / I 1112
Bert Brechts Hauspostille P. P., W. B. 28. 2. 28 / II 1062
Proteste gegen die Dreigroschenoper P. P., W. B. 8. 4. 30 / III 415
Brief an einen Kater P. P., Voss. 25. 11. 27 / II 957
Henri Barbusse und die Platte ‹Lord Help Me – !› I. W., W. B. 19. 11. 29 / III 250
Auf dem Nachttisch (Knut Hamsun) P. P., W. B. 22. 4. 30 / III 426
Briefauszug (Knut Hamsun) A. B. 287
Auf dem Nachttisch (Sigmund Freud) P. P., W. B. 5. 5. 31 / III 847

Klagerufe eines Teiresias
Politische Schriften

Wir Negativen K. T., W. B. 13.3.19 / I 372
‹Unser Militär› I. W., W. B. 20.2.19 / I 343
Prozeß Marloh I. W., W. B. 18.12.19 / I 543
Das leere Schloß I. W., W. B. 19.2.20 / I 598
Kapp-Lüttwitz I. W., W. B. 25.3.20 / I 614
Militärbilanz I. W., W. B. 22.4.20 / I 626
Das Buch von der deutschen Schande I. W., W. B. 8.9.21 / I 818
Die Reichswehr I. W., W. B. 23.2.22 / I 908
Das Opfer einer Republik I. W., WaM 26.6.22 / I 982
Prozeß Harden K. T., W. B. 21.12.22 / I 1070
Brief an einen bessern Herrn I. W., W. B. 24.3.25 / II 67
Was nun – ? I. W., W. B. 5.5.25 / II 108
Zwischen zwei Kriegen I. W., W. B. 10.11.25 / II 38
Der Sieg des republikanischen Gedankens I. W., W. B. 14.9.26 / II 497
Stahlhelm oder Filzhut I. W., W. B. 17.5.27 / II 787
Die Schweiz und Hindenburg I. W., W. B. 9.8.27 / II 849
Mit Rute und Peitsche durch Preußen-Deutschland I. W., W. B. 23.8.27 / II 854
Der bewachte Kriegsschauplatz I. W., W. B. 4.8.31 / III 905
Deutsche Richter I. W., W. B. 26.4.27 / II 771
Dänische Felder I. W., W. B. 26.7.27 / II 836
Briefe an einen Fuchsmajor I. W., W. B. 31.1.28 / II 1037
Was würden Sie tun, wenn Sie die Macht hätten? I. W., Lit. 9.11.28 / II 1303
Die Frau mit den Fähnchen I. W., W. B. 30.4.29 / III 64
Wer hat die Frontsoldaten «Schweine» genannt – ? I. W., DAD 8.3.30 / III 373
Die deutsche Pest I. W., W. B. 13.5.30 / III 439
Ein älterer, aber leicht besoffener Herr K. H., W. B. 9.9.30 / III 522
Blick in ferne Zukunft I. W., W. B. 28.10.30 / III 580
Bauern, Bonzen und Bomben I. W., W. B. 7.3.31 / III 820
Briefauszüge An Walter Hasenclever am 17.5.33 / A. B. 259; am 18.6.33 / A. B. 262; am 17.8.33 / A. B. 269; am 29.8.33 / A. B. 271. An Fritz Tucholsky 31.8.33 / A. B. 315. An Arnold Zweig 15.12.35 / A. B. 333

Küßt die Faschisten
Verse

Rote Melodie Th. T., W. B. 3.8.22 / I 1026
Letzte Fahrt Th. T., W. B. 5.10.22 / I 1060
Park Monceau Th. T., W. B. 15.5.24 / I 1152

Olle Germanen Th. T., W. B. 3.3.25 / II 59
Der Graben Th. T., DAD 20.11.26 / II 573
Haben Sie schon mal...? Th. T., W. B. 17.8.26 / II 874
Wenn die Igel in der Abendstunde Th. T., W. B. 4.9.28 / II 1225
Berliner Herbst Th. T., W. B. 2.10.28 / II 1257
Mutterns Hände K. T., AIZ 1929 / III 138
Geduld Th. T., W. B. 17.9.29 / III 187
Ideal und Wirklichkeit Th. T., W. B. 5.11.29 / III 238
Das dritte Reich Th. T., W. B. 6.5.30 / III 437
Stationen Th. T., W. B. 18.11.30 / III 602
An die Republikaner Th. T., W. B. 23.12.30 / III 656
Joebbels Th. T., W. B. 24.2.31 / III 790
Rosen auf den Weg gestreut Th. T., W. B. 31.3.31 / III 814
Media in vita Th. T., W. B. 15.12.31 / III 974
Die Gefangenen Th. T., W. B. 14.4.31 / III 831

Nachher K. H., W. B. / III 1099ff. Wir schaukelten uns auf den Wellen 7.7.25, Wir saßen auf der Wolke und ließen die Beine baumeln 25.8.25; Wir standen in der Luft 15.9.25; Er ist ein Pedant 20.10.25; Er pfiff 8.12.25; Wieviel Uhr 19.1.26; Das mittlere Feld 26.2.26; Er ist fort 13.4.26; Er schämte sich über die Maßen 23.11.26

Eigenhändige Vita Kurt Tucholskys für den Einbürgerungsantrag zur Erlangung der schwedischen Staatsbürgerschaft 22.1.34 / D. T. 838

Kurt Tucholsky

Gesammelte Werke
In 10 Bänden
Herausgegeben von Mary Gerold-Tucholsky
und Fritz J. Raddatz
Kassette 29011

Deutsches Tempo
Gesammelte Werke, Ergänzungsband 1911–1932
Herausgegeben von Mary Gerold-Tucholsky
und Fritz J. Raddatz
960 Seiten. Gebunden

Schloß Gripsholm
Eine Sommergeschichte
Mit 23 Illustrationen von Wilhelm M. Busch
240 Seiten. Gebunden und als rororo 4

Rheinsberg
Ein Bilderbuch für Verliebte
Mit 15 Illustrationen von Werner Klemke
180 Seiten. Gebunden und als rororo 261

Ein Pyrenäenbuch
rororo 474

Deutschland, Deutschland über alles
Ein Bilderbuch von Kurt Tucholsky
und vielen Fotografen
240 Seiten mit 180 Abbildungen
Broschiert und als rororo 4611

Gedichte
Herausgegeben von Mary Gerold-Tucholsky
832 Seiten. Gebunden

Das Kurt Tucholsky-Chanson-Buch
Texte und Noten
Herausgegeben von Mary Gerold-Tucholsky
und Hans Georg Heepe
368 Seiten. Kartoniert

Rowohlt

Kurt Tucholsky

Unser ungelebtes Leben
Briefe an Mary
Herausgegeben von Fritz J. Raddatz
624 Seiten. Gebunden

Briefe an eine Katholikin 1929–1931
Mit 1 Kunstdruck-Tafel und 1 Faksimile
90 Seiten. Broschiert

Briefe aus dem Schweigen 1932–1935
Briefe an Nuuna
Herausgegeben von Mary Gerold-Tucholsky
und Gustav Huonker
320 Seiten. Gebunden und als rororo 5410

Die Q-Tagebücher 1934–1935
Herausgegeben von Mary Gerold-Tucholsky
und Gustav Huonker
448 Seiten. Gebunden und als rororo 5604

Politische Briefe
zusammengestellt von Fritz J. Raddatz
rororo 1183

Ausgewählte Werke I und II
Ausgewählt und zusammengestellt von
Fritz J. Raddatz
Band 1: 512 Seiten. Gebunden
Band 2: 532 Seiten. Gebunden

Zwischen Gestern und Morgen
Eine Auswahl aus seinen Schriften und Gedichten
rororo 50

Panter, Tiger & Co.
Eine neue Auswahl aus seinen Schriften und Gedichten
rororo 131

Rowohlt

Kurt Tucholsky

Politische Justiz
Vorwort: Franz Josef Degenhardt
Zusammengestellt von Martin Swatzenski
rororo 1336

Politische Texte
Herausgegeben von Fritz J. Raddatz
rororo 1444

Schnipsel
Aphorismen
rororo 1669

Literaturkritik
Mit einer Vorbemerkung von Fritz J. Raddatz
rororo 5548

Wenn die Igel in der Abendstunde
Gedichte, Lieder und Chansons
Mit 15 Illustrationen von Werner Klemke
200 Seiten. Gebunden und als rororo 5658

Wo kommen die Löcher im Käse her?
Glossen und Grotesken
Mit Zeichnungen von Werner Klemke
160 Seiten. Gebunden

Schloß Gripsholm
Literatur für Kopf Hörer
Uwe Friedrichsen liest
4 Toncassetten im Schuber
mit je 90 Minuten Spieldauer
(66006)

Kurt Tucholsky
dargestellt von Klaus-Peter Schulz
rororo bildmonographie 31

Rowohlt